Edelstein
Geschichten

Für unseren schönsten und sympathisten Shop in Schwerin

und dass er uns noch lange erhalten bleibt

Euer Klaus

Aichacher Straße 7
D-86674 Baar (Schwaben)

1. Auflage, 2004
Edelstein Geschichten / Klaus Drexel
ISBN 3-9807154-3-4

Autor: Klaus Drexel
Gestaltung: Nicole Reisner
Illustrationen: Christina Hutta
Fotografien: Bildnachweise siehe Seite 152
Druck: Mayer & Söhne, Aichach

Edelstein *Geschichten*

Hinweis für die Leser

Der Autor hat bei der Erstellung dieses Buches mit Sorgfalt recherchiert und nur seriöse Quellen herangezogen und verglichen. Die Informationen stützen sich auf Fachliteratur. Dennoch können Verlag und Autor keinerlei Haftung für etwaige Schäden übernehmen, die sich aus der praktischen Umsetzung der im Buch vorgestellten Wirkungen der Edelsteine auf den Körper ergeben.

Jeder Leser sollte in eigener Verantwortung entscheiden, wie er mit den Informationen dieser Puplikation umgeht.

Inhaltsverzeichnis

Gelber Calcit auf Antimonit

Beryll gelb

Fluorit auf Aragonit

Zirkon in FS-Pegmatit

natürlich gewachsener Granat

Vorwort

Liebe Leserinnen und Leser,

vielleicht fragen Sie sich, warum ich dieses Buch für Sie auf den Markt bringe? Seit Jahrtausenden sind Werke über Mineralien und Edelsteine erschienen, dicke Wälzer und kleine Heftchen, wissenschaftliche, heilkundliche oder esoterische Fachliteratur - für jeden etwas. Nur, gehen Sie in einen Buchladen und suchen Sie danach, gestaltet es sich nicht einfach, etwas zu finden, um sich über diese faszinierenden Wunderwerke der Schöpfung zu informieren.

Seit frühester Kindheit haben mich die Steine in ihren Bann gezogen. Erst die Zaubersteine aus den Märchen, dann als Sammler von Flusskieseln, kleinen Versteinerungen und Kristallen. Diese Leidenschaft hat mich bis heute nicht mehr losgelassen und vor ein paar Jahren dazu veranlasst, mich auch beruflich mit Edelsteinen aller Art zu beschäftigen.

Als ich das erste Mal eine Amethyst-Mine im brasilianischen Bundesstaat Rio Grande do Sul besuchte, wurde mir eindrucksvoll klar, was die Natur in den knapp vier Milliarden Jahren, seit Bestehen der Erde, unglaublich Schönes kreiert hat. Zuerst sah ich vor mir ein nüchternes, hartes Basaltgestein, entstanden durch riesige Lavamassen, die sich vor rund 200 Millionen Jahren über die Erdoberfläche ergossen. Gase, denen es nicht gelang, zu entweichen, bildeten Hohlräume und in diesen wuchsen diese unvergleichlichen Prachtexemplare, die Amethyst-Kristalle.

Wie Kokons liegen die Drusen in der Basaltmasse und müssen mit harter Arbeit dem Boden entrissen werden. Ich habe selbst einige Stunden lang mit Hammer und Meißel versucht, erfolgreich zu werden, kam aber nicht weit. Dennoch, diese Steine strahlen Kräfte aus, die körperlich spürbar sind.

Bei den Recherchen zu meinen Fernsehsendungen bei Home Shopping Europe bin ich nicht nur auf trockene Fachliteratur gestoßen, nein, mir sind viele unglaublich interessante, bunte Geschichten rund um Steine in die Hände gefallen, über Gelehrte, Edelleute, Abenteurer, Ureinwohner, Kirchenfürsten und Forscher. Die interessantesten davon habe ich in diesem Buch für Sie zusammengetragen.

Eines ist mir dabei klar geworden. Nicht nur der Mensch, die Pflanzen oder Tiere sind Lebewesen, auch Mineralien und Edelsteine gehören dazu. Sie werden geboren, wachsen und vergehen wieder - nur dass sie eben dafür länger brauchen - wenn sie nicht gerade synthetisch hergestellt werden.

Auf diesem Wege möchte ich mich für die gute Zusammenarbeit beim Deutschen Edelsteinmuseum in Idar-Oberstein bedanken, beim Kristallmuseum in Riedenburg im herrlichen Altmühltal, beim Mineralienmagazin „Lapis“, sowie bei der Fotogruppe der Münchner Mineralienfreunde und bei der Familie Prinz vom Juweliergeschäft Wollnitza in Füssen.

Ich hoffe, Sie werden Spaß haben mit den Geschichten um die steinernen Lebewesen.

Ihr

Klaus Drexel

Die Entstehung der Edelsteine

Dastilbe (=verst. Fisch) aus der Jurazeit; Fundort: Santanaformation (Brasilien)

In der Genesis steht es: „Im Anfang schuf Gott Himmel und Erde, die Erde war wüst und leer." Die große Frage, welche die Wissenschaft Jahrhunderte hindurch beschäftigt hat, ist aber, wie und wann Gott das Ganze vollbracht hat. 1650 setzte sich der anglikanische Erzbischof James Usher (1581-1656) aus Dublin in sein ruhiges Kämmerlein, schnappte sich die Bibel und knöpfte sich die Lebensdaten aller Nachfahren von Adam und Eva vor. Er kam zu einem überraschenden Ergebnis, das lange und von vielen geglaubt wurde: Die Erde entstand genau am 6. Oktober, vormittags Punkt neun Uhr im Jahre 4004 v. Chr.

Der französische Philosoph René Decartes (1596-1650) sah dies ein bisschen anders, zumal er der Bibel in dieser Hinsicht keinen großen Glauben schenkte. Er meinte, die Erde habe sich aus einem Stern gebildet, der durch eine zunehmende Ansammlung von Sonnenflecken langsam erkaltet sei. Dabei hätten sich verschiedene, abwechselnd flüssige und feste Schichten gebildet, in denen Hohlräume entstanden seien. Brachen sie ein, wären sie für die Entstehung von Gebirgen verantwortlich gewesen.

Immanuel Kant (1724-1804) beschäftigte sich ebenfalls mit diesem Thema und kam zu dem Schluss, die Planeten seien zusammengeballte Überreste einer Gaswolke, die einst das gesamte Sonnensystem ausgefüllt habe.

Der französische Astronom Marquis Pierre Simon Laplace (1749-1827) behauptete dagegen, die Erde sei aus reinem Sonnenmaterial entstanden, das ins Universum geschleudert worden sei.

Alpen: entstanden durch die Kontinentalplattenverschiebung der Erde

Heute sind sich Wissenschaftler ziemlich einig, dass die Erde aus einer Gas- und Staubwolke entstanden ist, die sich über Millionen von Jahren hinweg zu unserem Erdball gewandelt hat, ob nun mit oder ohne den Urknall.

Die eigentliche Entstehung der Erde begann vor rund 4,5 Milliarden Jahren, wobei sie 1,5 Milliarden Jahre brauchte, bis sich eine dünne Schicht, die Erdoberfläche bildete, die damals wie heute auf flüssigem Untergrund schwimmt.

Die Krustenbildung kann man sich ähnlich vorstellen wie die Meeresbodenbildung, die sich heute noch in den Tiefen der Ozeane abspielt, wo die Erdkruste viel dünner ist als unter dem Festland: Eine von heftigem Vulkanismus begleitete Bildung magmatischen Gesteins aus dem flüssigen Magma des Erdmantels.

Am Anfang war die Erde wüst und leer, das haben wir gehört, also auch nicht von Wasser bedeckt. Dies bildete sich erst, als Wasserdampf bei der Gesteinsbildung frei wurde und zu Wasser kondensierte, das sich in den Urmeeren sammelte. Neben Wasserdampf wurden noch andere Gase freigesetzt, wie Stickstoff und Kohlendioxid, welche die Atmosphäre bildeten. Für den Sauerstoff sorgten dann die ersten Erdenbewohner, die Algen, Schwämme und Bakterien.

Gebirge entstanden durch Aufeinanderschieben von gewaltigen Erdplatten. Zu den Ältesten gehört der Ural. Vulkane nahmen ihre Aktivitäten auf und spuckten Magma aus. Erstarrte diese auf dem Weg zur Erdoberfläche vorzeitig, bildeten sich Tiefengesteine oder Plutonite.

Zu den Tiefengesteinen gehört der Granit. Gelangte das Magma zu schnell an die Oberfläche, bildeten sich die sogenannten Ergussgesteine oder Vulkanite wie der Basalt. Bei der Auskristallisierung des Magmas an der Oberfläche bildeten sich unter anderen Opale und Achate, wobei sich, was die Edelsteinbildung angeht, im Erdinnern natürlich eindeutig mehr abspielte.

In der Frühphase der Kristallisation entstanden Lagerstätten von Kupferkies, Platin und Titanomagnetit und auch die ersten Edelsteine formten sich, wie Diamanten, Granate und der Labradorit.

In der zweiten Phase der Magma-Erstarrung, jetzt entstanden die Gangsteine oder Pegmatite, bildeten sich neue Prachtexemplare: Turmalin, Topas, Berylle, Glimmer und Feldspatkristalle.

Danach waren Rubine, Saphire und Smaragde an der Reihe.

Ammonit
(= versteinerte Schnecke)

Die ältesten Gesteine, die wir heute kennen, sind die aus Ablagerungen entstandenen Sedimentgesteine wie Schiefer, Tonablagerungen, Sand- und Kalkstein.

Zeittafel:

Erdurzeit (Präkambrium): Unterteilt in Archäozoikum und Proterozoikum (4,5 Milliarden bis 600 Millionen Jahre)

Das erste Leben - Algen, Pilze, Weichtiere; Entstehen der Erdkruste, Meere und Festland bilden sich

Erdaltertum (Paläozoikum): Unterteilt in Kambrium, Ordovizium, Silur, Devon, Karbon und Perm (600-270 Millionen Jahre)

Kambrium (600-500 Millionen Jahre)
Trilobiten, Mollusken, Schwämme, Algen, Würmer, Flachmeere entstehen

Ordovizium (500-425 Millionen Jahre)
Muscheln, Seesterne, Korallen - geringe Verfaltung in Europa

Silur (425-405 Millionen Jahre)
Skorpione, Tausendfüßler, Korallen, Landpflanzen - Höhepunkt der kaledonischen Gebirgsbildung

Devon (405-345 Millionen Jahre)
Wirbeltiere des Meeres entstehen, baumartige Pflanzen auf dem Festland - Sedimentmassen sammeln und heben sich

Karbon (345-280 Millionen Jahre)
erste Reptilien, große Insekten, Fische - Kohle und Erze entstehen

Perm (280-230 Millionen Jahre)
Amphibien, Reptilien - Starke vulkanische Tätigkeit, Entstehung mächtiger Salzlager

Erdmittelalter (Mesozoikum): Unterteilt in Trias, Jura, Kreide (270-65 Millionen Jahre)

Trias (230-181 Millionen Jahre)
Dinosaurier - Bundsandstein, Kalk, Ton

Jura (181-135 Millionen Jahre)
Säugetiere, Dinosaurier erreichen ihren Höhepunkt, erste Vögel - Auffaltung der Rocky Mountains

Kreide (135-165 Millionen Jahre)
Dinosaurier sterben aus, Bäume entwickeln sich - Anden entstehen

Erdneuzeit (Känozoikum): Unterteilt in Tertiär und Quartiär (65 Millionen Jahre bis heute)

Tertiär (65-1 Million Jahre)
Knochenfische, Haie, Säugetiere unter ihnen Säbelzahntiger, Pferde, Mammut, Pyrenäen, Alpen, Karpaten, Kaukasus, Apennin, Bildung großer Braunkohlelager, starke vulkanische Tätigkeit

Quartiär (1 Million Jahre bis heute)
Entwicklung des Menschen - Herausbildung der heutigen Landschaftsformen

Vom Mineral zum Edelstein

Edelsteine werden oft als Glücksbringer getragen; hier eine Achat-Glücksgeode

Was macht einen Stein zu einem Edelstein? Eigentlich ganz einfach: Er sollte durchsichtig sein, schön glänzen, sich als Schmuck verarbeiten lassen, besondere Effekte aufweisen, über eine gewisse Härte verfügen, brillieren und, ganz wichtig, nicht in jeder Felswand vorkommen.

Vielleicht sollten wir uns zuerst einmal die Frage stellen, was ist überhaupt ein Stein? Laut Brockhaus „ein natürlicher oder künstlicher, fester, harter, anorganischer oder organischer Körper, der aus einem einzigen Mineral, häufiger jedoch aus einem Mineralgemenge besteht".

Da aber wird es schon kompliziert - besteht der Körper aus einem Mineralgemenge, sprechen Naturwissenschaftler hingegen von einem Gestein.

Bei den meisten Edelsteinen handelt es sich um Minerale, von denen es auf der Erde über 2.500 verschiedene gibt. Neue werden ständig entdeckt. Nur gut knapp über hundert von ihnen wurde allerdings die Ehre zuteil, mit dem Zusatz „edel" versehen zu werden.

Teilweise hängt eine Beförderung auch von modischen Einflüssen ab. Es gab Epochen, da waren spezielle Steine ungemein gefragt, gelten heute aber schon lange nicht mehr unbedingt als edel, wie der Karlsbader Sprudelstein, den Johann Wolfgang von Goethe einst bezaubernd fand.

Allerdings gibt es ein paar edle Vertreter, die bereits vor Urzeiten in die Spitzenränge aufstiegen und diese bis heute verteidigt haben. Allein die Namen lassen Frauenherzen höher schlagen: Diamant, Smaragd, Rubin und Saphir.

Sie tauchen immer und überall auf, wo es Wertvolles aufzuzählen gilt: Auf reich verzierten Waffen, in Mosaiken, in Königskronen, in den Legenden um sagenhafte Schätze, in Papstgewändern, Reliquienschreinen, Ikonen oder an den Hälsen berühmter Diven und Superstars.

Allerdings haben es auch andere wie Amethyst, Bergkristall, Granat, Jade, Lapislazuli und Türkis im Laufe der Geschichte zu Ehren gebracht. Nicht vergessen darf man auch den Bernstein, bei dem es sich allerdings um ein fossiles Harz einer besonderen Kiefernart handelt.

Die meisten Laien würden sicherlich diesen Pretiosen in ihrer ursprünglichen Form nicht den Hauch von Aufmerksamkeit schenken. Edel werden sie erst durch Schliff und Politur.

Was ebenfalls wichtig ist, ist das die Steine so hart sein sollten, dass sie im täglichen Gebrauch, also als Ringe, Ohrringe, Armbänder oder Ketten getragen, Stößen und Kratzern gegenüber gefeit sind. Das heißt, sie sollten in der Regel eine Mohshärte von 7 oder mehr haben.

Hier schieden sich früher die Geister, denn Kostbarkeiten mit einer Härte unterhalb der 7 wurden schlicht und ergreifend als Halbedelsteine bezeichnet, ein Begriff, der nicht mehr verwendet wird.

Ihre Attraktivität verdanken die Edelsteine vor allem ihren optischen Eigenschaften. Nehmen wir den bedauernswerten Korund, der wird zwar geschätzt, allerdings als Schmirgel in der Industrie, seine Geschwister Rubin und Saphir dagegen gefeiert und verehrt. Entscheidend sind Stärke und Art der Reflexion des Lichtes, der Glanz und das Feuer, das uns beispielsweise am Diamanten so begeistert.

Durchsichtigkeit und Reinheit sind ebenfalls geschätzt - aber nicht immer. Bei zahlreichen Edelsteinen treten „Lichtfiguren" oder „Schillereffekte" auf, die auf Reflexion, Interferenz oder Beugung des Lichtes an eingelagerten Fasern, Nadeln oder Hohlräumen beruhen. Wir sprechen dann von Chatoyance, beispielsweise beim Tigerauge, Asterismus (Stern- oder Kreuzeffekt) bei Rubin und Saphir oder über die Opaleszenz beim Opal. Also auch hier gilt - keine Regel ohne Ausnahme.

Aber nicht nur als Schmucksteine wurden (und werden wieder in vermehrter Form) die Edelsteine verehrt, sie gelten seit alters her als Heilsbringer bei Krankheiten, als Krieger gegen das Böse und stellen für viele direkte Botschafter zu Himmel und Göttern dar.

Sie werden als Amulett oder Talisman direkt am Körper, im Auto, Haus oder in der Wohnung getragen. Sie sollen Glück und Reichtum bringen, selbst bei Prüfungen aller Art helfen. Es gibt Planetensteine, Tierkreissteine, Monats- und Tagessteine, alle individuell auf ihre Träger abgestimmt.

Berühmt geworden, durch Hildegard von Bingen, sind die Heilsteine, auf die wir in einem gesonderten Kapitel eingehen werden. Viele zweifeln an dieser sogenannten Lithotherapie, andere schwören darauf.

Eines ist jedoch erhalten geblieben, aus welchem Blickwinkel auch immer wir die Edelsteine betrachten, die Ehrfurcht vor diesen wunderbaren Kunstwerken der Natur und die Freude bei ihrem Anblick.

Ganggestein

in der Esoterik finden Edelsteine häufig Verwendung

Die Heilkraft der Edelsteine

Seit es Menschen gibt, haben Mineralien und Edelsteine eine besondere Bedeutung für ihn. Seit alters her werden den funkelnden Kleinodien besondere Kräfte nachgesagt, geheimnisvolle, mystische, glücksbringende und heilende.

Lithotherapie ist der Name für die therapeutische Wirkung von Edelsteinen. Der Glaube daran geht weit zurück. Schon vor über 5000 Jahren machten sich Sumerer und Hethiter Kristalle zu Nutzen, wie alte Keilschrifttäfelchen belegen.

Allerdings standen die „Alten" bis weit ins Mittelalter hinein in erster Linie auf innerer Anwendung. Steine wurden pulverisiert oder verbrannt und das, was übrig blieb, dem Patienten eingeflösst. Babylonier und Assyrer setzten auf Edelsteintinkturen, Ägypter, Griechen und Römer folgten nach. Das Ganze ist übrigens interessant nachzulesen in einem Aufsatz der Uni Münster zu einer Mineralienausstellung: „Genaue Anleitungen zur Zubereitung von Edelsteinmedikamenten in Form von Elixieren, Pulvern, Pasten und kompliziert herzustellenden Oxiden enthält der altindische Ayurveda." (ayus = Leben; veda = Lehre)

Dioskurides, ein bekannter griechischer Arzt des 1. Jahrhunderts nach Christus, berichtet ausgiebig über die Heilkraft verschiedener Edelsteine und gibt Hinweise für die innerliche Anwendung von pulverisierten Steinen. Er betrachtet in seinem fünften Buch an die 100 Edelsteine und wertet sie medizinisch aus.

Detaillierte Angaben über positive und negative Wirkungen von sechzig Edelsteinen finden sich im Werk „Lapidarius" von Marbod, dem Bischof von Rennes (1035-1123), das zu seiner Zeit sehr populär war, heute allerdings fast völlig in Vergessenheit geraten ist. Hildegard von Bingen (1098-1179) lief Marbod den Rang ab. Im Gegensatz zu Marbod gewann Hildegard ihr Wissen nicht durch umfangreiche Untersuchungen, sondern durch visionäre Eingebungen. Nach ihrer Meinung tritt die Heilwirkung nur in Verbindung mit Gebeten und religiösen Beschwörungen auf.

Unter den neuzeitlichen Medizinern tritt vor allem Paracelsus (1493-1541) mit seinem Werk „Über die Mineralien" hervor. Darin beschreibt er die Struktur der Heilsteine sowie den Unterschied zwischen deren Aussehen, deren chemischer Substanzen, die bei Anwendung Krankheitssymptome beseitigen und deren feinstofflichen Kräften, die gleichzeitig die Ursachen des „Gebrechens" bekämpfen sollten.

In den Apotheken des Mittelalters war die Verwendung von Mineralien als Medikamente im pulverisierten Zustand allgemeine Praxis, aber nur für die wohlhabenden Patienten erschwinglich. Nach Paracelsus gehörten sie in jedes Rezept. Die Apotheken führten Edelsteine wie Granat, Hyazinth, Saphir, Rubin, Topas, Smaragd, Fluorit, Lapislazuli, Carneol, Bergkristall, Nephrit und Chrysolith.

Papst Clemens VII. nahm in seinen letzten Lebenstagen im Jahre 1534 pulverisierte Edelsteine und Perlen im sagenhaften Wert von 40.000 Dukaten zu sich, um sein Befinden zu verbessern. Allerdings konnte ihn auch das nicht vor dem Tode bewahren.

Doch die Zeiten haben sich geändert. Heute geht man davon aus, dass die elektromagnetische Strahlung eines Steins den Energiefluss der Meridiane (der Energiebahnen des Körpers), die Tätigkeit der Chakren (Energiezentren im Körper), die elektrische Reizeitung der Nerven und den Stoffwechsel direkt beeinflussen.

Wirksam wird die Strahlung allerdings nur dort, wo sie auf ähnliche Frequenzen oder energetische Strukturen trifft wie jene, von denen sie ausgeht. Eines steht jedenfalls fest: Nicht jeder Stein wirkt bei jedem. Wie dem auch sei, egal ob Steine nun als Amulett um den Hals getragen werden, als Handschmeichler in der Hosentasche stecken oder direkt auf betroffene Stellen aufgelegt werden, man kann sich immer an ihrer Schönheit erfreuen und bereits das tut gut.

Anbei eine Liste, die ich gefunden habe, in der Krankheiten mögliche Heilsteine zugeordnet werden:

Angst: Amethyst am Finger oder Herzen getragen, Smaragd;
Appetitlosigkeit: Smaragd;
Asthma: Lapislazuli, Beryll, Aquamarin, Malachit, Katzenauge, Tigerauge, Bernstein (gebrannt und zu Pulver zerrieben);
Augenkrankheiten: Achat, Bernstein, Chrysolith, Hämatit, Onyx, Saphir, Smaragd, Sonnenstein, Türkis;
Blähungen: Rubin-Elixier;
Blasensteine: Heliotrop;
Bronchitis: Rutilquarz:
Darmkrankheiten: Chrysolith, Bernstein, Granat (gegen Durchfall);
Drüsenkrankheiten: Aquamarin, Bergkristall, Beryll;
Ekzeme: Aventurin;
Epilepsie: Chrysolith, Jaspis, Achat, Bernstein, Smaragd (in den Mund gelegt)
Erbrechen: Chrysopras, Bernsteinpulver in Rosenwasser gelöst;
Fieber: Achat, Bernstein, Jaspis, Onyx, Carneol, Peridot, Sardonyx, Smaragd, Topas;
Gehörstörung: Jaspis, Sarder;
Geschwüre: Türkis, Saphir, Hämatit, Amethyst, Bergkristall, Smaragd;
Gicht: Jaspis, Saphir, Chrysopras, Diamant;
Gürtelrose: Saphir;
Hämorrhoiden: Smaragd (pulverisiert), Heliotrop, Topas;
Halsleiden: Amethyst;
Hautkrankheiten: Onyx, Aventurin, Granat, Topas;
Herzkrankheiten: Rubin, Hyazinth, Lapislazuli und Granat zur Herzstärkung, blauer Saphir und Onyx gegen Herzbeschwerden, Bergkristall gegen Herzschmerzen;
Husten: Aquamarin;
Infektion: Carneol, Turmalin;
Keuchhusten: Bernstein;
Kopfschmerzen: Achat, Smaragd, Sarder;
Krampfadern: Topas;
Kreislaufstörungen: Granat, Onyx;
Leberleiden: Hämatit, Jaspis, Saphir;
Magen: Peridot, Berstein, Bergkristall, Onyx, Smaragd;
Masern: Türkis;
Neuralgie: Amethyst;
Ohrenkrankheiten: Bernstein;
Rheuma: Bernstein, Carneol;
Rückenschmerzen: Sonnenstein;
Schweißausbrüche: Saphir;
Thrombosen: Topas;
Verbrennungen: Bernsteinpulver;
Vergiftungen: Saphir, Achat, Diamant, Beryll, Carneol, Topas;
Warzen: Lapislazuli;
Zahnschmerzen: Aquamarin;

Vor Anwendung irgendwelcher Heilmethoden sollte unbedingt ein Fachmann zu Rate gezogen werden!

Herstellung eines Edelsteinwassers

Was Sie zu Heilsteinen wissen sollten

Die Vorstellung, dass Edelsteine auch eine heilende Wirkung haben, ist nicht neu. Hildegard von Bingen (1098-1179) wußte ebenso davon zu berichten, wie nach ihr Albert Magnus, Konrad von Megenburg oder Paracelsus. Hildegard, Heilige, Äbtissin, Mystikerin und Heilkundige ist mit Sicherheit eine der beeindruckendsten Frauen des gesamten Mittelalters. Außergewöhnlich ihr Wissen über Krankheiten, Pflanzen, Edelsteine und Mineralien.

Über Jahrhunderte hinweg beeinflußten, ihre Werke „Physica" und „Causae et curae" (Vom Grund und der Heilung von Krankheiten) Ärzte, Apotheker und Wissenschaftler, bis in unsere Zeit.

Obwohl Hildegard tief davon überzeugt war, nur Gott könne wirkliche Heilung bringen, empfahl sie dennoch viele Heilmittel, darunter auch 24 Edelsteine, die sie ausführlich beschrieb.

Gerade in den letzten Jahren ist die Lehre Hildegards wieder entdeckt worden - auch wenn viele Mediziner dafür nur ein Kopfschütteln übrig haben, denn die Energie, die den Steinen nachgesagt wird, ist mit heutigen wissenschaftlichen Methoden nicht direkt mess - und damit nachweisbar.

Anwender sind allerdings davon überzeugt, dass die Edelsteine nicht nur in der Lage sind, eine bestimmte Krankheit zu heilen oder abzuwehren, sie sprechen ihnen sogar die Fähigkeit zu, alle negativen Energien positiv beeinflussen zu können.

Sie glauben daran, dass die Kräfte der Edelsteine aus der Erde stammen oder durch Sonnenstrahlung erzeugt werden. Deshalb ist es für sie wichtig, die Steine ab und zu in die Sonne zu legen, damit sie sich wieder aufladen können. (Die Entladung findet gewöhnlich unter fließendem Wasser statt.)

Wer vorhat, sich einer Edelsteintherapie zu unterziehen, sollte auf alle Fälle vorher den Heilpraktiker oder Arzt konsultieren, ohne auf die Therapie anschließend verzichten zu müssen.

Wie wirken nun Heilsteine auf den Menschen ein? Die einfachste Form ist sicherlich die, den Stein als Schmuck, Amulett oder seit neuestem als Handschmeichler direkt am Körper zu tragen, wenn möglich in Nähe der Stelle, die es zu behandeln gilt.

Andere schwören auf Edelsteinwasser. Wie stelle ich dieses aber her? Ganz einfach: Legen Sie die gereinigten Edelsteine in ein Glasgefäß und gießen Sie rund einen Liter Mineral oder noch besser Quellwasser darüber. Nach rund zwölf Stunden Ruhezeit, wenn möglich mit ca. zwei Stunden Sonneneinstrahlung, ist das Wasser fertig zum Genuss.

Dann können Sie es für Ihre innere Anwendung, über den Tag verteilt, zu sich nehmen. Wollen Sie auch äußerlich zu Werke gehen, müssen Sie natürlich entsprechend mehr Wasser ansetzen, eventuell mit größeren Steinen.

Zu empfehlen ist natürlich auch ein Edelsteinbad. Legen Sie einfach einige Steine in die Wanne und lassen sie Wasser zulaufen - Vorsicht allerdings, Badezusätze heben die Wirkung wieder auf.

Worin liegt nun der Unterschied vom Edelsteinwasser zum Edelsteinelixier? Nun, beim Elixier wird der Stein nicht in Wasser, sondern in ein Gläschen Rotwein gelegt. Die Betonung liegt dabei auf dem Wort Gläschen. Das Edelsteinelixier literweise zu sich genommen, bekommt vor allem der Leber nicht.

Helfen kann es auch, eine Kristallgruppe im Zimmer aufzustellen. Sie soll zum einen eine angenehme Atmosphäre hervorzaubern, zum anderen, wenn es sich um Bergkristall, Amethyst oder Rosenquarz handelt, Strahlung absorbieren. Gleiches gilt nicht nur für Gruppen, sondern besonders auch für Edelsteinbrunnen und Teelichter.

In Asien, vor allem in Indien, sind die Menschen schon seit der Antike der Meinung, dass Gesundheit und Krankheit von einem inneren Gleichgewicht der Körperenergie abhängen. Die Energie des Körpers sammelt sich demnach in bestimmten Regionen, den Chakren (chakra = Rad). Die Energie der Chakren soll sich in kreisenden, wirbelnden Bewegungen befinden, durch die der Eindruck eines Rads entsteht. Allen sind bestimmte Farben, Formen, Tiere, Gottheiten, Grundeigenschaften (Gunas), Steine und Elemente zugeordnet.

1. Wurzel-Chakra (Lage Steißbein) Rubin, rote Koralle, Katzenauge, Hämatit;
2. Sakral-Chakra (Lage zwischen Lendenwirbel und Kreuzbein) Aquamarin, Koralle, Aventurin, Tigerauge;
3. Manipura-Chakra (Lage Nabelgegend) Topas, Citrin, Bernstein, Calcit;
4. Herz-Chakra (Lage Herzgegend) Smaragd, grüner Turmalin, Malachit, Jade;
5. Hals-Chakra (Lage Kehlkopfbereich) Saphir, blauer Turmalin, Lapislazuli, Azurit;
6. Stirn-Chakra (Lage zwischen Augenbrauen über Nasenwurzel) Lapislazuli, Diamant, blauer Turmalin, Sodalith;
7. Kronen-Chakra (Lage Scheitel des Kopfes) Brilliant, Gold, Bergkristall, Amethyst;

Die große Frage, die sich Ihnen bei dem ganzen Angebot an Steinen vielleicht stellt: Welcher Stein paßt zu Ihnen? Überlegen Sie nicht zu lange. Meistens ist immer der Edelstein der richtige, zu dem Sie sich hingezogen fühlen, der Ihnen persönlich am besten gefällt.

1. Wurzel-Chakra
2. Sakral-Chakra
3. Manipura-Chakra
4. Herz-Chakra
5. Hals-Chakra
6. Stirn-Chakra
7. Kronen-Chakra

Edelsteine und Tierkreiszeichen

Es ist schon seit Jahrhunderten nicht mehr einerlei, in welchem Monat welcher Stein getragen werden soll. Der Glaube an eine Wechselbeziehung zwischen Sternbildern, Edelsteinen und Menschen ist aktueller denn je. Jeder Stein verfügt über eine andere Wirkung, über unterschiedliche Eigenschaften, die das Leben im entsprechenden Monat positiv beeinflussen können.

Sternbild des Tierkreiszeichens Jungfrau

Gelehrte aller Zeitepochen haben sich mit dieser Thematik beschäftig. Juweliere der Moderne natürlich auch und so ist es sehr schwer, eine einheitliche Tabelle aufzutreiben, zumal öfters auch finanzielle Erwägungen eine Rolle gespielt haben. Der Edelstein, der gerade zu Genüge auf Lager lag, wurde blitzschnell zum aktuellen Tierkreisstein gekürt. Dennoch, hier eine Sammlung von Vorschlägen - ohne jegliche Garantie der Vollständigkeit:

Widder: Roter Jaspis, Carneol, Sardonix

Stier: Rosenquarz, Carneol

Zwillinge: Tigerauge, Topas, Citrin

Krebs: Mondstein, Heliotrop, Chrysopras

Löwe: Bergkristall, gelbgrüner Achat, Jaspis

Jungfrau: Gelber Achat, Citrin, Smaragd

Waage: oranger Citrin, Beryll, Rauchquarz

Skorpion: blutroter Carneol, Hämatit

Schütze: Saphir, Hyazinth, Chalzedon

Steinbock: Onyx, Katzenauge

Wassermann: Falkenauge, Türkis, Bergkristall

Fische: Amethyst

Große Denker und Edelsteine

Seit es die Menschheit gibt, haben sich viele kluge Denker den Kopf über Edelsteine zerbrochen. Zu ihnen gehörten Demokrit, Herodot, Platon und Aristoteles, wie wir ihren Schriften entnehmen können und andere mehr. Hier sollen einige Große der Geschichte vorgestellt oder wieder ins Gedächtnis zurückgerufen werden, die es verdient haben, dass man sich in Zusammenhang mit Edelsteinen und Mineralien an sie erinnert.

Plinius der Ältere

23 bis 79 n. Chr.

Plinius der Ältere wurde im Jahre 23 nach Christus im norditalienischen Comum geboren und wuchs in einer wohlhabenden Familie auf. Ihm ging es gut, auch seine politische Karriere konnte sich sehen lassen. Fast zehn Jahre lang verschlug es ihn ins ungeliebte Germanien, wo er ein - leider verschollenes - Werk über die Kriege gegen die Germanen verfasste.

Erhalten geblieben ist uns aber sein bedeutendstes Werk, die monumentale „Naturgeschichte" („Historia Naturalis"). In 37 Bänden fasste Plinius darin das Wissen seiner Zeit zusammen. In den Bänden 32 bis 37 befasste er sich mit allem, was man damals über Mineralien wusste und wissen sollte. Er dachte über die Beziehungen zwischen Edelsteinen und Planeten nach und beschäftigte sich mit der Schutzkraft der Edelsteine für Kaiser und Gladiatoren.

Plinius der Ältere

Als im Jahre 79 nach Christus der Vesuv ausbrach und Pompeii unter sich begrub, wurde Plinius als Flottenkommandant von Kaiser Vespasian dorthin beordert.

In Plinius erwachte sofort der Forscherdrang. Er machte sich umgehend auf, um den Vulkanismus aus nächster Nähe genau unter die Lupe zu nehmen und fand dabei den Tod.

Dioskurides

ca. 40 bis 90 n. Chr.

Dioskurides

Dioskurides aus Anazarbus, in der heutigen Türkei gelegen, war zu seiner Zeit der berühmteste griechische Arzt. Sein Forscherdrang verleitete ihn dazu, als erster Wirk- und Heilweisen von Therapeutika zu untersuchen, darunter auch Heilsteine. Dioskurides klassifizierte die bekannten Heilmittel und beschrieb deren Eigenschaften und Wirkweisen.

Als Arzt in Diensten Kaiser Neros bekam er genügend Möglichkeiten, seine Thesen auch zu testen. Da chemische Analysen, wie wir sie heute kennen, damals noch nicht möglich waren, forschte Dioskurides durch Beobachtung und Nachdenken. Er stellte die damaligen Heilmethoden in Frage und machte sich dadurch nicht nur Freunde. Seine Methodik gilt heute als Beginn der wissenschaftlichen Pharmakologie.

Dioskurides wandte verschiedene Rezepte gegen Magenleiden an. Unter anderem verabreichte er Alabaster- und den „Stein der samischen Erde" (Tonerde) zur Linderung und Heilung. Dem Diamanten traute er zu, den Einfluss des Teufels zu bannen. Auch dem Achat schenkte er großes Vertrauen, was den Kampf gegen Krankheiten betraf.

Claudius Galenus

129 bis 200 n. Chr.

Claudius Galenus war einer der letzten Gelehrten des Altertums, der biologie- und medizinhistorische Bedeutung erlangte. Er wurde in Kleinasien, in Pergamon, geboren und starb nach einem abenteuerlichen Leben in Rom.

Er war kein bekennender Christ, glaubte aber an einen einzigen Gott und daran, dass alle Erscheinungen der Natur einem Zweck unterworfen seien. Er meinte, überall in der Natur die Zeichen des göttlichen Willens zu erkennen.

Lange Zeit verdiente er sein Geld beim Heer und später als Gladiatorenarzt. So hatte er reichlich zu tun, profilierte sich weiter und wurde schließlich 174 Leibarzt des Kaisers. Er war Verfechter verschiedenster Heilkuren und befasste sich intensiv mit der Anatomie des menschlichen Körpers und der Wirkung der Steine.

Epiphanius von Salamis

315 bis 403 n. Chr.

Epiphanius von Salamis, auch Epiphanius von Eleutheropolis genannt, weilte in seiner Jugend häufig in Ägypten. Mit 20 Jahren gründete er dort sein erstes Kloster. 367 wurde er zum Bischof von Konstantia und zum Metropolit von Zypern ernannt. In seinem Werk „de gemmis" lässt er sich über die Heilwirkung von Edelsteinen aus, in erster Linie über die zwölf, welche sich im Brustschild des Hohenpriesters befinden.

Er schreibt, dass der Achat gut dafür sei, Gift von Schlangenbissen unschädlich zu machen. Dem Topas bescheinigte er positive Kräfte bei der Behandlung von Augenleiden. Den Saphir sah er erfolgreich im Einsatz gegen Geschwüre und unreiner Haut, ansonsten aber stand er den Heilwirkungen, wie sie von vielen Schriftstellern beschrieben worden waren, doch eher skeptisch gegenüber.

Isidor von Sevilla
560 bis 636 n. Chr.

Erzbischof Isidor von Sevilla war in seiner Zeit das, was im ersten Jahrhundert nach Christus Plinius für die Römer war. Im Auftrag des toledischen Königs Sisebut ließ er das gesamte naturwissenschaftliche Wissen, drunter auch das über Steine, in den „Origines“ zusammentragen.

Isidor wurde 560 in Cartagena geboren und verstarb 636 in Sevilla. Seine vornehme Familie, die Cartagena auf politischen Druck byzantinischer Behörden wegen verlassen musste, bildete eine kräftige Säule der katholischen Kirche. Sein älterer Bruder Leander wurde Bischof im westgotischen Teil Sevillas, sein jüngerer Bruder Fulgentius Bischof in Astigi und Schwester Florentina Nonne. Was blieb also Isidor anderes übrig, als ebenfalls die klerikale Laufbahn einzuschlagen.

Bis zu seinem Tod förderte Isidor die wissenschaftliche Ausbildung der Geistlichen und gründete zahlreiche Schulen (Sevilla, Toledo, Saragossa) mit riesigen Bibliotheken, was zu dieser Zeit eine Ausnahme darstellte.

Marbod von Rennes
1035 bis 1123 n. Chr.

Marbod stammte aus Anjou, besuchte die Schule in Angers, deren Leitung er nach erfolgreichem Abschluss übernahm. 1081 gab er die Stelle auf, mittlerweile hatte die Schule großes Ansehen erreicht. 1096 wurde ihm die Ehre zuteil, Bischof von Rennes zu werden. In dieser Zeit verfasste er viele Schriften, unter anderem ein Gedicht, in dem er sich eindringlich mit der Welt der Steine auseinandersetzte. Dieses Werk wurde in die verschiedensten Sprachen übersetzt und somit weitverbreitet.

Vor allem dem Onyx traute Marbod nicht über den Weg, er ziehe böse Träume und Streit geradezu an. Wer dann allerdings in der Lage sei, einen Chrysolith aus der Tasche zu ziehen, habe wiederum gute Chancen, das Böse zu vertreiben.

Hildegard von Bingen
1098 bis 1179 n. Chr.

Hildegard von Bingen

Hildegard von Bingen war früher schon in aller Munde. Sie ist es bis heute geblieben. Die Heilige, Äbtissin, Mystikerin und Heilkundige schuf ein naturkundliches Werk, das zu den bedeutendsten Zeugnissen der sogenannten Klostermedizin zählt. Die Klostermedizin begann mit der Klostergründung auf dem Monte Cassino (südlich von Rom) durch Benedikt von Nursia (480-547), welches die Keimzelle des Benediktinerordens darstellt, und endet um 1130 mit dem Konzil in Clermont, auf dem den Mönchen jede ärztliche Tätigkeit verboten wurde.

Aber Hildegard ließ sich Zeit ihres Lebens ungern etwas vorschreiben. Zwischen 1150 und 1158 begann sie mit der Abfassung ihrer natur- und heilkundlichen Schriften „Physica“ und „Causae et curae“. Hildegard selbst konnte nicht schreiben, sie diktierte ihre «Visionen» ihrem Schüler Volmar.

In dem Buch „Heilkraft der Edelsteine“ kann man nachlesen, was Hildegard allgemein zu den Steinen zu sagen hatte: „Jeder Stein erhält Hitze und Feuchtigkeit. Vor den Edelsteinen schreckt der Teufel zurück. Er hasst und verachtet sie, weil er sich daran erinnert, dass sie bereits glänzten, bevor er aus seiner von Gott verliehenen Herrlichkeit herabstürzte, und weil sie ferner aus dem Feuer entstehen, in dem er selbst seine Strafe verbüßt.“

Auf insgesamt 24 Steine geht Hildegard besonders ein. Bereits als Fünfjährige entwickelte Hildegard, das zehnte Kind eines Burggrafen, ihre seherischen Fähigkeiten. Mit acht trat sie ins Kloster Disibodenberg ein, wo sie in Wissenschaft, Künsten und Sprachen unterrichtet wurde. Zwischen 1147 und 1150 gründete sie das Kloster Rupertsberg bei Bingen.

Im hohe Alter von 81 Jahren starb Hildegard von Bingen. Die von ihr begründete „Hildegardmedizin“ gilt bis heute als Alternative zur modernen Medizin.

Albert Magnus
1193 bis 1280 n. Chr.

Albert Magnus

Albert Magnus gehört zu den bedeutendsten Naturforschern und Enzyklopädisten seiner Zeit. Er war auch Lehrer von Thomas von Aquin. Wegen seines enormen Gemeinwissens wurde er auch Doktor Universalis genannt. Er studierte in Padua, lehrte als Dominikanermönch in verschiedenen deutschen Klöstern und wurde 1260 bis 62 Bischof von Regensburg. Danach zog es Albert Magnus bis zu seinem Tod nach Köln.

Albert Magnus beschäftige sich häufig auch mit magischen Dingen. In einer Abhandlung schreibt er beispielsweise, dass gravierte Edelsteine geheimnisvolle Kräfte besitzen würden. Die Hersteller von Talismanen, magischen Bildern und Münzen dankten es ihm sicherlich.

Weiter war er überzeugt davon, dass alle wunderbaren Eigenschaften der Edelsteine von den Sternen herkommen, denn nach Aristoteles bestimmen die Himmelskörper, was auf der Erde geschieht. Über die Alchimie schrieb er: „Der Alchimist muss still und verschwiegen sein. Er sollte keinem etwas über die Ergebnisse seiner Arbeit erzählen. Er soll überhaupt einsam und zurückgezogen leben... und er muss alle Verbindungen mit Fürsten und Herrschern meiden."

Albert Magnus glaubte fest daran, dass es möglich sein musste, Gold künstlich herzustellen. Außerdem besagt eine Legende, er hätte einen Stein besessen, der in der Lage gewesen sein soll, Wunder zu vollbringen.

Paracelsus

1493 bis 1541 n. Chr.

Paracelsus hatte eigentlich den wohlklingenden Namen Philippus Theophrastus Bombastus von Hohenheim, war Arzt und Alchimist, der in der Renaissance die Behandlung von Krankheiten mit chemischen Mitteln einführte. Er wurde in der Nähe von Zürich als Sohn eines Arztes und Chemikers geboren. 1516 erwarb er in Ferrara den Doktorhut. Danach bereiste er ganz Europa, verdingte sich als Kriegsarzt und versuchte, mehr und mehr die verborgenen Kräfte der Natur zu entdecken.

Seiner Redegewandtheit verdanken wir das Wort „bombastisch", abgeleitet von seinem Zunamen Bombastus. An vielen Universitäten machte er sich Feinde, weil er die Vorlesungen statt in Latein auf Deutsch hielt.

Von Astrologie hielt Paracelsus nie etwas, dagegen suchte er in der Alchemie nach grundlegenden Wahrheiten: „Magie ist eine große verborgene Weisheit - Verstand eine große offene Torheit."

Paracelsus war der erste, der davon ausging, dass Lungenkrankheiten von Bergarbeitern durch Einatmen metallischer Dämpfe verursacht wurden und nicht wie angenommen von bösen Geistern.

Paracelsus

Georgius Agricola

1494 bis 1555 n. Chr.

Georgius Agricola gilt heute als der „Vater der Mineralogie". Er wurde am 24. März 1494 in Glauchau geboren und starb 1555 in Chemnitz, wo er jahrelang als Bürgermeister wirkte. Er studierte an den Universitäten in Leipzig, Bologna und Padua.

Sein Werk ist umfangreich und befasst sich mit den Themen Medizin, Pharmazie, Philologie, Pädagogik, Geschichte, Metrologie sowie mit den Geo- und Montanwissenschaften. Weltberühmt wurde Agricola durch sein in Basel erschienenes Hauptwerk „De re metallica libri XII".

Georgius Agricola

Als dieses allerdings endlich gedruckt auf den Markt gelangt war, war Agricola schon gestorben. Dennoch, es machte ihn zum Begründer der Montanwissenschaften. Auch heute noch werden mancherorts Lagerstätten mit einer Technologie gebaut, die in Agricolas Buch beschrieben ist.

Friedrich Mohs

1773 bis 1839 n. Chr.

Geboren wurde Friedrich Mohs 1773 in Gernrode im Harz als Sohn eines Kaufmannes. Er studierte an der Universität Halle Mathematik, Physik und Chemie und wechselt an die Bergakademie Freiberg in Sachsen.

1801 wird er Steiger im Bergbau Neudorf, 1802 kommt er nach Wien, um hier die berühmte Mineraliensammlung des Bankiers van der Nüll zu ordnen und zu beschreiben. 1812 wird Mohs mit einer Professur für Mineralogie am Joanneum in Graz betraut. In dieser Zeit entwickelt er die Mohs´sche Härteskala, die noch heute Gültigkeit besitzt und seinen Namen unsterblich gemacht hat.

1817 übernimmt er die Leitung der Bergakademie in Freiberg und wird 1826 als Professor für Mineralogie an die Universität Wien berufen. Am 29.9.1839 stirbt Mohs auf einer Italienreise.

Achat

Augenachat (auch Kreisachat genannt) gefunden in Madagaskar

Vorbei am uralten Krater Monte Lauro, unweit des Feuer und Glut spuckenden Ätnas, schlängelt sich ein kleines Flüsschen durch die sizilianische Landschaft: der Dirillo. Niemand würde sich um ihn sonderlich kümmern, hätte dieser Wasserlauf in früheren Zeiten nicht Achates geheißen und einem faszinierenden Edelstein den Namen gegeben, dem Achat, der dort in der Antike häufig gefunden wurde.

Ob diese Geschichte, die Plinius der Ältere (23-79 n. Chr.) in seiner bemerkenswerten „Naturalis Historia", einer 37 Bände umfassenden Enzyklopädie, erzählt, hundertprozentig stimmt, darüber streiten sich die Edelsteingelehrten heute noch, sie scheint zumindest sehr schwer widerlegbar und zudem glaubhaft.

Wie dem auch sei, der Achat ist einer der ältesten bekannten Edelsteine überhaupt und wurde bereits bei den Sumerern und Ägyptern verarbeitet. Die Griechen entwickelten sich zu den ersten großen Meistern der Achatschneidekunst und fertigten viele wunderschöne Gemmen und Ziergegenstände an, die heute noch in vielen Museen zu bewundern sind.

Wissensdurstig wie sie nun einmal waren, übernahmen die Römer die Kenntnisse der Griechen und fertigten vor allem glücksbringende Kameen (geschnitzte Steine) und Achatringe, die allerdings ursprünglich nur die „Superreichen" und Mächtigen, die Patrizier tragen durften.

Als Hannibal 216 v. Chr. den sieggewohnten Römern eine böse Schlappe bei der Schlacht von Cannae zufügte, musste er anschließend nur die Achatringe unter den erschlagenen Legionen einsammeln, um zu wissen, um wie viele hohe Beamte er die Weltstadt am Tiber beraubt hatte. Die stattliche Achatsammlung, immerhin hatten die Römer, die unter Flaminius in die Schlacht gezogen waren, rund 48.000 Tote zu beklagen, schickte Hannibal mit freundlichen Grüßen in seine Heimat Karthago. Doch Rom setzte sich trotz größter Mühen auch gegen Hannibal durch. Was blieb waren die Ruinen Karthagos und die Liebe zum Achat.

Nach seinem Sieg über die aufmüpfigen Ponter stellte Pompeius 61 vor Christus seine erbeutete Achatsammlung auf dem Kapitol aus. Als Dank an die Götter für die siegreiche Schlacht.

Der Achat blieb weiter „in". In Konstantinopel, dem späteren Byzanz und heutigem Istanbul, fand man heraus, dass sich Achte durch Erhitzen verfärben. In dieser Technik lassen sich die Künstler bis heute nur ungern in die Karten schauen.

Schwarzer Achat, gerne als Onyx verkauft, entsteht durch Einlegen in Zuckerlösung und anschließender Behandlung mit Schwefelsäure. Lässt man die Schwefelsäure weg, wird der Stein braun. In warmer Salzsäure eingelegt wird er gelb, in Chromsäure oder Nickelnitratlösung grün.

All diese Rezepte wurden unter anderem in Idar-Oberstein entwickelt, das nicht zuletzt dem Achat seine Berühmtheit zu verdanken hat. Denn rund um diese international anerkannte Edelsteinmetropole wurden Jahrhunderte lang große Funde gemacht. Dazu kamen beträchtliche Vorkommen an Sandstein und Wasser. So waren die Voraussetzungen zu einer wachsenden Edelsteinverarbeitung gegeben. Um 1800 gab es über 30 wasserbetriebene Achatschleifereien in Idar-Oberstein. Als die Vorkommen dann langsam zu Neige gingen, setzte eine große Auswandererwelle ein. Viele zog es nach Südamerika, von wo sie ihre alte Heimatgemeinde mit neuen Edelsteinen versorgten. Die Kunst konnte also fortgesetzt werden.

Interessant ist die Entstehungsgeschichte des Achats, der für viele schönsten Varietät des Chalzedons. Gasblasen, die beim Ausfluss von vulkanischen Lava-Massen unterhalb der schnell erstarrten oberen Kruste Hohlräume bildeten, füllten sich mit Kieselsäure und anderen Lösungen, die nach und nach in Jahrmillionen kristallisierten und sich schichtweise an den Wänden ablagerten. Für die unterschiedlichen Farben sorgten verschiedene Spurenelemente wie Eisen, Mangan oder Chrom.

Dem Achat wurden und werden viele Eigenschaften nachgesagt. So war man in der Antike davon überzeugt, dass er vor Skorpionstichen schützen soll. Im Mittelalter wurde das Ganze um Spinnen und Schlangenbisse erweitert. Aber das war natürlich noch lange nicht alles:

„Er macht den Mann für die Frau begehrenswert und schützt vor dämonischen Einflüssen. Er stärkt die eigenen magischen Talente und erhöht die Redegewandtheit und Intelligenz. Zu lebhaften Träumen wird angeregt, wer einen Achat in der Nähe des Kopfes ins Bett legt. Auch hilft er bei Fall- und Mondsucht. Mit augenähnlicher Musterung schützt er, als Amulett getragen, gegen den bösen Blick und stärkt die Augen.“ Ein wahrer Alleskönner also der Achat.

Vor allem Hildegard von Bingen (1098-1179) und Konrad von Megenburg (1309-1374), der Domherr von Regensburg, beschäftigten sich in ihren Schriften mit der Wirkung der Steine auf den Menschen und beeinflussten so die Denkweise ganzer Jahrhunderte.

Baumachat, auch Baumstein, Landschaftsachat, Mokkastein oder Mückenstein genannt, ist ein weißlich-grauer durchscheinender Chalzedon, der seinen Namen von seinen baum- beziehungsweise farnartigen Zeichnungen hat, die durch Dentriden-Einlagerungen entstanden sind.

Augenachat (auch Kreisachat genannt) Achat mit ringförmiger Zeichnung, mit Punkt in der Mitte.

Enhydrit: Achatknolle, die Wasser enthält.

Feuerachat: Achat-Varietät aus Arizona, Kalifornien oder Mexiko, die ihren Namen wegen der leuchtend bunten, vorwiegend braunen oder orangen Farbe bekommen hat, wurde erst 1945 entdeckt. Sein Schillern verdankt der Stein zwei Eisenoxiden, die ihn als Schicht durchziehen oder auch bedecken, dem Goethit und Limonit.

Onyx: Einfarbiger, schwarzer Stein der Chalzedon Gruppe, oft auch mit weißer Bänderung versehen. Kommt einfarbig selten vor. Wird oft auf dem Markt als schwarz gefärbter Achat angeboten und glänzt viel intensiver als das Original.

Sardonyx: Mischung aus Carneol und Onyxlagen, ein meist braun und weiß gebänderter Chalcedon. Wird traditionell zum Schneiden von Gemmen benutzt.

Moosachat: Ein farbloser Chalzedon mit moosartigen Einschlüssen.

Rote Doppelgeode mit Rauchquarz, St. Egidien

Achat

Mineralklasse: Oxide

Chemie: SiO_2

Mohshärte: 7

Dichte: 2,6

Kristallsystem: trigonal

Astrologie: Stier, Skorpion

Wichtige Vorkommen: Brasilien, Uruguay, Mexiko, Australien, Marokko, Indien, USA, Deutschland (Idar-Oberstein) und Namibia

Wirkung auf die Psyche: In der Wohnung aufgestellt, soll er negative Energien vom Menschen fernhalten, gegen Jähzorn, Prüfungsangst und Lernschwierigkeiten helfen und Feingefühl, Klugheit und handwerkliches Geschick fördern.

Wirkung auf den Körper: Soll gegen Kopfschmerzen, Fieber, Epilepsie, Unfruchtbarkeit, Hautkrankheiten, Augenleiden, Depressionen sein und Lunge, Magen, Leber und Gehirn stärken, sprachfördernd.

Pflege: Einmal wöchentlich unter fließendem Wasser entladen, an der Sonne aufladen.

Amazonit

Der Amazonit macht es uns nicht gerade einfach. Seinen Namen trägt er eigentlich zu Unrecht, er kommt mal farblos, mal grasgrün daher, dazu oft fleckig und von hellen Streifen durchzogen. Bei zu starkem Erhitzen verliert er seine Farbe.

Er stellt eine Varietät des Minerals Mikrolin dar, das wiederum zum Kalifeldspat gehört und müsste eigentlich Kalium-Aluminium-Silicat mit einem Schuss Blei in seinen Kristallen heißen. Tut er aber Gott sei Dank nicht. (Feldspäte sind übrigens die am häufigsten vorkommenden Mineralien in der Erdkruste).

Der Amazonit bildet Kristalle, die eine beträchtliche Größe erreichen können. Es wurden schon Exemplare gefunden, die druchaus mehrere hundert Kilo auf die Waage brachten.

Nun stellt sich die Frage, warum verwandten die alten Ägypter den Amazonit mit großer Begeisterung als Schmuck und verehrten ihn als heiligen Stein, obwohl er mit einer Mohshärte von nur 6 schon mit einer Feile zu ritzen und darüber hinaus sehr wärmeempfindlich war und natürlich noch ist?

Ganz einfach. Die Ägypter hielten ihn für eine grobere Art des Smaragds! Auch als Türkis oder Jadeit musste er gelegentlich herhalten. Heute wird der Amazonit häufig im Cabochonschliff (Glattschliff) angeboten, wird aber auch zu Ketten, Perlen oder Kameen verarbeitet.

Wie kam er aber nun zu seinem Namen? In Ägypten war der Nil das Maß aller Dinge, wenn es um Wasser ging. Aber dort wurde er ja für einen Smaragd gehalten, sonst hieße er heute vielleicht Nilit.

Der Amazonas wurde erst rund 1000 Jahre später entdeckt, 1541 vom Spanier Francisco de Orellana, der eigentlich das legendäre Zimtland suchte und niemals fand.

Als Alexander von Humboldt (dt. Geograph 1769-1859), einer der bedeutendsten Naturforscher der Geschichte, von 1799 bis 1804 in die spanischen Provinzen Südamerikas - Venezuela, Kuba, Kolumbien, Ecuador, Peru und Mexiko - aufbrach, begegnete er am Rio Negro Indianern, die interessante grüne Amulette um den Hals trugen, zum Schutz vor Schlangenbissen und Krankheiten. Als er sich nach dem Namen der Steine erkundigte, erhielt er als Antwort: „Amazonensteine".

Amazonit gefunden in Madagaskar

Amazonit Tumble Stücke; Fundort Ural, Russland

Gefunden worden seien sie „in dem Land der Weiber ohne Männer, wo die Weiber alleine leben". Bei den Amazonen also, wo immer sich dieses Land auch befand. Heute vermutet man, dass es sich bei diesen Schmuckstücken um Nephrite gehandelt hat, die in der Vergangenheit auch als Nierensteine bezeichnet wurden. Wie dem

im Gebiet des Amazonas stieß Alexander von Humboldt zum ersten Mal auf den Amazonit

auch sei, durch Humboldts Expedition bekam der Amazonit seinen Namen, auch wenn am Rio Negro, der bei Manaus zusammen mit dem Rio Solimoes den Amazonas bildet, niemals Amazonite gefunden worden sind.

Der Amazonit gehört zu den klassischen Heilsteinen. Er soll gegen Schmerzen im Solar-Plexusbereich wirken und das Herz vor Beschwerden schützen. Dazu wirkt er sich beruhigend auf Nervenbahnen aus und löst somit Krämpfe und Verspannungen aller Art. Besondere Fähigkeiten werden ihm auch bei der Bekämpfung von Kopfschmerzen nachgesagt. Geht es einem gut, erhöht dies natürlich auch wieder die Vitalität und Lebenskraft.

Amazonit

Mineralklasse: Silicate

Chemie: K $(AlSi_3O_8)$

Mohshärte: 6 bis 6,5

Dichte: 2,53 bis 2,63

Kristallsystem: triklin

Astrologie: Wassermann, Jungfrau

Wichtige Vorkommen: Nordamerika, Russland, Brasilien, Indien, Madagaskar, Kenia, Namibia, Tansania

Wirkung auf die Psyche: Soll die Vitalität stärken, aufgewühlte Emotionen ins wieder Lot bringen, beruhigend aufs Nervensystem wirken und Freude und Glücksgefühle wecken.

Wirkung auf den Körper: Soll gegen Schmerzen im Solar-Plexusbereich helfen, gegen Herzbeschwerden und Verspannungen im Rücken- und Nackenbereich.

Pflege: Einmal pro Woche unter fließendem Wasser entladen.

Amethyst mit schillernden Einschlüssen

Amethyst

Wie gelang es den alten Griechen, Dionysos wohlgemut zu stimmen? Indem sie gewaltige Orgien feierten! Der zu Besänftigende war schließlich seines Zeichens Gott der Fruchtbarkeit und des Weines. Da hieß es hoch die Tassen und vieles mehr. Nun gab es aber ein paar schlaue Aristokraten, die zwar einerseits auf den Rebensaft nicht verzichten mochten, andererseits aber auch nicht im Vollrausch den Heimweg durch die Gassen Athens antreten wollten.

Diese benutzten Trinkbecher aus Amethyst (a-methystos = unberauscht) und hofften, so dem dicken Kopf danach entkommen zu können. Dem Amethyst wurde nachgesagt, mehr Standhaftigkeit zu sichern und vor Trunkenheit zu bewahren. Es dauerte einige Zeit, bis eindeutige Erfahrenswerte vorlagen und man feststellte, dass selbst der beste Amethyst ab einer gewissen Literzahl klein bei geben musste.

Im 14. Jahrhundert beschäftigte sich der Naturwissenschaftler und Domherr von Regensburg, Konrad von Megenburg (1309-1374), mit Amethysten und kam zu dem Schluss: „Er macht den Menschen wacker, vertreibt die bösen Gedanken, bringt Vernunft und macht sanft."

Eigenschaften, die den Kirchenfürsten zu Ohren kamen. So schmückten fortan Amethyste die Ringe der Päpste, Kardinäle und Bischöfe, nicht zuletzt natürlich auch wegen der Farbe.

Bei den mittelalterlichen Mystikern verband sich die Welt des Körpers (rot) mit der Welt des Geistes und des Himmels (blau) zum faszinierenden Mysterium (violett), in dem völlig andere als die bekannten Gesetze galten. Violett ist in der Kirche heute noch die Farbe der Buß- und Fastenzeit vor Ostern.

Auch Karl den Großen (742-814 n. Chr.) imponierte die Farbe Violett, zumindest der Amethyst. So zieren gleich vier solcher Steine sein Schwert, das heute noch im Louvre in Paris zu sehen ist.

Karl der Große gehört zu den bedeutendsten geschichtlichen Personen Europas. Im Jahre 800 wurde er durch Papst Leo zum Kaiser gekrönt. Er selbst soll völlig überrascht gewesen sein, von der Geste des Kirchenoberhauptes, nahm die Wahl aber dankend an.

Den Kaisertitel beanspruchte auch 162 Jahre später Otto I. (912-973 n. Chr.) und brauchte dafür eine repräsentative Krone. Er beauftragte seinen Bruder, den Kölner Erzbischof Brun mit der Herstellung. Der schätzte den Amethyst als überaus kostbares Juwel und entschloss sich deshalb, 12 Exemplare in die Reichskrone einsetzen zu lassen. Besichtigt werden kann diese heute in der „Wiener Schatzkammer". Ein Besuch lohnt sich.

Vielleicht hatte auch Kaiser Otto I. von den vielen Wunderkräften gehört, die dem Amethyst nachgesagt wurden. So soll er Felder vor Stürmen und Heuschrecken schützen und - wichtig für Otto - Kriegs- und Jagdglück bescheren, sowie den Verstand beflügeln. Selbst für einen geregelten Säure-Haushalt im Körper zeichnete er sich verantwortlich.

Der Amethyst gehört zur großen Gruppe der Quarze, die sich wiederum in zwei Untergruppen einteilen lässt: Die Kristallquarze und die mikrokristallin aufgebauten Quarze. Zu den ersteren gehören die Prunkstücke der Familie: Bergkristall, Amethyst, Citrin, Rauchquarz und Rosenquarz.

Der Amethyst gab den Naturwissenschaftlern lange Zeit Rätsel auf, da er über eine

Amethyst-Zepter

Ob nun männlich oder weiblich, wird der Amethyst stark erhitzt, verändert er seine Farbe und wird gelblich. Diese Steine werden heute als Citrine verkauft, im Handel jedoch fälschlicherweise häufig als Goldtopas oder Madairatopas angeboten.

Die Natur ist aber auch ohne Nachhilfe für Überraschungen gut. So wurden in Bolivien Steine entdeckt, die eine Mischung aus Amethyst und natürlich gewachsenem Citrin darstellen, die Ametrine. Lange wurde darüber gerätselt, ob es sich dabei um künstlich hergestellt Steine handelte, bis die Beweise auf den Tisch lagen und feststand, es gibt sie: die Ametrine. Sie sind eine Laune der Natur, die den Amethyst und Citrin zu einem Stein verschmelzen ließ.

Ursprünglich entstand vor Millionen von Jahren der Amethyst bei Temperaturen zwischen 100 und 250 Grad aus einer schwach eisenhaltiger Kieselsäurelösung, meistens in durch Gasblasen gebildeten Hohlräumen vulkanischer Gesteine.

Heute finden wir die größten Vorkommen in Brasilien, Uruguay, auf Madagaskar und im Ural. Früher gab es auch Vorkommen in Idar-Oberstein und im Rheinland, die heute versiegt sind. Was geblieben ist , ist der Ruhm der Edelsteinschleifer aus Idar-Oberstein, der sich auf die Bearbeitung der Amethyste gründete und heute natürlich für alle Edelsteine gilt.

ungewöhnliche Kristallstruktur verfügt, die wiederum dafür verantwortlich ist, dass es weltweit nur relativ wenig große und dunkelgefärbte Kristalle gibt. Und noch eine Besonderheit prägt den Amethysten. Im großen Lexikon der Heilsteine, Düfte und Kräuter wird darauf hingewiesen, dass es männliche und weibliche Spitzen gibt.

Zitat aus dem Lexikon: „Amethyste kristallisieren männlich (rechts gedreht) oder weiblich (links gedreht) aus. Das heißt, sie weisen in ihren Spitzen verschiedenartige Kristallstrukturen auf. Aufgrund unserer jahrelangen Arbeiten haben wir festgestellt, dass der männliche Organismus wesentlich sensibler auf die weiblichen Kristalle und der weibliche Organismus besser auf die männlichen anspricht.“

Amethyst mit Calcitspitzen

Amethyst

Mineralklasse: Oxide

Chemie: SiO_2 mit Fe

Mohshärte: 7

Dichte: 2,65

Kristallsystem: trigonal

Astrologie: Fische

Wichtige Vorkommen: Brasilien, Uruguay, Indien, Madagaskar, Russland

Wirkung auf die Psyche: Soll für Konzentration sorgen, den Willen stärken und soll Mut bringen und bei Stress helfen.

Wirkung auf den Körper: Soll gegen Blutarmut, Hautkrankheiten, Kopfweh und Migräne helfen, den Stoffwechsel anregen, gut gegen Legasthenie, Insekten- und Schlangenbisse sein.

Pflege: Ein bis zweimal pro Monat unter fließendem Wasser entladen.

Apatit

Aus dem Griechischen übersetzt heißt er der „Trügerische". Das hat natürlich seinen Grund. Weil er vielen anderen Steinen sehr ähnlich sieht, wurde er in der Vergangenheit oft für einen Turmalin, Beryll, Quarz, Fluorit oder Peridot gehalten. Dabei gehört der Apatit zu den am häufigsten vorkommenden Mineralien der Erde.

Normalerweise ist er grün, aber die Natur hat natürlich immer wieder Überraschungen parat, und so zeigt er sich auch dunkelblau, braun, grau, violett, rötlich, weiß, gelb und farblos. Eine beeindruckende Palette der Vielfalt, die den Unkundigen schon mal zum Rätselraten bringen kann.

Als Schmuckstück wurde der Apatit früher selten verarbeitet. Das hat sich geändert. Heute erfreut er sich immer größerer Beliebtheit, vielleicht deshalb, weil er eben nach mehr ausschaut.

Bei gekonntem Schliff präsentiert er eindrucksvoll seine leuchtenden, kräftigen Farben. Mit einer Härte von nur 5 ist er jedoch sehr weich, was bei seiner Handhabung beachtet werden muss, ansonsten ist er sehr schnell zerkratzt. In Salzsäure löst er sich sogar auf.

Wer den Apatit nicht als Schmuckstein ständig bei sich trägt, der muss ihn trotz allem nicht missen. Unsere Zähne - sofern noch vorhanden - lassen sich in ihrem äußeren Bau in drei große Bereiche unterteilen: Die Zahnkrone, den Zahnhals und die Wurzel. Die Krone, also der Bereich, den man sieht und der kräftig ran muss, wird vom härtesten Material geschützt, das unser Organismus herstellen kann - Apatit. Er muss und soll in seiner Funktion als Schutzschild alle Angreifer abwehren.

Auf ihn wartet im Mund allerdings ein großer Feind und der heißt Zucker. Die Kariesbakterien brauchen das süße Zeug, um sich einerseits zu ernähren, andererseits, um sich mit ihren klebrigen Strukturen an den Zähnen festhalten zu können. Die Bakterien wandeln den Zucker in Milchsäure um und die wiederum zerstört die Kristallstruktur des Apatits. Herzlich willkommen Karies.

Doch nicht nur in den Zähnen leistet der Apatit ganze Arbeit, er ist auch für einen stabilen Knochenbau zuständig und steuert als Phosphat in Verbindung mit Phosphor einen wichtigen Teil zur Energieversorgung des Körpers bei.

In einem interessanten Artikel des Bundesverbandes der Lebensmittelchemiker stand, dass selbst die Bakterien den Nutzen des Apatits erkannt haben, allerdings nicht gerade zum Nutzen der Gesundheit:

„Neue Erkenntnisse lassen die Vermutung aufkommen, dass eine Gruppe von Bakterien an der Bildung von Nierensteinen beteiligt ist, die sogenannten Nanobakterien. Man hat diese Winzlinge im Blut der Menschen entdeckt und festgestellt, dass sie nicht nur klein, sondern auch sehr stabil sind. Um sich vor äußeren Einflüssen zu schützen, bilden die Nanobakterien eine mineralstoffhaltige Schale aus Apatit."

Nicht nur im Körper spielt der Apatit für das Phosphat eine überragende Rolle, auch in der freien Natur. Da Phosphor sehr reaktionsfreudig ist, kann es nur in Verbindung mit anderen Elementen vorkommen und das ist in erster Linie der Apatit.

Apatit; Vorkommen in Hollensbach, Ahrntal, Südtirol (Oberitalien)

Phosphor wurde bereits 1669 von dem Hamburger Alchimisten Henning Brand (1630-1710) entdeckt, der gerade auf der Suche nach dem „Stein der Weisen", der unedle Metalle in Silber verwandeln sollte, war. Durch Destillation von Harn erhielt er einen Rückstand, der im Dunkeln leuchtete und hochentzündlich war. Er nannte diesen „kaltes Feuer".

Erst hundert Jahre später wurde dieses „kalte Feuer" als Phosphor erkannt. Minderwertiger Apatit ist heute einer der größten Phosphorlieferanten überhaupt. Zur Gewinnung wird der Apatit mit Kohlenstoff und Silizium in einem Ofen auf 1500 Grad Celsius erhitzt. Der entstehende Phosphor wird für Legierungen, Zündhölzer und vieles mehr genutzt.

Ein äußerst seltenes Exemplar eines Apatits kann man in der Washingtoner Smithsonian Institution bewundern, es ist violett und bringt es auf immerhin 500 Karat (ein Karat entspricht 0,2 Gramm).

Apatit, violettfarbene Kristallgruppen

Apatit

Mineralklasse: Phosphate

Chemie: $Ca_5((F,Cl,OH)/(PO_4)_3)$

Mohshärte: 5

Dichte: 3,17 bis 3,23

Kristallsystem: hexagonal

Astrologie: Schütze

Wichtige Vorkommen: Überall auf der Welt, besondere Lagerstätten in Brasilien, Myanmar, Sri Lanka, Indien, Kanada, Madagaskar, Mexiko, USA

Wirkung auf die Psyche: Soll den emotionalen Bereich stärken, klärt den Geist und stabilisiert die Gedanken.

Wirkung auf den Körper: Soll bei Augenleiden und grippalen Infekten helfen und sich positiv auf die Tätigkeit des Darms auswirken.

Pflege: Unter fließendem Wasser reinigen und ab und zu an die Sonne legen.

Aquamarin

Da spielten nun die kleinen Meerjungfrauen ausgelassen mit den Seepferdchen in den himmelblauen Wellen und plötzlich geschah das Malheur. Sie stießen an ihr Schatzkästchen und heraus purzelten wunderschöne Kristalle, die alle die Farbe des Meeres annahmen.

Der Aquamarin war auf die Erde gekommen und symbolisiert seither die Leichtigkeit des Seins. Er ist der Glücksstein der Seeleute und verspricht Liebenden eine gesegnete Zukunft. Seit alters her steht er für den Frühling und damit natürlich für Optimismus und Aufbruchstimmung.

Auf der Internetseite der Dortmunder Juwelen Galerie Gruttmann lässt sich ebenfalls eine schöne, orientalische Sage nachlesen. Es geht um Kapitän Feridin, der mit List den Stein entführt hatte. „Einst war er ein Herr der Meere und ein Fürst der Räuber, den die Meerjungfrauen in die Tiefe gezogen haben, nachdem er sie verhöhnt hatte, der dann aber die Liebe ihrer Königin errang und durch diese von Grund auf gewandelt wurde. Der Träger dieses Steins steht seither unter dem besonderen Schutz der Meerjungfrauen."

Wie der Smaragd, Heliodor oder Morganit ist der Aquamarin eine Varietät des Minerals Beryll. Er erhielt seinen Namen, „Wasser des Meeres", erst im Mittelalter. Bis dahin galt er als bläulicher Beryll. Bekannt ist allerdings, dass er schon bei Griechen und Römern gern gesehener Gast in vielen Schmuckkästchen war. Vor allem Gemmen mit vertieftem Bild wurden oft aus Aquamarin geschnitten, der seine Farbe übrigens dem im Kristall enthaltenen Eisen verdankt.

Aquamarin

Aquamarin auf Glimmer

Die für Schmuckstücke verwendeten Steine sind in der Regel klar und ohne Einschlüsse. Besonders beeindruckende Blautöne werden allerdings oftmals dadurch „hervorgezaubert", dass man den Stein auf rund 400 Grad Celsius erhitzt. Zudem wird der Aquamarin häufig kopiert. Dabei wird nicht nur mit hohen Temperaturen gearbeitet, sondern der Topas oder synthetischer Spinell radioaktiven Gammastrahlen ausgesetzt, die für ein kräftiges Blau sorgen. Mitunter fällt es Experten auf den ersten Blick schwer, unechte von echten Steinen unterscheiden zu können.

Bleiben wir bei den Echten, die über ein eigenartiges Merkmal verfügen. Je nach Betrachtungswinkel können diese verschiedene Farben aufweisen, die von hell bis dunkelblau reichen. Dieses faszinierende Phänomen heißt Dichroismus (Zweifarbigkeit).

Sieht man mehrere Farben wird vom Pleochroismus (griechisch pléon = mehr und Chros = Farbe) gesprochen. Die verschiedenen Farbnuancen des Aquamarins werden mit klingenden Namen belegt, die man sich genussvoll auf der Zunge zergehen lassen kann.

„Santa Maria" heißen die seltenen Steine aus der Mine Santa Maria de Itabira in Brasilien. Berühmt für seine Funde ist dort auch der Bundesstaat Minas Gerais. Er entstand 1698 als dort Gold in großen Massen gefunden wurde.

Brasilien hatte gerade das Zuckermonopol verloren und so kam dieser Fund der Bandeirantes, skrupelloser Sklavenjäger, gerade recht. Eine Völkerwanderung setzte ein und neben Gold wurden nun auch andere Kostbarkeiten zu Tage gefördert wie Diamanten und eben Aquamarine.

Lassen die Steine aus der inzwischen ausgebeuteten Santa Maria Mine noch heute die Herzen aller Kenner höher schlagen, so sind auch die Funde anderer Abbaugebiete wie Espirito Santo, Martha Rocha (benannt nach der brasilianischen Schönheitskönigin von 1954), Fortaleza und Marambaia höchst begehrt.

Ein riesiges Exemplar sah 1910 in Marambaia das Licht der Welt. Es wog 110 Kilogramm. Zwei Deutsche kauften das Stück und ließen es in Idar-Oberstein verarbeiten. Es konnten mehr als 200.000 Karat Einzelsteine daraus geschliffen werden, die insgesamt 60 Millionen Mark, also knapp 30 Millionen Euro eingebracht haben sollen. Die Investition hatte sich also gelohnt. Steine in der Santa Maria Qualität wurden im Laufe der Geschichte übrigens auch in einem Flussbett in Mozambique gefunden, die zur Unterscheidung „Santa Maria Africana" genannt wurden.

Im Mittelalter schliff man helle Aquamarine übrigens als „Gucklöcher" für Reliquienschreine, um sich stets einen Überblick darüber verschaffen zu können, wie es um den heiligen Inhalt gerade bestellt war. Zu dieser Zeit war man auch felsenfest überzeugt davon, dass Wasser, in dem ein Aquamarin gelegen hat, Augenleiden, Zahn-, Hals- und Leberschmerzen lindern könne.

Aquamarin „Ball", Shirgar-Tal, Pakistan

Aquamarin

Mineralklasse: Oxide

Chemie: $Al_2Be_3(Si_6O_{18})$ mit Fe

Mohshärte: 7,5 bis 8

Dichte: 2,68 bis 2,74

Kristallsystem: hexagonal

Astrologie: Wassermann, Fische

Wichtige Vorkommen: Brasilien, Madagaskar, UdSSR, Afrika, Afghanistan, Pakistan

Wirkung auf die Psyche: Soll Depressionen und Aggressivität lindern, die Ausdruckskraft stärken

Wirkung auf den Körper: Soll gut sein gegen Erkrankung der Atemwege, Nervenerkrankungen, Drüsenstörungen, Allergien, Zahnschmerzen, Leber- und Augenleiden, Erkältungen und Kehlkopfentzündungen.

Pflege: Unter fließendem, lauwarmen Wasser entladen und an der Sonne aufladen.

Aragonit

Der Aragonit gehört nicht zu den bekanntesten Mineralien, aber er taucht überall in der Welt auf - auch dort, wo man ihn nicht erwartet. Seinen Namen verdankt er seinem Vorkommen in der nordspanischen Provinz Aragonien (Hauptstadt Saragossa), wo besonders beeindruckende Exemplare zu Tage gefördert wurden.

Beim Versuch, mehr über den Aragonit herauszufinden, kommt man aus dem Staunen nicht heraus.

Als Wissenschaftler das weltberühmte Grabtuch von Turin, auf dem Jesus Christus abgebildet sein soll, näher unter die Lupe nahmen, fanden sie Blutspuren der Blutgruppe AB, Reste von Aloe und Myrrhe und - man höre und staune - an Ferse und Knie Spuren von Aragonit, ohne bis heute zu wissen, wie er dorthin gelangt ist.

Genaueres können wir dagegen über den Gebrauch das Aragonits auf Yap, einer Inselgruppe im fernen Mikronesien, die rund 10.800 Kilometer südlich von Los Angeles liegt, sagen. Weit entfernt aller bedeutenden Schifffahrtsrouten, zog die Weltgeschichte unaufgeregt an dem Korallenriff vorbei, was wiederum die Chance bot, sich alte Traditionen zu erhalten.

So gilt hier auch heute noch - trotz des inzwischen ebenfalls gern gesehenen Dollars - Steingeld als akzeptierte Währung.

Aber machen Sie sich keine falschen Vorstellungen. „Stone money“, sind Steinscheiben, die bis zu vier Meter Durchmesser haben können und ein Loch in der Mitte.

Möglichst viele dieser „Münzen“, die aus Aragonit bestehen und Jahrhunderte lang aus dem 350 Kilometer entfernten Palau beschwerlich übers Meer herangeschippert werden mussten, im Garten, bedeutet nach wie vor Reichtum und Anerkennung. 6000 dieser Scheiben existieren noch.

Der Sage nach kamen einst zwei yapesische Kanufahrer auf die Idee, von ihrem Ausflug nach Palau einige runde Steine mitzubringen, die natürlich, weil auf Yap nicht erhältlich, zu äußerst begehrten Tauschobjekten wurden. Das machte auch anderen Jünglingen Mut, ebenfalls ins Meer zu stechen und auf Palau solche Steine mittels scharfer Muscheln aus dem Gestein zu kratzen.

Im Laufe der Jahre wurden die Räder immer größer, die Rückfahrten dadurch immer gefährlicher und das Steingeld immer teurer. 1931 machte sich der letzte Steinpenny auf den Weg nach Yap.

Inselgruppe Palau in Mikronesien; Fotograf Paul Höhenberger

Hütte auf Yap; im Vordergrund rießige Aragonit Scheiben; Fotograf Paul Höhenberger

Calciumcarbonat kristallisiert in drei verschiedenen Modifikationen: Calcit, Aragonit und dem eher seltenen Vaterit. Calcit und Aragonit kommen als Bestandteile auch in Vogeleierschalen, Muscheln, Schnecken und Korallen vor. Perlen, die von der Damenwelt so geschätzten Schmuckstücke, bestehen zu über 90 Prozent aus Aragonit, das für die irisierenden Farben sorgt. Da Aragonit sich allerdings in verschiedenen Säuren löst, sollten Perlenketten-Trägerinnen Essig immer weit entfernt von ihrem Schmuckstück aufbewahren. Es sei denn, sie machen es wie einst Kleopatra, die gerne in Essigwasser aufgelöste Perlen als Cocktail schlürfte. Sie gönnte sich ja sonst nichts.

Aragonit „Eisenblüte", Ringenwechsel bei Schwaz/Tirol

Der Unterschied zwischen Calcit und Aragonit? Ganz einfach: Aragonit ist viel schlechter spaltbar. Er kommt in der Natur vor allem in Hohlräumen vulkanischer Gesteine, in den Oxidationszonen von Erzlagerstätten (korallenartig aussehende Eisenblüte), als Ausfällung im Meerwasser sowie in Schwefellagerstätten (Sizilien) und in heißen Quellen vor.

Bei vielen Völkern ist der Aragonit als Sprudel- oder Kesselstein bekannt, der sich am Rand heißer Quellen als glänzender, wie Marmor aussehender Stein ablagert. Für Johann Wolfgang von Goethe galt der berühmte „Karlsbader Sprudelstein" als derart bemerkenswert, dass er ihn in die Reihe der Edelsteine hob, zumal dieser bisweilen dem Achat ähnelt.

Nachzulesen ist über den „Karlsbader Sprudelstein", den auch Beethoven, Bach, Mozart und Paganini bewundert haben, dass der Steinschneider und Mineralienhändler Joseph Müller, ein Freund Goethes, 1776 für das kaiserliche Kabinett in Wien einen wundervollen Tafelaufsatz aus Aragonit gefertigt hat, der heute allerdings als verschollen gilt.

Zusammen mit Goethe brachte Müller in der tschechischen Bäderstadt ab 1806 Steinsammlungen auf den Markt, die sogenannten „Karlsbader Suiten", heute natürlich begehrte Raritäten.

Aragonit

Mineralklasse: Carbonate

Chemie: $CaCO_3$

Mohshärte: 3,5 bis 4

Dichte: 2,95

Kristallsystem: rhombisch

Astrologie: Wassermann

Wichtige Vorkommen: Deutschland (Kaiserstuhl), Sizilien, Spanien, Mexiko, Pakistan USA, Italien, Marokko.

Wirkung auf die Psyche: Soll das Gemüt beruhigen, Empfindsamkeit und Verantwortungsgefühl gegenüber der Natur stärken,vor Mondsüchtigkeit und Albträumen schützen.

Wirkung auf den Körper: Soll vor mangelnder Knochenbildung und falschem Knochenwachstum bewahren, gut sein gegen Gelenkrheuma, Knochenhauterkrankungen, Knochenschwund, Zahnerkrankungen, Karies und Gicht.

Pflege: Unter fließendem, lauwarmen Wasser ein bis zweimal im Monat entladen und in einer Bergkristall-Gruppe wieder aufladen.

Maserung des Azurits

Azurit

Der Azurit hat schon bessere Zeiten erlebt. Vom Altertum bis ins späte Mittelalter gehörte er zu den heißbegehrtesten Mineralien. Nicht, weil es der Traum einer jeden holden Rittersfrau gewesen wäre, sich mit diesem etwas spröden Kristall in Form einer Kette oder eines Ringes zu schmücken. Der Azurit war in erster Linie in der Malerei, bei der Herstellung blauer Farbe, begehrt.

Blau ist seit Menschengedenken die Farbe des Himmels und damit der Götter. Maria trägt auf alten Kirchenbildern meist ein blaues Gewand, Krishna in Indien auch. Im alten Ägypten wurden die Grabkammern der Könige blau ausgemalt, bei den Mayas viele Wände, wie Ausgrabungen in Bonampak bewiesen haben.

In den häufigsten Fällen wurden dafür die Pigmente des Azurits verwendet, die preislich sehr hoch lagen, da die Herstellung sich als sehr schwierig erwies. Das Mineral wurde zunächst grob gemahlen, dann gereinigt, pulverisiert und gesiebt (grobes Material ergibt dunklere Töne, feineres hellere). Um die Farben haltbarer zu machen, wurden die Pigmente oft und gerne auch mit Eigelb vermischt.

Albrecht Dürer (1471-1528) beispielsweise veranschlagte den Preis eines in Auftrag gegebenen Kunstwerkes unter anderem damit, wieviel Blau er darin verwendet hatte.

Doch nicht nur auf Dürers Werken finden wir Azurit. Weltberühmt ist das Deckengewölbe in der Arenakapelle von Padua, das Giotto (1267-1337) mit leuchtendem Blau ausgemalt hatte. Ob in der Folgezeit Tizian, Tintoretto, Botticelli, Leonardo da Vinci, Rubens, Rembrandt oder Velasquez - alle mischten sich ihre Blautöne unter anderem aus den Azurit-Pigmenten zusammen.

Wahre Begeisterung löste Annibale Carracci (1560-1609), einer der Väter der Barockmalerei mit seinem Bild „Die Frau von Kanaa“ aus, auf dem Christus einen blauen Mantel trägt, der seinesgleichen sucht. Trotz aller Euphorie wurde die Farbe aber nicht nach ihm benannt, sondern nach Kollegen Veronese. Neben Azurit hieß sie plötzlich auch „Bleu Paul Veronese“.

Veronese (1528-1588), der aus Verona stammte, widmete sich in erster Linie dem Schaffen großer Heiligenbildern, auf denen er mit azuritblauer Farbe recht verschwenderisch umging. Allerdings legte er die Auswahl seiner Motive zuweilen äußerst freizügig aus, was zur Folge hatte, dass er am 18. Juli 1573 in Venedig vor der „Heiligen“ Inquisition erscheinen musste und die ließ - im Namen der Kirche - gerne unliebsame Zeitgenossen auf dem Scheiterhaufen verbrennen.

Was hatte der gute Veronese nun verbrochen? Für das Dominikanerkloster San Giovanni e Paolo hatte er das überdimensionale Riesengemälde „Abendmahl Christi und seiner Jünger im Hause des Simon“ fertiggestellt, darin aber neben den Jüngern Jesu auch verschiedene andere Kumpane am Tisch Platz nehmen lassen. Statt der eigentlich kleinen Schar der Jünger um Jesus, teilten sich plötzlich über 50 Mann Brot und Wein.

Ob solch gotteslästerlicher Darstellung von den Inquisitoren befragt, was er denn meine, wie viele Personen am Abendmahl wirklich teilgenommen hätten, meinte er gelassen: „Ich glaube, dass es nur Christus und seine Jünger waren. Aber, wenn in einem Gemälde freier Platz ist, fülle ich diesen mit Figuren meiner Phantasie aus. Künstler und Narren sind frei!"

Ihm blieb der Scheiterhaufen zwar erspart, er wurde allerdings angewiesen, das Bild auf eigene Kosten abzuändern. Veronese versprach es hoch und heilig, ließ alles beim Alten und gab dem Kunstwerk einfach einen neuen Namen: „Gastmahl im Hause des Levi." Was - wenn auch zähneknirschend - von den Kirchenfürsten akzeptiert wurde und dem Künstler Geld und Zeit ersparte.

Dies zu einem der Namensgeber des Azurit, der auch Bergblau, Armenier Stein, Azurblau, Kupferlasur, Azzuro, Cendre bleu oder Mountain blue genannt wurde und heute auch noch wird.

Der Azurit kommt weltweit vor, vom Schwarzwald - hier allerdings nur noch in geringen Mengen - über den Ural bis hin nach Australien. Die bedeutendsten Vorkommen heute finden wir in Namibia, Mexiko und Arizona.

Azurit

Azurit

Mineralklasse: Carbonate

Chemie: $Cu_3(OH/C0_3)_2$

Mohshärte: 3,5 bis 4

Dichte: 3,7 bis 3,9

Kristallsystem: monoklin

Astrologie: Jungfrau, Stier

Wichtige Vorkommen: Australien, Chile, Mexiko, Namibia, Russland, USA, früher bei Lyon (Frankreich)

Wirkung auf die Psyche: Soll die Konzentrationsfähigkeit erhöhen und positiven Einfluss auf das Nervensystem haben.

Wirkung auf den Körper: Soll gegen Arthritis, Rückgratverkrümmung, Milzbeschwerden helfen und ebenso die Heilung nach Operationen beschleunigen, sowie Gelenke und Knochen festigen.

Pflege: Einmal pro Monat in einer Schale Hämatit-Trommelsteine oder trockenem Meersalz entladen und danach an der Sonne wieder aufladen.

Baryt

Das Bariumsulfat ($BaSO_4$) ist den Bergleuten schon seit Jahrhunderten bekannt, nur anfangen konnten die Kumpels mit dem für sie nutzlosen Gangmineral zunächst überhaupt nichts. Es wanderte direkt auf die Abraumhalden.

Doch Anfang des 17. Jahrhunderts entdeckte ein findiger Steiger plötzlich, dass Baryt in der Dunkelheit beim Aufwärmen aufleuchtete. Die Entdeckung der Lumineszenz (Leuchterscheinungen bei Stoffen) in der Mineralogie war gelungen.

Carl Wilhelm Scheele (1742-1786) entdeckte 1774 Barium als Element des Schwerspates, der wegen seiner Dichte als Baryt bezeichnet wurde (vom griechischen barys = schwer).

Eng verbunden mit dem Namen Baryt ist einer der genialsten Chemiker der Geschichte: Sir Humphrey Davy (1778-1829), Sohn eines Holzschnitzers aus Pensance im englischen Cornwall. Er verfügte zwar lediglich über eine einfache Schulbildung, interessierte sich allerdings von frühester Jugend an für alles, was die Welt zusammenhält.

Schon als 23-jähriger wurde der Autodidakt in Sachen Chemie und Physik an die Royal Institution in London berufen, wo er ein Jahr später zu Professorehren kam. Legendär - so wird berichtet - waren damals seine Vorlesungen, die er durch beeindruckende Experimente auflockerte. Sein Assistent, Michael Faraday (Faradaysche Gesetze, Faraday-Käfig) wurde später selbst zu einer Berühmtheit und Legende.

Zunächst beschäftigte sich Davy mit der Natur der Wärme und mit Gasen, die er - wie alle Substanzen, mit denen er arbeitete - probehalber einatmete. Dabei entdeckte er die Wirkung von Distickstoffmonoxid, das von ihm benannte „Lachgas".

Ab 1806 führte Davy verstärkt elektrochemische Experimente durch und gilt dadurch als Begründer der Elektrochemie. Mit Hilfe der Schmelzflusselektrolyse fand er die Elemente Natrium, Kalium, Kalzium, Strontium, Magnesium und schließlich auch das Barium. Dieses isolierte er aus dem Baryt.

Danach forschte Davy auf anderen Gebieten weiter, bewies dass Wasser aus Wasserstoff und Sauerstoff besteht, dass Chlor ein Element ist und gab diesem gleich noch seinen Namen. Er wies nach, dass Diaman-

Baryt rotbraun; Niederschlema / Sachsen

Baryt ; Leshan/Prov. Sichuan/China

ten aus reinem Kohlenstoff bestehen und konstruierte dann 1815, so nebenbei, die Grubenlampe für die Bergarbeiter. Im Jahre 1829, inzwischen zum Baron ernannt, starb er am Genfer See. Soviel zu diesem großen Wissenschaftler.

Baryt ist ein farbloses oder weißes Mineral, das allerdings durch Fremdbestandteile verschiedene Farbtöne aufweisen kann. Es bildet sich vor allem in Gängen, die durch die Einwirkung von heißem Wasser entstanden sind.

Wegen seiner Beständigkeit gegen Säuren und Laugen, der hohen Dichte sowie des hohen Weißheitsgrades, wird Baryt vor allem in der Farb-, Lack-, Kunststoff- und Gummiindustrie verwendet. Auch bei der Herstellung von Fußbodenbelägen, Bremsbelägen und Schalldämpfstoffen ist er dabei.

Da der Baryt allerdings auch ein Weltmeister im Schlucken aller möglichen Strahlen ist, werden Abschirmplatten und auch Schutzanzüge nicht selten aus Gewebe mit Baryt hergestellt.

Baryt wird vor allem in Deutschland (Harz, Thüringer Wald, Schwarzwald, Odenwald) sowie in Frankreich, England, Italien, China, der Tschechischen Republik und in den USA gefunden.

Baryt

Mineralklasse: Sulfate

Chemie: $Ba(SO_4)$
Bariumsulfat

Mohshärte: 3 bis 3,5

Dichte: 4,44

Kristallsystem: rhombisch

Astrologie: Steinbock

Wichtige Vorkommen: Deutschland, Brasilien, USA, Mexiko, Italien, Australien, Frankreich, England, China, Tschechien

Wirkung auf die Psyche: Soll vor Erkrankungen bewahren, die durch die Strahlung der Umwelt verursacht werden.

Wirkung auf den Körper: Schutzstein vor Strahlung, Heilstein bei Sonnenbrand und anderen Verbrennungen, bei Entzündungen, bei Pickeln und Akne. Er soll auch gegen Schuppen helfen.

Pflege: Unter lauwarmem Wasser entladen, er braucht nicht aufgeladen zu werden.

Bergkristall

Albrecht von Haller (1708-1777), der geheime Rat Johann Wolfgang von Goethe (1749-1832) oder auch Adalbert Stifter (1805-1868), allesamt Meister der deutschen Sprache und des geschriebenen Wortes, ließen die Bergkristalle nicht kalt. Haller feierte sie in seinem gewaltigen Gedicht „Die Alpen“ als Europas Antwort auf die Diamanten, Goethe sah in ihnen Quarz in Vollendung und Stifter schrieb die Novelle „Bergkristall“, in der sich hinter den Mineraliennamen die Gesetze der Natur verbergen.

Doch der Bergkristall wurde nicht erst durch die geistigen Größen des 18. Jahrhunderts entdeckt. Er begeisterte schon viel früher. Die Griechen sahen in ihm gefrorenes Eis, das nicht mehr in der Lage war, aufzutauen. Daher auch sein Name „crystallos“ = klares Eis. Diese Vorstellung hielt sich bis ins Mittelalter. Römische Kaiser wie Nero verehrten ihn, Maya- und Aztekenherrscher beteten ihn an, nordamerikanische Indianer legten ihn in die Wiegen ihrer Kinder, um sie vor Bösem zu bewahren und buddhistischen Priestern sollte er helfen, meditativ den „Pfad der Erleuchtung“ zu finden.

Erzbischof Isidor von Sevilla (560-636) schrieb: „Setzt man ihn den Strahlen der Sonne aus, so entflammt er derart, dass er trockene Schwämme und Blätter anzündet. Er wird auch zur Herstellung von Bechern gebraucht...“ Vor allem die Westgoten schlürften daraus gerne Hochprozentiges, wie wir über deren König Reccesvinthus wissen, der bis ins Jahr 672 n. Chr. in Spanien regierte und dem Land einen langen Frieden bescherte.

Bis heute ist der Bergkristall nicht aus der Mode gekommen. Abgesehen davon, dass er nach wie vor zu den beliebtesten Schmucksteinen gehört, ist er inzwischen in verschiedenen Bereichen der Technik unentbehrlich geworden.

Grund dafür ist eine Eigenschaft, die sich „Piezoelektrizität“ nennt und 1880 von den Brüdern Jacques und Pierre Curie entdeckt wurde. Sie besagt, dass durch mechanischen Druck auf bestimmte Flächen bei manchen Kristallen ein elektrisches Feld auftritt. Bei der Umkehr dieses Effektes wird der Stein zu elastischen Schwingungen angeregt.

1929 machte sich der Amerikaner Warren Alvin Marisson diese Erkenntnisse zu Nutzen und erfand in den ehemaligen Laboratorien Alexander Graham Bells in New York die erste Quarzuhr. Sie musste in einem 15 Kubikmeter (!) großen Raum untergebracht werden, solche gigantischen Ausmaße hatte sie. Erst 30 Jahre später wanderte die Quarzuhr, auf drei Kubikzentimeter geschrumpft, an die Handgelenke ihrer stolzen Träger.

Heute braucht man die Steine zudem für den Richt- und Satellitenfunk, beim Erzeugen von Ultraschall, sowie in der Mess- und Nachrichtentechnik. Allerdings werden in diesen Fällen, wegen des hohen Bedarfs, größtenteils künstlich gezüchtete Quarze verwendet, die in sogenannten Stahlautoklaven bei rund 400 Grad Celsius und einem Druck von bis zu 2000 bar pro Tag rund einen Millimeter wachsen.

Alles Fakten, die mittlerweile zum täglichen Leben gehören, aber einem keine Schauer über den Rücken jagen. Dies wird schon anders bei der Diskussion um die berühmten Bergkristallschädel, die in erster Linie in Südamerika gefunden wurden. Allen voran ein fünf Kilo wiegendes Pracht-

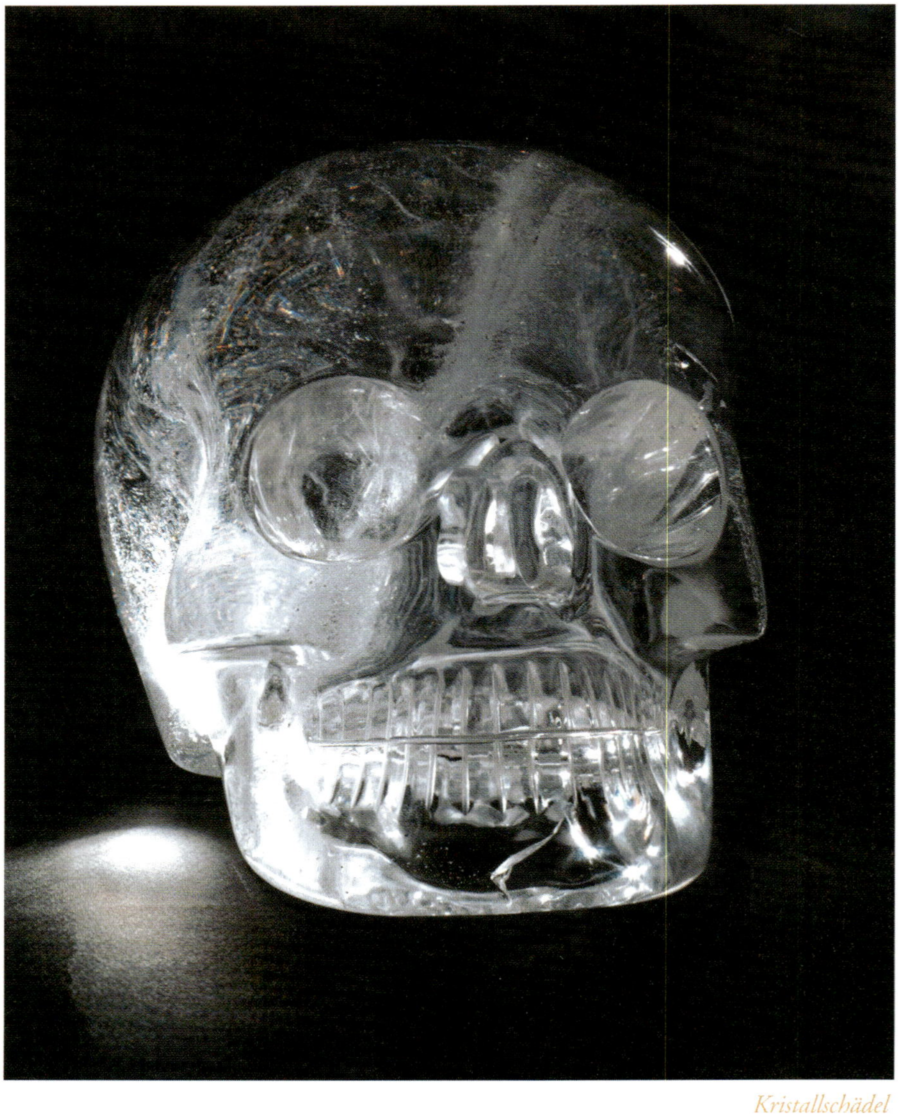

Kristallschädel

Kristallmuseum Riedenburg; die größte Bergkristall-Gruppe der Welt (7,8 Tonnen schwer, 3 x 2 m und knapp 2 m hoch) 1981 geborgen in Westarkansas - seit 1982 in Riedenburg

exemplar, das 1924 bei Ausgrabungen in einer Mayapyramide der Ruinenstadt Lubaantun ans Licht kam. Lubaantun liegt in den Urwäldern Belizes, einem Ländchen, halb so groß wie die Schweiz, das an Mexiko, Honduras und Guatemala grenzt.

Niemand nahm in der Weltöffentlichkeit so recht Notiz von dem 220.000 Einwohnerstaat, ausgenommen einiger Taucher vielleicht, bis die 17 Jahre alte Anna Mitchell-Hedges und ihr Pflegevater Frederik Albert - im Auftrag des Britischen Museums in London - dort den Spaten ansetzten. Anna Mitchell-Hedges fand den Schädel unter einem Altar vergraben und Monate später, knapp 7,5 Meter davon entfernt auch den dazugehörigen Unterkiefer, alles perfekt bearbeitet.

Die Diskussion war eröffnet. Die einen hielten das Ganze für Schwindel und behaupteten, Albert habe den Schädel am Geburtstag seiner geliebten Tochter versteckt, um ihr eine Freude zu machen, also alles ein netter Spaß, mehr aber auch nicht. Andere wiederum sahen und sehen in dem Schädel den Nachlass Außerirdischer. Sie gehen davon aus, dass der Lubaatun-Kopf über 100.000 Jahr alt ist.

Bestätigt sehen sie sich durch alte indianische Legenden, die besagen, dass es einst 13 lebensgroße Kristallschädel mit beweglichem Kiefer gab, die von außerirdischen Zivilisationen stammen und das Wissen des gesamten Universum beinhalten sollen. Eines Tages würden diese Schädel wieder auftauchen, an einem Ort zusammenkommen und dann ihr gesamtes Wissen offenbaren.

Jill A. Möbius schreibt in einem Artikel der Zeitschrift „esoteria“: „Den Maya-Prophezeiungen zufolge werden die Kristallschädel benötigt, um der Menschheit ein neues spirituelles Bewusstein zu vermitteln und auf diese Weise gegenseitiges Verstehen, Einklang untereinander und mit Mutter Erde zu fördern. Sie dienen dazu, den Wechsel in das laut Mayakalender nach 2012 beginnende neue Zeitalter vorzubereiten. Zu diesem Zweck werden von den heutigen Maya seit einigen Jahren weltweit die verstreuten Schädel wieder zusammengebracht und für besondere Zeremonien eingesetzt. Das Volk der Maya selbst soll einmal 13 Schädel besessen haben.

Die Legende der Kristallschädel wird seit Tausenden von Jahren von den verschiedensten Indianerstämmen Amerikas überliefert - nicht nur bei den Maya und Azteken, sondern auch bei den nordamerikanischen Navajo und Cherokee. Interessanterweise wissen auch weit entfernte Völker wie die Zulu oder Massai Afrikas um die Bedeutung der Kristallschädel.

Die Überlieferung der Cherokee klingt gar wie eine moderne Science Fiction-Story. Ihrer Legende zufolge soll es einst zwölf von menschlichen Wesen bewohnte Planeten im Universum gegeben haben. Das Wissen der Zivilisationen dieser Planeten soll in den Kristallschädeln wie in einer Art holografischem Computer eingespeist worden sein - ein Kopf für jeden Planeten. Der dreizehnte Schädel habe eine übergeordnete, verbindende Bedeutung. Diese Schädel sollen zu Beginn der atlantischen und lemurischen Zivilisation den Menschen auf der Erde geschenkt worden sein, um ihre Entwicklung zu fördern."

Legenden hin oder her, 1970 untersuchte der amerikanische Restaurateur Frank Dorland den Fund und stellte fest, dass, wird der Schädel vor einem offenen Feuer aufbewahrt, eine Art Linse im Unterkiefer den Feuerschein in die Augen leitete. Ein unheimlicher Anblick.

Wenig später nahm sich die bekannte Computerfirma Hewlett-Packard der Sache an und die Wissenschaftler stellten fest, dass es über 300 Jahre ununterbrochene Arbeit gekostet hätte, das Objekt ohne moderne Hilfsmittel herzustellen. Derart akribisch ist es modelliert worden. Allerdings weiß man heute, dass es bereits in präkolumbianischer Zeit rotierende Schneidewerkzeuge gab.

Die Diskussionen um die Bergkristallschädel, der von Lubaantun ist ja nicht der einzige, der gefunden wurde, wird auch künftig weitergehen. Denn erstaunlich ist, dass solche Schädel rund um den Globus gefunden wurden, ob in der Mongolei (1870), in China, der Ukraine, in Guatemala, Peru oder Mexiko. Feststeht, es gibt sie und niemand weiß, wer sie hergestellt hat. Ein Mythos der besonderen Art.

Weniger mystisch, dafür aber atemberaubend ist ein Bergkristallfund, der 1981 in der Nähe des Örtchens Hot Spring in Westarkansas gelang. In der Blocker Lead Mine Nr. 4 wurde in einem mächtigen Quarzband ein Hohlraum mit riesigen Kristallen entdeckt.

Um das Kostbare Stück zu bergen, bedurfte es aufwendiger Konstruktionen. Drei Monate dauerten die Arbeiten bis das 7,2 Tonnen schwere und 3 mal 2 Meter große Exponat das Licht der Welt erblickte. Eine Sensation, zumal dieses Wunder der Natur auch noch durch die Schönheit und Klarheit seiner Kristalle bestach.

Über New Orleans, dem Golf von Mexiko und Bremerhaven kam die Gruppe schließlich im Herbst 1981 auf die Münchner Mineralientage, wo sich selbst eingefleischte Händler und Experten vor Staunen die Augen rieben. Schließlich landete die größte Bergkristall-Gruppe der Welt nicht nur im Guinness-Buch der Rekorde, sondern - viel wichtiger - in Riedenburg im Altmühltal, wo schnell ein Museum drumherum gebaut wurde, das heute zu den größten Attraktionen der Region gehört. Der Besuch lohnt sich!

Der Bergkristall gehört also zu den faszinierenden Vertretern der Gattung Edelsteine, zumal ihm auch Einschlüsse verziehen werden, die seinen Wert keinesfalls mindern. Es gibt fantastische Exemplare, in denen Rutilnadeln enthalten sind, die sogenannten Venushaarquarze. Im Tetishaarquarz finden sich dagegen Spuren von grüner Hornblende. Aber auch Turmalin, Goethit oder Chlorit schleichen sich gerne in die inneren Strukturen und Gitter der Bergkristalle ein und sorgen für ein ungewöhnliches optisches Schauspiel.

Dass der Bergkristall dazu auch noch als „Wahrsagestein" gilt, selbst Harry Potter bedient sich seiner Fähigkeiten, rundet das Bild ab. Ein Stein eben, wie kein anderer.

Bergkristall mit Rutilnadel-Einschlüssen „Venushaarquarz"

Bergkristall

Mineralklasse: Oxide

Chemie: SiO_2, Siliciumdioxid

Mohshärte: 7

Dichte: 2,65

Kristallsystem: trigonal

Astrologie: Löwe

Wichtige Vorkommen: Brasilien, Madagaskar, USA, Südafrika, Russland, Alpen, Australien

Wirkung auf die Psyche: Wird als idealer Stein für die Meditation gehandelt, soll alle störenden Irritationen aufnehmen und Ruhe und Harmonie vermitteln.

Wirkung auf den Körper: Soll gegen Übergewicht, Augenleiden, Hautkrankheiten, Rückenschmerzen und Bandscheibenleiden sowie gegen Kopf- und Herzschmerzen helfen.

Pflege: Ein- bis zweimal im Monat unter fließendem Wasser entladen und an der Sonne wieder aufladen.

Bernstein

Ausgrabungen sind immer für Überraschungen gut und können ganze Weltbilder ins Straucheln bringen. Ganz so hoch sollte man Funde kleiner Bernsteintierchen und Kugeln nicht hängen, aber immerhin beweisen sie, dass die Menschen schon vor mehr als 14.000 Jahren ihre Freude an den gelben „Steinen" hatten und in der Lage waren, diese zu modellieren.

Vor allem die Küsten von Ost- und Nordsee erwiesen sich als lukrative Quellen und die vermeintliche Tatsache, dass Bernstein aus dem Meer hervorgespült wird, ließ den obskursten Spekulationen freien Raum. So schrieb Georgius Agricola (1494-1555), Humanist, Begründer der Montanwissenschaften und lange Jahre auch Bürgermeister von Chemnitz, in seinem berühmten, 1556 in Basel erschienenen „De re metallica libri XII": „Im übrigen verdichtet die Kälte des Meeres das aus Unterwasserquellen stammende flüssige Bergwachs zu Bernstein und Asphalt... Beide Produkte wirft das Meer bei bestimmter Windrichtung auf den Strand; das Aufsammeln des Bernsteins erfordert daher ebenso wie das der Korallen eine gewisse Sorgfalt."

Im antiken Sagenschatz grub dagegen ein gewisser Puglius Ovidius Naso (43 v. Chr. bis 17 n. Chr.), heute als Ovid bekannt, der bis zu seinem 50. Geburtstag zu den poetischen Stars des Imperiums und nach dem Tod von Horaz zum bekanntesten Autor Roms wurde. Dann traf ihn der Bannstrahl Kaiser Augustus´ mit der Konsequenz, dass der lockere Schreiber sich bis zum Lebensende im rumänischen Exil, im heutigen Constanza, wiederfand.

Jedenfalls befasste sich Ovid in seinen Metamorphosen (Verwandlungen) mit dem Entstehen des Bernsteins.

So geschah es vor Ururzeiten, dass Phaethon, der Sohn des Sonnengottes Helios, seinen Vater bat, einmal einen Tag lang dessen Sonnenwagen kutschieren zu dürfen. Dem Wunsch wurde - wenn auch widerwillig - stattgegeben und es kam wie es kommen musste. Die Sonnenpferde gingen durch und stürzten auf die Erde. Es entstand ein mächtiger Brand und Göttervater Zeus sah sich veranlasst, zum letzten Mittel zu greifen, um das Feuer einzudämmen. Er schleuderte den Jungen per Blitzstrahl vom Wagen und Phaethon stürzte in den Fluss Eridanos (den heutigen Po) und ertrank. Seine Schwestern, die Heliaden, erlebten alles hautnah mit, wurden in Schwarzpappeln verwandelt und ihre Tränen kullerten als Bernstein zu Boden.

Fest steht, dass es sich beim Bernstein nicht um einen Stein, sondern um verfestigtes, rund 55 Millionen Jahre altes Baumharz von Nadelbäumen des Eozäns, meist der Kiefernart Pinus succinifera, handelt. (Fossile Harze werden heute allgemein als Bernstein bezeichnet, wenn sie älter als eine Million Jahre sind). In Steinkohle wurden Stücke gefunden, die über 300 Millionen Jahre alt sind.

Der Name Bernstein geht aus dem Niederdeutschen des 13. Jahrhunderts hervor: „Bernsteen" hieß damals Brennstein, aufgrund seiner Eigenschaft, brennen zu können. Aber Namen für Bernstein gibt es viele: Amber, Agtstein, Chrysoelektrum, Deutsches Gold, Glessum, Saftstein, Stein des Nordens, Succinum und viele mehr.

Der Mythos Bernstein ist also uralt und daran hat sich bis heute nichts geändert. Denken wir nur an die Suche nach dem

Bernstein

verschollenen, legendären Bernsteinzimmer, ein Geschenk des preußischen Königs Friedrich Wilhelm I. an den russischen Zaren Peter den Großen.

1716 überreichte der Soldatenkönig seinem russischen Kollegen die geschnitzten Wandtäfelungen als Zeichen der Freundschaft und in der Hoffnung, Russland zu einem Bündnis gegen die Schweden bewegen zu können. Im Gegenzug schickte Peter der Große 55 Lange Kerls zum Aufrüsten der preußischen Garde.

Der Schatz entstand in den Jahren zwischen 1701 und 1711 durch die Hände des dänischen Meisters Gottfried Wolffram sowie des Danziger Gottfried Turau und Ernst Schacht. Alles im Auftrag Friedrich I., der sich damit eigentlich seine Krönung vom Kurfürsten Brandenburgs zum Preußenkönig versüßen wollte.

Das Zimmer gelangte aber aus besagten Gründen nach St. Petersburg und wanderte 1755 auf Befehl der Zarin Katharina in den neuen Sommerpalast nach Zarskoje Selo. Das „achte Weltwunder" wurde dort noch verfeinert und blieb 234 Jahre lang der Stolz der Nation.

Dies änderte sich schlagartig am 22. Juni 1941 mit Hitlers Operation „Barbarossa". Deutsche Soldaten verpackten die kostbare Fracht in Kisten und brachten diese nach Königsberg. Von da an verliert sich die Spur und die Jagd begann. Geheimdienste, Schatzsucher und Abenteurer machten sich daran, das Zimmer zu finden. Ohne Erfolg. So gehen die Spekulationen weiter, ob die Kostbarkeit in den Flammen eines Bombenangriffs zerstört wurde oder in irgendwelchen Stollen oder Geheimverstecken gelagert ist. Inzwischen sind zwei Einzelteile wieder aufgetaucht, mehr aber auch nicht. Allerdings wurde das Zimmer in beeindruckender Art und Weise nachgebaut.

das berühmte Bernsteinzimmer das sich Friedrich I. anfertigen ließ

Bei all dem Glanz, den dieser kostbare Schatz ausstrahlte, sollten die nicht vergessen werden, die unter unmenschlichen Bedingungen Jahrhunderte lang an den preußischen Küsten Bernstein aus dem Meer fischen mussten, mitten im Winter bei eisigen Temperaturen. Wer versuchte, seinen Hungerlohn mit ein paar kleinen Diebstählen aufzubessern, um wenigsten genügend Nahrung für sich und die Familie erstehen zu können, wurde gefoltert, im schlimmsten Falle gehängt. Immer neue Gesetze machten den zur Sammelarbeit gezwungenen Fischern und Strandbauern das Leben zur Hölle. Allein den Oberen war es erlaubt, mit dem „Gold der Ostsee" Handel treiben zu dürfen.

Und dieses war nicht nur als Schmuck hoch geschätzt. Es findet auch in der Medizin seit je her reißenden Absatz. Schon die Römer stellten fest, dass Bernsteinketten eine wohltuende Wirkung auf Kinder hatten, ein Wissen, das sich bis heute gehalten hat, denn vor allem beim Zahnen soll es schmerzlindernd wirken.

Verschiedenste Gelehrte kamen zu der Ansicht, Bernstein bewahre vor Fieberwahn, helfe gegen Ohren- und Halskrankheiten, bei Vergiftungen, gegen Parodontose und den Grauen Star. Selbst Martin Luther trug ständig ein Stückchen Bernstein bei sich, um vor Nierensteinen gefeit zu sein. Dass Bernstein auch böse Geister vertreiben konnte, ist fast schon selbstverständlich. Bernstein wurde als Pulver verabreicht, verbrannt, um für gesunde Luft zu sorgen oder als Öl zum Einreiben bei Rheuma und ebenso bei innerlichen Krämpfen verwendet.

1930 meldete Heinrich Lampert (1898-1981) aus Königsberg in Preußen beim Deutschen Reichspatentamt die Erfindung eines Bluttransfusionsgerätes aus Bernstein an, da dieses die Bluttemperatur besser hält als Glas oder Keramik.

Ein mittelalterlicher Bernsteinspezialist meinte eine gar revolutionäre Beobachtung gemacht zu haben: „Legt man einen Bernstein seiner Frau beim Schlaf auf die Brust, so gesteht sie alle ihre schlechten Taten."

Einschluss (Eidechse) in Bernstein

Wie dem auch sei, der Bernstein war und ist ein treuer Begleiter der Menschheit, zumal seine Einschlüsse, Inklusen genannt, uns auch viel über das Leben vor Millionen von Jahren berichten können. Da das Harz sehr klebrig war, blieben an ihm viele Kleintiere wie Mücken, Spinnen, Fliegen und andere Insekten hängen, aber auch größere Exemplare wie Skorpione, Reptilien und Amphibien wurden gefunden.

Allerdings ist beim Kauf von Bernstein auch Vorsicht geboten, da dieser häufig und gerne gefälscht wird.

Kunstbernstein: Fälschung mittels Kunststoffen und Kunstharzen.

Geklärter Bernstein: Bernstein kann durch Erhitzen geklärt werden, das heißt, Trübungen und Bläschen verschwinden. Nach dem Erkalten ist dieser Bernstein fester geworden und somit besser für die Schmuckherstellung geeignet.

Pressbernstein, häufig auch als „echter Bernstein" bezeichnet. Er entsteht, indem Bernsteinreste oder Bernsteinpulver verschmolzen, beziehungsweise verpresst werden. Es entsteht ein klarer, fester Bernstein, der allerdings - genauso wie der geklärte Bernstein - nicht mehr viel mit dem Naturbernstein gemeinsam hat, zumal die ätherischen Duftstoffe bei diesen Behandlungen auf der Strecke bleiben.

Keine Fälschung ist der *Kopal*. Kopale sind noch sehr junge Harze, so zwischen 10.000 und einer Million Jahre alt.

Bernstein

Mineralklasse: organisches Material

Chemie: fossiles Harz

Mohshärte: 1,5 bis 3

Dichte: 1,05 bis 1,10

Kristallsystem: amorph

Astrologie: Zwillinge

Wichtige Vorkommen: Ostsee, Russland, Polen, Rumänien, Mexiko, Spanien, Deutschland, Dominikanische Republik

Wirkung auf die Psyche: Soll Angstzustände nehmen, die Entscheidungskraft stärken und Optimismus verbreiten.

Wirkung auf den Körper: Soll helfen gegen Allergien, Hautausschlägen, Zahnschmerzen, Heuschnupfen, Rückenschmerzen, Fieber, Augenleiden, Ohrenschmerzen, Bronchitis, Asthma, Husten, Blasen und Magenbeschwerden.

Pflege: Im fließenden Wasser entladen, nicht an der Sonne aufladen.

Beryll

Beryll ist ein Silicat, das aus Beryllium, Aluminium, Silicium und Sauerstoff besteht. Zudem hat er einige berühmte und kostbare Brüder wie den Heliodor (gelb), Morganit (rosa), Aquamarin (blau), Goshenit (farblos) und als höchsten Würdenträger den Smaragd (grün).

Der Name des Minerals leitet sich vom Griechischen „beryllos“ ab, was soviel wie Brille heißt. Schon in der Antike hatte man erkannt, dass sich mittels eines geschliffenen Berylls besser sehen lässt. Vom berühmt berüchtigten Zündelkaiser Nero (37-68 n. Chr.) wird dazu berichtet, er habe Gladiatorenkämpfe durch einen Smaragd betrachtet. Zeitgenosse Plinius der Ältere schrieb in seiner „Historia Naturalis“: „Es gibt für das Auge keine angenehmere Farbe als die des Smaragdes. Die Steinschneider, welche die sehr feinen Gemmen fertigen, haben kein anderes Mittel, um sich für ihre ermüdeten Augen Erholung zu verschaffen. Die angenehme Farbe des Smaragdes stärkt die Sehkraft.“

Allerdings war das Benutzen dieses Edelsteines ein äußerst kostspieliges Unterfangen und wer war schon Imperator von Rom und konnte sich solch ein grünes Monokel leisten?

„Riesenberylle“, mit Chefgeologen im Hof des Museums Wolodarsk, Ukraine, GUS

Chrysoberyll; Orissa, Indien

Zu Beginn des 13. Jahrhunderts kümmerten sich vor allem Mönche um einen besseren Durchblick. Inzwischen war das Buch „Schatz der Optik“ des Arabers Ibn al-Haitam (965-1039 n. Chr.) übersetzt worden, in dem er die Überlegung anstellte, das Auge mittels einer geschliffenen, optischen Linse zu unterstützen.

Mit diesem Wissen im Gepäck entwickelten die Mönche einen Lesestein aus Beryll, eine halbkugelig geschliffene Linse, welche die Schrift vergrößerte.

1280 fertigte der italienische Augenarzt Alvino Armado aus Florenz die erste Brille für Weitsichtige an. Was folgte, waren die berühmten Nietbrillen, auch als Zwicker bekannt, die zwar mühsam mit der Hand festgehalten werden mussten, jedoch Lesen und Schreiben bis ins hohe Alter garantierten. Das Leben hatte an somit an Qualität gewonnen, auch wenn das Vergnügen des besseren Sehens zu Beginn lediglich den Mächtigen, Klerikern und Wissenschaftlern zu Gute kam.

Beryll wurde dabei so lange benutzt, bis man schließlich in der Lage war, Glas ohne Bläschen herzustellen.

Bis 1798 dauerte es, ehe der Franzose Louis Nicolas Vauquelin (1763-1829) das Element Beryllium (Be) bei der Analyse der Bestandteile des Berylls entdeckte. Beryllium kommt sehr selten und in der Natur nur gebunden vor. Es gehört zusammen mit Magnesium, Calcium, Strontium, Radium und Barium zu den Erdalkalimetallen.

Berylliumlegierungen sind heute wichtiger Bestandteil in der Flugzeugmotoren-Industrie. Legierungen mit Magnesium werden oft als Tragflächenkanten von Überschallflugzeugen oder als Raketenspitzen eingesetzt. Auch in der Reaktortechnik kommt Beryllium eine große Bedeutung zu. Mit dem Beschuss von Beryllium durch Alphastrahlen, gelang 1932 James Chadwick (1891-1974) die Entdeckung des Neutrons. Lohn der Mühen war für ihn 1935 der Nobelpreis für Physik. Das wichtigste Berylliummineral ist und bleibt der Beryll.

Der Morganit wurde bis zum Beginn des 20. Jahrhunderts lediglich als rosa Varietät des Berylls angesehen, bis man schließlich ein Einsehen hatte und ihn zum eigenständigen Edelstein beförderten, benannt nach dem legendären, steinreichen Bankier und Mineralien-Sammler John Pierpont Morgan (1837-1913). Für die rosa Farbe des Morganit ist die Einlagerung von Mangan in den Beryll verantwortlich.

Der Heliodor, seine Farbe variiert von goldgelb zu gelbgrün, ist wegen seiner Brillanz als Schmuckstein von der Damenwelt ins Herz geschlossen worden. Sein Name kommt aus dem Griechischen und bedeutet soviel wie „Geschenk der Sonne".

Besonders imponierende Stücke fand man Anfang des letzten Jahrhunderts in Namibia, in der Nähe von Swakopmund.

Sehr selten kommt der farblose Goshenit in der Natur vor. Hauptfundorte sind Italien und Pakistan.

Beryll gelb

Beryll

Mineralklasse: Silikate

Chemie: $Al_2Be_3(Si_6O_{18})$

Mohshärte: 7,5 bis 8

Dichte: 2,68 bis 2,90

Kristallsystem: hexagonal

Astrologie: Zwillinge

Wichtige Vorkommen: Madagaskar, Brasilien, USA, Afghanistan, Österreich, Deutschland

Wirkung auf die Psyche: Soll als Schutzstein bei Reisen getragen gegen Heimweh und Reisefieber helfen.

Wirkung auf den Körper: Soll gegen Durchfall, Magen- und Darmentzündung, Hämorrhoiden helfen.

Pflege: Entladen bei ständigem Reiben unter fließendem Wasser, aufladen dagegen an der Sonne.

Calcit

Das Calciumcarbonat ($CaCO_3$) kommt in den vielfältigsten Variationen in der Natur vor. Seine chemisch stabilste Form ist der Calcit (Kalk, Kalkspat), der sich wieder in Orangencalcit, blauen und grünen Calcit, Citrinocalcit und in selteneren Fällen als Manganocalcit unterteilt. Bekannt sind aber auch der Kalkstein, Aragonit, Dolomit, Kreide, Tropfsteine, Kalksinter und der begehrte Marmor. Alle zusammen machen rund 40 Prozent der Erdoberfläche aus.

Bereits vor über 3000 Jahren wurden in Mesopotamien, dem Zweistromland zwischen Euphrat und Tigris, die ersten Kalköfen gebaut. Später errichteten die Ägypter mit über zwei Millionen Kalksteinquadern die 137 Meter hohe Cheopspyramide, die zu den sieben alten Weltwundern gehört und noch immer - trotz aller moderner Forschung - viele Geheimnisse birgt. Kalk diente als Bodenfestiger für die Fundierung der 2.500 Kilometer langen Chinesischen Mauer und auch die Freskomalerei wäre ohne diesen Stoff nicht denkbar.

Gelber Calcit auf Antimonit

Der lateinische Namen calx, aus dem sich Calcit ableitet, taucht bei Gaius Plinius dem Älteren (23-79 n. Chr.) auf. Die Römer führten Kalk als Baustoff in Germanien ein.

Berühmtester Vertreter der Calciumcarbonate ist das Marmor, das zu über 80 Prozent aus reinem Calcit besteht und deshalb auch mit seiner weißen Farbe glänzen kann. Marmor stand und steht seit alters her für Reichtum, Macht und Einfluss.

Wer sich darüber hinaus Marmor aus dem italienischen Carrara leisten konnte, hatte es geschafft. Marmor wurde in der Antike vor allem von den berühmten Baumeistern und Bildhauern als Material benutzt.

Die wohl legendärste Marmorskulptur ist die berühmte Laokoongruppe, deren Entdeckung noch heute zu den sensationellsten Funden in der Geschichte der Archäologie gehört. Sie kann im Vatikan bewundert werden. Plinius der Ältere erwähnte Laokoon und seine Söhne bereits in seiner Naturgeschichte, doch lange galt das Kunstwerk der rhodischen Künstler Hagesander, Polydor und Athenador als verschollen. Da entdeckte im Januar 1506 ein Weinbauer bei seinen Arbeiten in der Nähe der Kirche Santa Maria Maggiore auf dem Mons Oppius in Rom ein unterirdisches Gewölbe, in dem die Marmorskulptur zum Vorschein kam.

Er informierte sofort Papst Julis II, der die Gruppe in den Vatikan bringen ließ. Kein Geringerer als Michelangelo selbst nahm Laokoon und seine Söhne vor Ort unter die Lupe und zeigte sich begeistert.

Laokoon war der Sage nach auf göttliche Anweisung hin von Schlangen getötet worden, nachdem er die Trojaner davor gewarnt hatte, das berühmte Pferd in die Stadt bringen zu lassen. Heute geht man übrigens davon aus, dass es sich bei der Skulptur um die Marmorkopie eines früheren Bronze-Originals handelt.

Eindrucksvolle Gebilde aus Calcit und Aragonit finden wir auch in vielen Tropfsteinhöhlen, die teils gewaltigen Stalaktiten (von der Decke wachsend) und Stalagmiten.

Feingeriebenes Calcit wird unter anderem als Zusatz in Zahnpasten und Radiergummis benutzt.

Da Calcit nur eine Mohs´sche Härte von 3 aufweist, der den Zahnschmelz bildende Apatit jedoch 5, können die Zähne durch das Calcit nicht zerkratzt und deshalb gut gereinigt werden.

Calcit

Bedeutung erlangt Calcit weiter bei der Herstellung von Mörtel und Zement. Bereits die alten Babylonier bauten ihre Tempel mit Mörtel, der allerdings - um für besseren Duft zu sorgen - mit ätherischen Ölen durchtränkt wurde.

Erstaunliches ist auch aus dem Stuttgart des Jahres 1386 zu berichten. Urkundlich erwähnt wird, dass dort zu dieser Zeit mehr Wein als Wasser vorhanden war, und deshalb der gute Tropfen statt zum Trinken zum Herstellen von Mörtel benutzt wurde.

Calcit ist heute täglicher Begleiter der modernen Gesellschaft. Das Calciumkarbonat sorgt in unserem Trinkwasser für entsprechende Härte und ist nebenbei Verursacher von Kalkablagerungen und Verkrustungen in unseren Wasserleitungsrohren und an den Heizstäben.

Calcit; Malad, Bombay, Indien

Calcit

Mineralklasse: Carbonate

Chemie: $CaCO_3$

Mohshärte: 3

Dichte: 2,71

Kristallsystem: trigonal

Astrologie: Krebs

Wichtige Vorkommen: Island, England, USA, Frankreich, Mexiko, China, Peru

Wirkung auf die Psyche: Hängt von der Farbe ab. Orange soll Gefühl und Verstand ausgleichen, klare Steine Lernen, Studieren und die spirituelle Entwicklung fördern, blau beruhigt aufgewühlte Emotionen.

Wirkung auf den Körper: Soll Calciumaufnahme und Knochenaufbau fördern, bei Regeneration nach Brüchen helfen und Rheuma und Arthritis lindern.

Pflege: Unter lauwarmem Wasser reinigen und in einer Bergkristallgruppe wieder aufladen.

Carneol

Eigentlich war er ein armer Tropf, der kleine Tutanchaton. Mit neun Jahren kam er an die Macht, beraten von zwei Beamten, die selbst auf den Thron des Pharaos scharf waren. Sie hießen Eje und Haremhab. Beide sorgten schließlich nachdrücklich dafür, dass der Herrscher sein 20-stes Lebensjahr nicht erreichen sollte.

Tutanchaton war - genaues weiß man nicht - eventuell ein Sohn von Echnaton (1351-1334 v. Chr.), der gerade alle alten Götter abgeschafft und mit Aton einen einzigen neuen seinen Untertanen präsentiert hatte.

Tutanchaton stellte jedenfalls, gerade an die Macht gekommen, die alte Götterwelt wieder her, nannte sich fortan Tutanchamun und sorgte ansonsten für wenig Aufregendes im Reich der Ägypter. Als einer der unbedeutendsten Pharaonen wäre er wohl in der geschichtlichen Bedeutungslosigkeit versunken, wenn es 1922 nicht einem nimmermüden britischen Ausgräber gelungen wäre, sein Grab wiederzuentdecken. Just am 4. November diesen Jahres stieß Howard Carter auf eine der größten archäologischen Sensationen, denn endlich war es ihm gelungen, ein unversehrtes Pharaonengrab dem Staub der Vergangenheit zu entreißen.

Was den Ausgräbern in den folgenden Wochen und Monaten in die Hände fiel, verschlug sogar alten Hasen der Branche die Sprache. Ein Schatz, wie ihn die Welt zuvor noch nie gesehen hatte. Gold, Lapislazuli, Obsidian, Türkis und man höre und staune auch immer wieder ein Stein, dem heute keine sonderliche Bedeutung mehr beigemessen wird: Carneol. Er schmückte den wertvollen Brustpanzer des Herrschers.

Carneol ist die rote Varietät des Chalzedons und gehört wie Achat, Onyx oder der Sarder zu den mikrokristallinen Quarzen. Seine rote Farbe stammt von seinem Eisengehalt.

Gerade in der Antike gehörte der Carneol zu den beliebtesten Steinen. Sein Name, sagen die einen, stamme von der roten Kornelkirsche, andere bestehen darauf, dass er sich von dem lateinischen Wort „carneolus" ableitet, was „fleischfarben" heißt.

Wie dem auch sei, viele alte Fundstücke wurden aus diesem Mineral hergestellt. Im altiranischen Tello fand man einen 4500 Jahre alten kunstvoll gefertigten Ring aus Carneol (heute im Louvre in Paris zu besichtigen). Nicht minder beeindruckend sind phönizische Siegelringe in Skarabäusform oder die Carneolringe der Etrusker.

Wie kunstfertig einst die Sumerer waren, zeigt eine herrliche, knapp 5000 Jahre alte Halskette aus Gold, Lapislazuli und Carneol, die bei Ausgrabungen in Ur gefunden wurde (siehe Bild rechts).

Carneol

Für viele gelten die Sumerer heute als die „Erfinder" der menschlichen Kultur. Mit Ur, Uruk und Lagasch gründeten sie die ältesten Städte der Welt und erfanden die Keilschrift aus der Jahrhunderte später die Buchstabenschrift entwickelt worden ist.

Woher die mächtigen Herrscher kamen, weiß niemand so genau. Fest steht, dass sie um 3500 vor Christus in Mesopotamien Einzug hielten. Knapp 1000 Jahre konnten sie ihre herausragende Stellung behaupten, dann wurden sie von den Akkadern verdrängt, die allerdings viele Bräuche übernahmen und ebenfalls den Carneol zu schätzen wussten.

Der Stein diente in der Antike auch zur Herstellung von mit Göttern, Herrschern, Tieren oder Pflanzen geschmückten Kugeln. Diese wurden mit einem Loch versehen und an privaten Gegenständen angebracht, um den Besitz nachweisen zu können.

Im frühen Mittelalter befasste sich auch Hildegard von Bingen mit dem

Sumerische Kunst, 26./24. Jh. v. Chr. - Halskette, Gold mit Lapislazuli und Carneol

Carneol

Mineralklasse: Mikrokristalliner Quarz

Chemie: Siliciumdioxid

Mohshärte: 6,5 bis 7

Dichte: 2,58 bis 2,64

Kristallsystem: trigonal

Astrologie: Jungfrau

Wichtige Vorkommen: Brasilien, Indien, Japan, Uruguay, Rumänien

Wirkung auf die Psyche: Soll seinem Träger Mut und mehr Lebensfreude bringen, gut sein gegen Konzentrationsschwäche und gegen Verwirrung.

Wirkung auf den Körper: Gegen Albträume, Bluthochdruck, Blutvergiftung, Fieber und Infektionen.

Pflege: Unter fließendem Wasser entladen, an der Sonne wieder aufladen.

Carneol und kam zu folgender Erkenntnis: „Der Carneol stammt eher von der heißen Luft als von der kalten. Man findet ihn im Sand. Wenn jemand Nasenbluten hat, erwärme Wein, lege den Carneol in den warmen Wein und gib ihn dann so ihm zu trinken und das Bluten wird aufhören."

Dass der Carneol heute nicht mehr den Stellenwert früherer Tage besitzt, liegt sicherlich auch daran, dass es sich bei vielen der auf dem Markt angebotenen Carneole um gefärbte Achate handelt, die anschließend mit Hitze behandelt worden sind.

Chalzedon

Der Chalzedon gehört zur Familie mikrokristalliner Quarze, zählt zu den Oxiden und kommt in einer unwahrscheinlich großen farblichen Vielfalt vor. Seine rotbraune Variante ist als Carneol, die apfelgrüne als Chrysopras, die dunkelgrüne mit roten Punkten als Heliotrop und die braunweiß geränderte als Sardonyx (Sarder) bekannt. Weist der Chalzedon baum- oder moosähnliche schwarze Einschlüsse auf, sprechen Experten vom Dentritenachat, Baum- oder Mokkastein. Der Chalzedon hat also einiges zu bieten.

Über die Herkunft seines Namens streiten sich die Gelehrten. Einige meinen, ihn auf die antike Heimat Hannibals, Karthago (Karchedon), zurückführen zu können. Wahrscheinlicher ist jedoch, dass er auf die alte griechische Handelsstadt Chalcedon, am Bosporus gelegen, zurückgeht. Berühmt wurde Chalzedon durch das 4. Ökumenische Konzil, welches die Kirchenfürsten dort im Jahre 451 n. Ch. abhielten, mit dem Ergebnis, dass danach Armenien, Syrien, Ägypten und Äthiopien eigene Glaubenswege einschlugen. Solche Versammlungen römisch-katholischer Würdenträger, bei denen gemeinsam die kirchlichen Angelegenheiten geregelt werden sollen, fanden zuvor schon in Nizzäa (325 n. Chr.), Konstantinopel (381 n. Chr.) und Ephesos (431 n. Chr.) statt.

In der Offenbarung des Johannes, Kapitel 21, über das neue Jerusalem kann man über das Mineral Chalzedon auch in der Bibel nachlesen:
„Die Grundsteine der Stadt sind mit edlen Steinen aller Art geschmückt. Der erste Grundstein ist ein Jaspis, der zweite ein Saphir, der dritte ein Chalzedon...."

Beim berühmten „Herr der Ringe" heißt es bei Eärendil: „Sein Bogen war aus Drachenhorn, aus Ebenholz ein jeder Pfeil, sein Köcher war aus Chalzedon, sein kräftig Schwert aus blankem Stahl."

Die alten Griechen stellten aus Chalzedon weniger Köcher als vielmehr Schmuckstücke, Gemmen und Siegelringe her, wie Ausgrabungen belegen.

Aus Chalzedon besteht auch eines der größten archäologischen Geheimnisse, welches russische Wissenschaftler in der Republik Baschkortosan (südlichen Uralregion) gefunden haben. Zum einen eine tonnenschwere Steintafel, auf die eine dreidimen-

Chalzedon mit Calcit, Dhaisar, Bombay, Indien

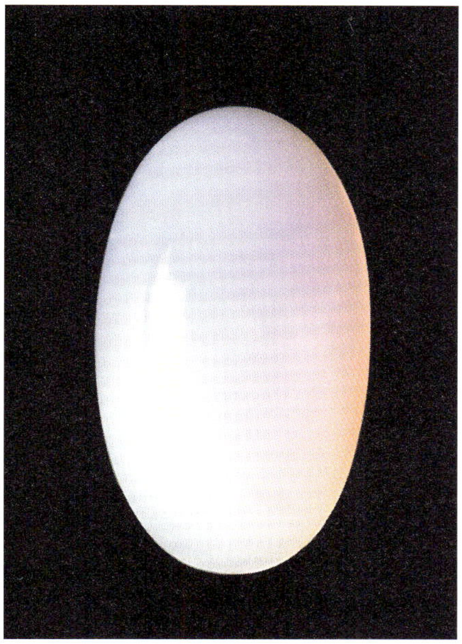

Chalzedon geschliffen

sionale Landkarte der Region geritzt ist, zum anderen einen kleinen Chalzedon gleicher Bearbeitung, quasi als Miniaturausgabe des Originals.

Dem Mathematiker und Physiker Alexander Chuvyrov waren jahrhunderte alte Notizen in die Hände gefallen, die von rund 200 ungewöhnlichen Steintafeln in der Nähe des Dorfes Chandar, nördlich von Ufa berichteten.

So machte er sich 1999 auf die Suche und fand am 21. Juli „Daschkas Stein", den er nach seiner Enkelin benannte, die an diesem Tag Geburtstag feierte.

Untersuchungen ergaben, dass die auf den Stein geritzten Linien eine exakte und maßstabsgetreue dreidimensionale Reliefdarstellung der Region Baschkortos anzeigten, allerdings so, wie die Landschaft in früheren Erdzeitaltern ausgesehen haben musste.

Es wurde noch mysteriöser. Zum einen wurde das Alter des Fundes (nach Analyse sich darauf befindlicher Muscheln) auf 120 Millionen Jahre geschätzt, zum anderen entdeckte man, dass der „Daschka Stein" aus drei Schichten besteht. Unten Dolomitgestein, darüber eine zwei Zentimeter dicke Lage aus Diopsidglas und darüber wiederum eine 2 Millimeter dicke weiße Schicht aus Calcium-Porzellan, offensichtlich aufgetragen, um die Oberfläche stoß- und schlagfest zu machen.

Eine Karte lag vor den Wissenschaftlern, die nur durch Vermessung aus der Luft hergestellt werden konnte. Fragen über Fragen stellten sich plötzlich. Tummelten sich also doch Außerirdische zwischen Dinosauriern und hinterließen Botschaften an Menschen, die noch gar nicht da waren - oder doch? Wo befinden sich die übrigen Platten?

Gefunden hat man in der Nähe des großen Steins einen Chalzedon, der an seiner Oberfläche ein kleines Relief trägt, das dem des „Daschka-Steins" sehr ähnlich sieht. Eine Minilandkarte für den täglichen Gebrauch? Die Forschung geht weiter...

Zur selben Zeit oder noch früher wuchsen Wälder, die der Nachwelt als versteinertes Holz Zeugnis ablegen. Die Bäume verrotteten nicht an der Oberfläche, sondern wurden von Sand oder vulkanischer Asche bedeckt. Wasser löste in den folgenden Jahrtausenden die organischen Bestandteile des Holzes auf und ersetzten diese durch mineralische Stoffe, insbesondere durch SiO_2, Chalzedon.

Der größte versteinerte Wald Europas liegt übrigens auf deutschem Boden - in Chemnitz - mit Stämmen, die eine Länge von bis zu 23 Metern erreichen.

Chalzedon in Muttergestein

Chalzedon

Mineralklasse: Oxide

Chemie: SiO_2

Mohshärte: 7

Dichte: 2,6

Kristallsystem: trigonal

Astrologie: Krebs

Wichtige Vorkommen: Indien, Italien, Namibia, Brasilien, USA, Türkei

Wirkung auf die Psyche: Soll vor Albträumen und Schlafstörungen schützen, stärkt das Selbstvertrauen, lindert Lampenfieber und Hemmungen.

Wirkung auf den Körper: Gegen Fieber, eitrige Wunden, Krampfadern, Husten, soll die Bildung roter Blutkörperchen fördern und Sprachfehlern entgegenwirken.

Pflege: Nachts in einer Schale mit trockenen Hämatit-Trommelsteinen entladen und in einer Amethystdruse wieder aufladen.

Chrysopras Rohstein und geschliffen

Chrysopras

Wenn ein Mensch vom Teufel besessen ist, gieße er ein wenig Wasser über den Stein und spreche:
„Ich gieße dich, Wasser, im Namen der Kraft über diesen Stein, mit der Gott die Sonne mitsamt dem umlaufenden Mond erschuf." Dann gebe man ihm das Wasser zu trinken, so gut es geht, denn er wird es nur widerwillig trinken. Den ganzen Tag lang wird der Teufel in dem Besessenen gequält und schwächer werden und er wird seine Macht über den Besessenen nicht mehr so zeigen wie vorher...."

Hildegard von Bingen traute dem Chrysopras also einiges zu, einem Edelstein, der in der Hitliste der bekanntesten Pretziosen nicht in vorderster Front zu finden ist, auch wenn er die seltenste und wertvollste Chalzedon-Varietät darstellt.

Sein Name stammt von den griechischen Wörtern „chrysos" und „prason" ab, was ins Deutsche übersetzt soviel wie Goldlauch heißt. Ein grüner Stein, welcher der Farbe des Lauchsaftes gleicht, mit einer Tendenz in Richtung Gold.

Seit alters her kennt der Chrysopras prominente Liebhaber. So soll er einer der zwölf Edelsteine sein, die in die Grundmauern des himmlischen Jerusalems eingebaut sind. Ob in der Bibel allerdings unser heutiger Chrysopras gemeint ist oder vielmehr ein Nephrit oder Heliotrop, darüber streiten sich die Experten noch heftig.

Einer, der sich gerne als Sohn Gottes sah und von seiner Umwelt als solcher verehrt wurde - wehe dem, der dies vergaß - hieß Alexander der Große (356-323 v. Chr.). Viele halten ihn für den geschicktesten und wagemutigsten Kriegsherren der Geschichte. Einer, der aus dem staubigen Ländchen Mazedonien aufbrach und seinen Herrschaftsraum nach vielen glänzenden Siegen bis nach Indien ausbaute. Als Amulett, als Glückstein, soll er bei seinen siegreichen Schlachten über die Perser einen Chrysopras um den Hals getragen haben, wie sein Biograph Kallisthenes von Olynth (370-325 v. Chr.) in seiner zehnbändigen „hellenika" zu berichten wusste.

In der Antike war man fest davon überzeugt, dass der Chrysopras vor schwarzer Magie und Pest schützen würde. Alexander half dies nicht viel. Er starb, gerade mal 33 Jahre alt, an Malaria und wurde in Alexandria beigesetzt. Sein Weltreich zerfiel anschließend wieder.

Die wichtigste Fundstätte dieses goldgrünen Steines lag bis ins späte Mittelalter in Schlesien, bei dem Städtchen Frankenstein. Frankenstein, das nichts mit Mary Shelleys (1797-1851) weltberühmter Romanfigur zu tun hat, war lange bekannt für seine Edelsteinvorkommen. Davon überzeugten sich im Sommer 1790 auch Johann Wolfgang von Goethe und sein Diener Paul Götze.

Frankenstein lieferte Chrysopras-Platten zum Innenausbau der Kapelle des Heiligen Wenzel nach Prag oder zur luxuriösen Ausstattung des Schlosses Sanssouci in Potsdam, erbaut 1747 von Georg Wenzelaus von Knobelsdorff (1699-1753), im Auftrag Friedrich des Großen (1712-1786). Und hier haben wir den nächsten großen Chrysopras-Liebhaber. Es wird berichtet, dass der Alte Fritz, wie er auch genannt wurde, einen Spazierstock mit einem Handlauf aus Chrysopras benutzt haben soll.

Nach ihm ist auch eine besondere Schliffart des Chrysopras benannt worden, der fredericianische Schliff, eine flache Art mit einer einzigen Reihe Facetten direkt an der Kante einer großen Tafel.

Seine Farbe, die von zartem bis intensivem Grün reichen kann, wird durch Einschlüsse aus nickelhaltigen Mineralien hervorgerufen. Allerdings sind diese nicht stabil, sodass der Stein, sollte er längere Zeit an der Sonne liegen, ausbleichen kann. Daran sollte beim Kauf einer Brosche, Kette oder eines Ohrgehänges gedacht werden.

Wertvolle Chrysoprase verfügen über einen reinen, leuchtenden Grünton, das sogenannte Apfelgrün. Je intensiver, desto besser.

Die besten Exemplare stammen heute nicht mehr aus Europa, die Vorkommen in Frankenstein sind längst ausgebeutet, sondern werden in Australien, in Queensland, gefunden. Aber Vorsicht. Nicht jeder der meint, einen Chrysopras-Schmuck zu haben, besitzt auch einen. Er kann leicht mit Nephrit oder Jadeit verwechselt werden.

Chrysopras in Muttergestein

Chrysopras

Mineralklasse: Oxide

Chemie: SiO_2

Mohshärte: 7

Dichte: 2,63 bis 2,65

Kristallsystem: trigonal

Astrologie: Krebs

Wichtige Vorkommen: Australien, Ural, Brasilien, USA, Indien

Wirkung auf die Psyche: Soll die Nerven beruhigen und die Gedanken ordnen. Ein Stein der Hoffnung und Erneuerung.

Wirkung auf den Körper: Soll vor hohem Blutdruck bewahren, die Herzmuskulatur stärken sowie reinigend und entgiftend wirken.

Pflege: Sollte in einer Bergkristallgruppe aufgeladen werden, nicht an der Sonne.

Citrin

Citrin Spitzen

Der Kauf wohl kaum eines anderen Edelsteines bringt so viel Gefahren, übers Ohr gehauen zu werden, mit sich, wie der des Citrins. Er kommt häufig vor und wird selten gefunden. Allein diese Tatsache zeigt uns, dass es hier nicht immer mit rechten Dingen zugeht - oder?

Nun ist es allerdings auch immer eine Definitionssache, was bei einem Edelstein als Fälschung angesehen wird und was nicht. Beim Citrin weiß man, dass die meisten sich auf dem Markt befindlichen durch Brennen von Amethyst oder Rauchquarz entstanden sind.

Allein die Brennerei ist schon eine Kunst für sich und viele Experten sind durchaus der Meinung, dass es sich dabei nicht um eine Manipulationen handelt, sondern dass der Mensch nur das beschleunigt, was die Natur ohnehin vollbracht hätte.

Beim Brennen der Amethysten - in der Regel werden minderwertigere Qualitäten in den Ofen gesteckt - gehen die Steine ab gut 350 Grad in eine gelbliche und über 500 Grad allmählich in eine gelb-rötliche Farbe über. (Bei Rauchquarz reichen 300 bis 400 Grad).

Es besteht bei dieser Prozedur die Gefahr, dass der Stein durch zu schnelles Hochfahren der Hitze trübe wird. Entsorgt müssen solche Exponate allerdings deswegen ebenfalls nicht gleich werden, denn viele gehen dann immer noch als Imitationen von Mondsteinen durch - wegen ihres milchigen Schimmers.

So nebenbei hat man in Brasilien mittels der Amethyst-Brennerei eine Neuschöpfung ins Leben gerufen. Manchmal wird die Farbe nicht gelb sondern grünlich und so ist der Prasiolith entstanden, ein Edelstein, den zu kreieren selbst die einfallsreiche Natur noch nicht in der Lage war.

Doch zurück zum Citrin, der, wie könnte es auch anders sein, auch künstlich im Labor hergestellt werden kann, das Ganze unter Verwendung spezieller Techniken, bei denen das Siliciumoxid kristallisiert und dabei durchaus Steine bemerkenswerter Reinheit, Farbe und vor allem auch Größe produziert werden. Nur absolute Kenner der Materie sind mit Hilfe komplizierter Geräte in der Lage, echte von unechten Steinen zu unterscheiden.

Der Citrin verdankt seinen Namen - wie sich vermuten lässt - seiner zitronengelben Farbe und heißt vom Griechischen ins Deutsche übersetzt soviel wie Zitronenstein.

Besonders beliebt war er bei den römischen Legionären, die davon überzeugt waren, dass das Tragen dieses Edelsteines vor dem bösen Blick und vor Intrigen von Freund und Feind schützen würde. Aus diesem Grund ließen sich viele Krieger einen Citrin in den Brustpanzer einarbeiten oder trugen ihn als Schmuckstück um den Hals.

Im Mittelalter ging der Aberglaube noch weiter. Dort wurde er als Sonnenstein verehrt, dem die Gabe nachgesagt wurde, gar ewiges Leben schenken zu können.

Der Citrin entsteht - wird von menschlicher Hand nicht nachgeholfen - in der Natur durch großen Druck und hoher Temperatur in den tiefergelegenen Erdschichten. Gefunden wird er vor allem in Brasilien, Madagaskar, den USA, Spanien, Russland und im Ural.

Auch heute noch wird der Citrin häufig mit dem gelben Topas verwechselt und fälschlicherweise Goldtopas, Madeira- oder Spanischer Topas genannt, ohne allzu viel mit dem höherwertigen Edelstein Topas gemeinsam zu haben - außer eben in seiner Farbe. Der Citrin gehört in die große Familie der Quarze, die vom Bergkristall bis zum Amethyst oder Rosenquarz viele prominente Mitglieder aufweisen kann. Topas da-

Citrin roh und geschliffen

gegen ist ein Fluor-Aluminiumsilikat und bedeutend härter, schwerer und hat eine höhere Lichtbrechung als der Quarz und damit der Citrin.

Zu Verwechslungen kommt es auch deshalb immer wieder, weil es unter den Steinen nicht viele edle gelbe Vertreter wie den Citrin oder Topas gibt, Ausnahme sind der Turmalin, Chrysoberyll, Orthoklas, Diamant oder Saphir.

Stellt sich nun die Frage, warum heute überhaupt noch groß die Rede vom Citrin ist? In erster Linie mitverantwortlich dafür sind Achatschleifer aus Idar-Oberstein, die - mangels genügender Arbeitsplätze - vor ein paar hundert Jahren nach Südamerika ausgewandert waren und neben Achaten und Amethysten viele Citrine in die alte Heimat geschickt hatten.

Hier wurde er willkommen aufgenommen, da er unkompliziert zu bearbeiten ist, sich nicht spaltet und über eine gute Härte verfügt. So konnten die Schleifer - trotz damals noch mühevoller Technik - großartige und dennoch erschwingliche Stücke schaffen. Seiner Härte verdankt der Citrin auch, dass seine geschliffenen Fläche nicht schnell zerkratzt werden und relativ stoßfest sind.

Wie viel ein Citrin kostet hängt von seiner Farbe ab. Je dunkler, desto teurer. Am tiefsten muss man für den fast roten Madeira-Citrin in die Tasche greifen. Nicht viel weniger wert als der Madaira ist der sogenannte Palmeira-Citrin, der einen rötlichen Goldton aufweist.

Der Citrin ist übrigens der Edelstein des Novembers, passt mit seinen leuchtenden Farben allerdings so überhaupt nicht zu diesem eher traurigen Monat. Aber vielleicht hilft er ja, bei seinem Anblick, trübe Gedanken aufzufrischen.

Citrin

Mineralklasse: Oxide

Chemie: SiO_2 mit Fe

Mohshärte: 7

Dichte: 2,65

Kristallsystem: trigonal

Astrologie: Löwe, Jungfrau

Wichtige Vorkommen: Brasilien, Spanien, USA, Russland, Frankreich

Wirkung auf die Psyche: Soll helfen, Enttäuschungen leichter zu überstehen und Herz und Seele öffnen sowie Gefühlsblockaden lösen

Wirkung auf den Körper: Wird entgiftende Wirkung nachgesagt, soll die Verdauung fördern, Nieren und Darm kräftigen, gegen Depressionen sein und die Haut reinigen.

Pflege: Unter warmen Wasser entladen und in der Nacht in einer Amethystdruse oder in Amethyst-Trommelsteinen aufladen.

Diamant

Er gilt als Stein der Steine und zieht die Menschheit nun schon seit Jahrtausenden in seinen Bann - der Diamant. Und nichts deutet darauf hin, dass sich dies in naher Zukunft ändern wird. Unter allen edlen Steinen ist er der älteste, härteste, feurigste, mystischste, sagenumwobenste und natürlich der begehrteste. Marilyn Monroe verbeugte sich vor ihm mit ihrem Hit „diamonds are a girls best friend", doch es waren vor allem die Männer, die auf der Jagd nach dieser Kostbarkeit vor nichts zurückschreckten. Die Geschichte des Diamanten ist einzigartig, schillernd, blutig und brutal.

Die Griechen nannten ihn einst „adamas", den Unbezwinglichen. Sie meinten damit seine Schleifhärte, die 140 mal so groß ist, wie die des nächst härteren Minerals: Die des Korunds.

Die Römer sahen in ihm ein Stückchen Ewigkeit, „diamas", und schon können wir unschwer erahnen, woher das glitzernde Wunderwerk der Natur seinen heutigen Namen hat. Plinius der Ältere, der sein Leben 79 n. Chr. bei der Vulkankatastrophe in Pompeii aushauchte, schrieb in seinem Steinbuch: „Den höchsten Wert, nicht nur unter den Edelsteinen, sondern unter allen den Menschen bekannten Dingen, hat der Adamas, der lange nur Königen, und von diesen nur sehr wenigen, bekannt war..." Plinius geht in seiner Euphorie über die Diamanten sogar noch weiter: „Sie werden auf dem Amboss geprüft und widerstehen den Hammerschlägen so sehr, dass das Eisen nach allen Seiten auseinanderspringt und der Ambos selbst zerbirst. Überhaupt ist seine Härte unbeschreiblich und gleichzeitig ist er feuerbeständig und kann niemals in Glut gesetzt werden..."

Heute wissen wir, dass der gute Plinius maßlos übertrieben hat, denn schon ein falscher Hammerschlag kann einem Diamanten den Garaus machen. 1772 sammelte der französische Chemiker Antoine-Laurent Lavoisier (1743-1794) Geld, um sich einen Diamanten kaufen zu können. Er legte ihn nicht um den Hals, sondern in ein abgeschlossenes Gefäß und erhitzte den Stein mit Hilfe von unter einem Vergrößerungsglas gebündelten Sonnenlichts. Plötzlich war das teure Stück verschwunden und das Gefäß mit Kohlendioxid gefüllt. Lavoisier hatte also als erster herausgefunden, dass der Diamant aus reinem Kohlenstoff besteht, wie sein weicher Bruder, der Graphit eben auch. Der große Unterschied zwischen beiden: die Kristallstruktur im Inneren.

Diamant

Wie man sieht, sind also auch bei den Edelsteinen die inneren Werte entscheidend und die mussten sich beim Diamanten über Milliarden von Jahren hinweg entwickeln.

Genaugenommen fällt die Geschichte des Diamanten zusammen mit der Entstehung der Erde. Er entstand bei sehr hohem Druck von ungefähr 50.000 Atü und Temperaturen von weit über 1.000 Grad Celsius, Bedingungen, die im Erdmantel einige hundert Kilometer tief herrschen. Durch die vulkanische Tätigkeit der Erde wurde der Diamant vor etwa 100 Millionen Jahren in den Bereich der Erdoberfläche geschleudert und das - wie es lange Zeit aussah - bevorzugt in Indien. Denn vom Altertum bis ins 18. Jahrhundert war Indien nahezu der einzige Lieferant.

Von dort soll einst auch König Richard Löwenherz (1157-1199) die 90,38 Karat schwere „Briolette" mitgenommen haben, um auf seinen diversen Kreuzzügen gut behütet zu sein.

Immerhin waren sich die gescheiten Leute damals sicher, dass Diamanten nicht nur unbesiegbar machten, sondern seinem Besitzer auch Weisheit, Stärke und Tapferkeit verleihen würden. Allesamt Tugenden, die Löwenherz gut zu Gesicht standen. Für viele Engländer ist er noch heute - obwohl er nur selten in England weilte und altfranzösisch sprach - das Ideal eines heldenhaften Ritters und Kreuzfahrers.

Die „Briolette" beschützte ihn allerdings nur bedingt. Er kehrte geschwächt von den Kreuzzügen heim und wurde von seinen einstigen Freunden wie Leopold von Österreich gefangengenommen. Erst ein hohes Lösegeld, darunter wohl auch sein heiß geliebter Diamant, bescherten ihm wieder die Freiheit. Richard Löwenherz starb 1199 bei der Belagerung von Chalus in Frank-

Diamant roh und geschliffen

reich an den Folgen einer Pfeilverletzung. Ihm auf den Thron von England folgte übrigens sein verhasster Bruder Johann ohne Land, den wir wiederum aus diversen Robin Hood-Filmen kennen.

Nach Richard Löwenherz taucht der Stein erst im 16. Jahrhundert wieder auf, im Besitz von Diane de Poitiers (1499-1566) einer Mätresse König Heinrich II. von Frankreich. 1950 gelangte die „Briolette" in die Hände des berühmten New Yorker Juweliers Harry Winston.

Der Diamant galt also schon lange als der magische Stein schlechthin, ohne dass seine wahre Schönheit bekannt gewesen wäre, denn erst im ausgehenden 15. Jahrhundert gelang es, ihn mittels Diamantenpulvers zu schleifen, zu sägen und zu polieren. Da der Mensch erfinderisch ist, entwickelte er sofort alle möglichen Schliffarten. Nun gab es erst recht kein Halten mehr, vor allem in den Königshäusern, wer anders hätte sich eine solche Pretziose auch leisten können? Allerdings war es - Marilyn Monroe wäre zu dieser Zeit tief enttäuscht gewesen - lediglich Männern gestattet, die Steine zu tragen. Ludwig der Heilige (1214-1270), einziger jemals heilig gesprochener König Frankreichs, war Vater dieser Verordnung, da es seiner Meinung nach lediglich der Jungfrau Maria zustände, sich mit Diamanten zu schmücken und eben den Männern!

Wenn auch zähneknirschend hielten sich die Damen am Hofe an das mächtige Wort des Heiligen - auch nachdem er Opfer der Pest geworden war.

200 Jahre später erst probte eine gewisse Agnes Sorel (1410-1449), eine Geliebte von Karl VII. von Frankreich, den Aufstand und behängte sich mit den Geschenken ihres Liebhabers in aller Öffentlichkeit, wann immer ihr danach war. Wie es so ist, nun wollten ihr auch die anderen Damen am Hofe nicht mehr nachstehen. Goldschmiede und Juweliere rieben sich die Hände, denn von jetzt an gab es genug für sie zu tun und vor allem viel zu verdienen. Ohnehin ist die Geschichte der Diamanten spannender als jeder Kriminalroman. Beispielsweise die Funde in Südafrika. 1866 entdeckte Erasmus Jacobs, ein kleiner Bauernjunge, einen glitzernden Stein, den er freudestrahlend seiner Schwester als ungewöhnliches Spielzeug schenkte. Es sollte nicht der letzte Fund auf dem Gelände der Zondfontain-Farm von Nicolas de Beers gewesen sein.

Plötzlich fielen die Abenteurer wie Heuschrecken über das bis dahin beschauliche Örtchen her. Die kleine Erhebung, der Colesberg Koppje, war innerhalb kürzester Zeit abgetragen. Von nun an ging es in die Tiefe. Über 30.000 Menschen suchten, buddelten und durchwühlten das Erdreich. Ein Rausch sondergleichen bemächtigte sich der gierigen Karawane.

Aus der Zeltstadt wurde schließlich Kimberley, benannt nach dem damaligen Kolonialminister Lord Kimberley, und Farmbesitzer De Beers war froh, sein Land für 6.300 englische Pfund einigermaßen kostengünstig verkaufen und Reißaus nehmen zu können.

Diamant im Muttergestein

Es entstand das größte jemals von Menschenhand geschaffene Loch der Welt mit einem Durchmesser von 500 und einer Tiefe von 800 Metern sowie einem Umfang von 4,5 Kilometern, aus dem fast 3.000 Kilogramm Diamanten ans Tageslicht befördert wurden.

Doch auch der Kampf um Macht und Ruhm hatte begonnen. Cecil Rhodes trat auf den Plan und gründete 1888 die De Beers Minengesellschaft, benannt nach dem Vorbesitzer des Geländes. Rhodes kaufte und kaufte und schluckte somit alle vermeintlichen Gegenspieler wie den Schauspieler Barney Barnato, der als erster die Zeichen der Zeit erkannt hatte und schnell zum Millionär wurde. Die „De Beers Consolidated Mines" streckte ihre Fühler nun auch in andere Regionen aus. Kurz darauf rief Rhodes ein Diamantensyndikat ins Leben, um die Diamantenpreise weltweit überwachen und vor allem steuern zu können. Das Syndikat wurde durch die „Central Selling Organisation" in London ersetzt, die heute etwa 80 Prozent aller Diamantenverkäufe abwickelt.

Ernest Oppenheimer trat nun auf den Plan. 1880 in Friedberg in Hessen als Sohn eines Zigarrenhändlers geboren, kam er 1902 nach Südafrika und wurde, durch eine schwungvolle Heirat begünstigt, 1912 Bürgermeister von Kimberley.

1917 gründete er die „Anglo-American-Corporation" und erkaufte sich zunehmend Anteile und Mitspracherechte bei De Beers. Als er 1929 deren Präsident wurde, stieg er, inzwischen von Englands König Georg V. geadelt, zum unbestrittenen Beherrscher des Diamantenwelthandels auf. Jahrzehnte lang diktierte Sir Ernest Oppenheimer die Diamantenpreise durch Verknappung der Ware und bekämpfte den Schmuggel ebenso rigoros wie Außenseiter, die es wagten, unabhängig von ihm und seinem Trust die Steine auf den Markt zu bringen. De Beers beliefert nur eine kleine Gruppe von rund 300 Diamantenhändlern und Schleifern auf der ganzen Welt. Alle für Schmuckzwecke geeigneten Diamanten werden in Sortimenten zusammengefasst und diesen präsentiert. Einem Händler ist es lediglich erlaubt, ein ganzes Sortiment zu kaufen, keine Einzelsteine. Gefällt ihm das Angebot nicht, kann er einmal ablehnen, öfters nicht, denn sonst wird er nicht mehr bedient.

Inzwischen werden Diamanten in großen Mengen auch in Australien, Sibirien, Botswana, Angola und Kanada gefunden. Wer seinen Finger drauf hat, ist unschwer zu erraten. Eine Ausnahme bildet dabei Angola, ein Land, das seine zugegebenermaßen wunderschönen Steine leider zur Finanzierung des brutalen Bürgerkrieges einsetzt. Der UN-Sicherheitsrat verabschiedete 1998 und 1999 zwar Exportverbote, die allerdings nicht verhindern konnten, dass die „Blutdiamanten" weiterhin ins Ausland gelingen konnten.

Wie aber wird in der heutigen Zeit ein Diamant bewertet? Der Kenner achtet vor allem auf die vier Großen C´s: Color (Farbe), Cut (Schliff), Clarity (Klarheit) und Carat (Gewicht). Nicht vergessen dabei sollte das fünfte C werden, das für Certificate (Zertifikat) steht und von einem renommierten Institut stammen sollte. In Deutschland zählen dazu beispielsweise die Deutsche Stiftung Edelsteinforschung in Idar-Oberstein oder die Stiftung Deutsches Diamant Institut in Pforzheim.

Ein solches Zertifikat ist umso wichtiger, weiß man inzwischen, dass nicht jeder Diamant seine Farbe und sein Feuer natürlichen Begebenheiten zu verdanken hat. Er kann durch Bestrahlung und Hitze gefärbt, Risse mittels anderer Substanzen gekittet worden sein.

Die Art und Weise, wie ein Stein geschliffen und poliert ist, ist von größter Bedeutung für Feuer, Brillanz und Glanz. Brillanz erlangt der Diamant dadurch, dass er in richtigen Proportionen geschliffen wird. Es ist eine Wissenschaft für sich, die beste Reflektion des Lichtes zu erzielen.

Die Schliffart, ob nun Brillant-, Rund-, Marquise-, Oval-, Herz- oder Smaragdschliff ergibt sich gewöhnlich aus der natürlichen Rohform eines Steines. Brillant darf nur der Stein genannt werden, der mindestens 58 Facetten aufweist. Richtig geschliffen, reflektiert der Diamant das Licht von einer Facette zur anderen und bietet dem Betrachter so den vollen Genuss.

Viele Laien sind der Meinung, Diamanten gebe es nur als farblose Steine, was natürlich einen großen Irrtum darstellt. Die sogenannten „Fancy Diamonds" (Phantasiediamanten) decken fast die gesamte Farbpalette ab, bis hin zum tiefen Schwarz und sind zu begehrten, hochbezahlten Objekten geworden.

Einschlüsse dagegen beeinträchtigen den Wert eines Diamanten. Als lupenrein gelten Steine, die auch noch bei zehnfacher Vergrößerung mit eben einer Lupe keine Einschlüsse erkennen lassen.

Inzwischen werden jährlich rund 100 Tonnen synthetisch hergestellter Diamanten gezüchtet, die vor allem aber in den unterschiedlichen Wirtschaftszweigen eingesetzt werden, da sie mit einer Korngröße von maximal einem Millimeter sehr klein und gelblich sind. Allerdings wird auch hier weitergeforscht.

Berühmte Diamanten

Einzigartig ist die Geschichte der großen, historischen Diamanten. Allesamt riesige Steine, die von den Schönsten und Mächtigsten der Welt besessen wurden und heute in den Schatzkammern und Tresoren verschwunden sind. Edelsteine von unschätzbarem Wert.

Einige von ihnen sollen hier vor allem wegen ihrer aufregenden Vergangenheit näher betrachtet werden. Dank gilt in diesem Zusammenhang der Münchner Mineralientage Fachmesse GmbH, die uns Auszüge aus ihrem Messethemenheft 2000

Der Schleifermeister Rudolf Dröschel mit dem Cullinan am großen Sandsteinrad; Rudolf Dröschel schuf alle Replikate der Historischen Diamanten im Kristallmuseum Riedenburg;

zur Verfügung gestellt hat. Autoren: Maximilian Glas und Rudolf Dröschel.

Black Orloff
195 ct roh, 67.5 ct geschliffen,
schwarz, Herkunft Indien

Dieser schwarze Diamant hat seinen Namen von der russischen Prinzessin Nadia Vyegin-Orloff, die ihn Mitte des 18. Jahrhunderts besaß. Er stammt von einem indischen Altar und stellt das Auge des Brahmas dar. Der letzte Verkauf des kissenförmig geschliffenen Steines lief 1991 über Sotheby´s in New York. Dieser wohl berühmteste schwarze Diamant ist auch bekannt geworden unter dem Namen „Auge des Brahams".

Cullinan
3106 ct roh, farblos, Herkunft Südafrika

Etwa 40 Kilometer östlich von der südafrikanischen Provinzhauptstadt Pretoria wurde 1905 der größte jemals gefundene Rohdiamant ans Tageslicht befördert. Er brachte stolze 3106 ct auf die Waage und wurde nach Sir Thomas Cullinan benannt, dem Vorsitzenden einer Minengesellschaft. Diesen einmaligen Bodenschatz bekam kein Geringerer als Englands König Edward VII. zu seinem 66. Geburtstag als Geschenk überreicht. Der entschloss sich, den Stein der berühmten Amsterdamer Schleiferei Asscher zu schicken, die ihn in 105 kleinere Steine spaltete.

Cullinan I
Der größte mit 530.20 ct, auch „Great Star of Afrika" genannt, schmückt seither das Zepter der britischen Königsinsignien und ist der größte geschliffene Diamant überhaupt.

Cullinan II 317.40 ct
Auch „Lesser Star of Afrika" genannt, wanderte in die britische Königskrone, in die „Imperial State Crown"

Cullinan III 94.4 ct
Der drittgrößte aus der Cullinan-Reihe ist in die Krone der Königsmutter Queen Mary eingearbeitet.

Diamant Cullinan I

Diamant Cullinan II

Florentiner
137.27 ct geschliffen,
gelblich-grün, Herkunft Indien

Dieser gelblich-grüne Diamant, eine neunseitige Doppelrose mit 126 Facetten, hat eine rätselhafte Geschichte - er ist auf ungeklärte Weise verschwunden.

Einst soll er im Besitz von Herzog Karl dem Kühnen von Burgund (1433-1477) gewesen sein, der ihn bei der Schlacht bei Grandson 1476 gegen die Eidgenossen verlor. Ein Landsknecht fand das gute Stück und verkaufte es für einen Gulden an den Pfarrer von Montagny. Für drei Franken kam er darauf nach Bern. Von nun an wurde er teurer. Papst Julius II. berappte schon 20.000 Dukaten, schließlich landete er in den Händen der Familie Medici.

1736 wurde er zwischen den österreichischen Kronjuwelen entdeckt und zierte anschließend 1745, die Krone bei der Ernennung Franz Stephans zum Römisch-Deutschen Kaiser (1708-1765). 1918, kurz vor Ende des I. Weltkrieges wurden die österreichischen Kronjuwelen in die Schweiz geschickt und der Florentiner ward´ nicht mehr gesehen. Gerüchte besagen, er sei nach Südamerika gelangt und dort in drei Teile gespalten worden.

Diamant Florentiner

French Blue
ca. 112.5 ct roh, 67.5 ct geschliffen,
Herkunft Indien

Der berühmte Belgier und Orientreisende Jean-Baptiste Tavernier (1605-1689) brachte von seiner Indienreise 1642 unter anderem einen Diamanten von etwa 112 ct Gewicht mit, den „Blauen Tavernier". 1669 verkaufte er den Stein an Ludwig XIV., der ihn siebeneckig schleifen ließ. Von da an hieß er French Blue. Zusammen mit dem „Bazu", einem weiteren Diamanten Taverniers, wurde er in den Orden vom Goldenen Vlies eingesetzt.

Am 17. September 1792 wurde er während der Französischen Revolution in Paris geraubt. 1882 tauchte in London plötzlich ein blauer Diamant auf, der heute als Hope bekannt ist und dessen Vorgeschichte als ungeklärt gilt. Möglichweise ist er der umgeschliffene French Blue.

Hope
112.5 ct roh, 45.52 ct geschliffen,
blau, Herkunft Indien

Nach dem Raub des French Blue aus den Gemächern des inhaftierten Königs Ludwig XVI. soll der Stein einem gewissen Cadet-Guillot als Schmuckstück in die Hände gefallen sein. Er ließ Republik Republik sein und floh mit seiner wertvollen Beute nach London, wo der Stein wahrscheinlich umgeschliffen wurde. 1830 kaufte der Bankier und Edelsteinsammler Henry Philip Hope den Stein für 18.000 Pfund und vererbte ihn an seinen Neffen Henry Thomas Hope, der ihn 1851 wiederum bei der ersten Weltausstellung im Londoner „Crystal Palace" ausstellte. Von da an wechselte der Hope häufig seine Besitzer und zog Mord und Todschlag nach sich.

Viele seiner Träger endeten tragisch, brachten sich um, wurden erschossen, stürzten Felswände hinab oder landeten in Nervenheilanstalten. Allerdings gab es durchaus auch Menschen, die, trotz des Besitzes, eines natürlichen Todes gestorben sind. Zwischen 1909 und 1911 kaufte der Pariser Juwelier Pierre Cartier den Hope und verkaufte ihn 1911 für 154.000 Dollar an die Familie Edward B. McLean in Washington.

Evalyn Walsh McLean trug den Stein bis zu ihrem Tod im Jahre 1947. Harry Winston, Juwelier und Diamantenhändler in New York, erwarb daraufhin die Kostbarkeit 1949 für 197.920 Dollar.

Am 08. November 1958 erhielt die berühmte Smithsonian Institution in Washington ein mit 151 Dollar versichertes und mit 2,44 Dollar frankiertes Päckchen: Es enthielt den Hope - als Geschenk von Harry Winston.

Koh-i-Nur

800 ct roh, 186 ct geschliffen (alte Form),
108.93 ct geschliffen (neue Form)
farblos, Herkunft Indien

Der Koh-i-Nur ist zweifelsfrei der bekannteste historische Diamant. Über seine Geschichte gibt es die ältesten Aufzeichnungen. Nach einer altindischen Legende soll der Sohn des Sonnengottes Surya, der Held Karna, den Koh-i-Nur auf der Stirn getragen haben, als die Tochter eines Elefantenhüters den Säugling in einer Ritterrüstung im Ufergras des heiligen Flusses Yammuna fand.

Über die genaue Herkunft des Diamanten ist wenig bekannt. Er soll aus den Minen von Bijapur stammen und einst 600 Karat gewogen haben. Nach anderen Berichten hatte er ein Gewicht von 163.000 Mohnkörnern, also rund 704 Karat. Die ersten zuverlässigen Nachrichten über den Koh-i-Nur stammen aus dem Jahre 1304. Damals war er Eigentum des Radschas von Malva. Indische Gelehrte haben 1500 errechnet, der Wert dieses außergewöhnlichen Diamanten würde ausreichen, um alle Menschen der Welt zu einem zweieinhalbtägigen Festschmaus einzuladen.

In den Blickpunkt der Geschichte gerät der Koh-i-Nur im Jahre 1526. Da übernahm der erste Mogulkaiser Indiens, Babur (1483-1530) den Stein aus dem Staatsschatz des Sultans Ibrahim Lodis. Durch Zufall war diesem die Familie des Radschas von Gwalior in die Hände gefallen und durfte erst weiterziehen, als sie den sagenumwobenen Stein herausgerückt hatte.

Diamant Koh-i-Nur

Von nun an kamen die meisten Besitzer des Koh-i-Nur auf vielfältigste Art und Weise ums Leben, die meisten allerdings auf den Schlachtfeldern Indiens.

1739 gelangte der Stein in die Hände des persischen Shahs Nadir, der das Heer von Großmogul Shah Mohammed besiegt hatte. Als Nadir den Stein zum ersten Mal zu Gesicht bekam, soll er vor Begeisterung „Koh-i-Nur" ausgerufen haben, was so viel wie „Berg des Lichts" bedeutet. Damit gab er dem Stein, der vorher nur „das Ding" oder „Großmogul" hieß, seinen heutigen Namen.

Doch auch Nadir brachte sein neuer „Berg des Lichts" kein Glück. Er wurde 1747 bei einem Streit um Offiziersgehälter mit einer Turbannadel erstochen. Danach landete der Diamant bei Ranjit Singh, dem „Löwen des Pundschab". Als dort zwei Sikh-Regimenter den Aufstand probten, schritten die Engländer ein und erklärten 1849 den Koh-i-Nur einschließlich der übrigen Juwelen der Schatzkammer zur Kriegsbeute.

Die Ostindien-Company schenkte den Stein am 2. Juni 1850 Königin Victoria. 1851 wurde er bei der ersten Weltausstellung in London gezeigt und als sich viele Experten über den altindischen Schliff enttäuscht zeigten, wurde er umgeschliffen. Von 186 ct blieben 105.602 übrig.

Im Jahre 1911 wurde der Koh-i-Nur als Zentralstein in die Krone der Königin Mary gefasst. 1937 arbeitete man ihn in die neu angefertigte Krone Königin Elizabeths, ein. Die Kostbarkeit ist heute noch im Tower of London zu besichtigen.

Grossmogul

787.25 ct roh, 280 ct geschliffen,
Herkunft Indien

Der Grossmogul ist der größte jemals in Indien gefundene Diamant. Erster Besitzer, um 1600, war Shah Jehan, der Erbauer des berühmten Taj Mahal. Zwei Jahre werkelte der Schleifer Hortensio Borgio an dem Stein herum und als er ihn schließlich mit seinen nur noch 280 ct ablieferte, belohnte ihn der Shah enttäuscht mit 45 Peitschenhieben und dem Entzug seines Vermögens. Jehan vererbte den Diamanten seinem Sohn Aurangzeh, der ihn 1657 dem

Shah Jehan: der Grossmugul, der Ko-i-Nur, der Shah und einige andere historische Diamanten gingen durch seine Hände

französischen Indienreisenden Jean Baptist Tavernier zeigte. Tavernier war der einzige Europäer, der diesen Stein jemals zu sehen bekommen hat. Der heutige Aufenthaltsort ist unbekannt.

Orloff

300 ct roh, 189.6 ct geschliffen,
hell-bläulich-grün, Herkunft Indien

Dieser Stein war möglicherweise ein Teil des Rohsteines, aus dem der Grossmogul geschliffen worden war. Weitere Einzelheiten seiner Geschichte sind unsicher. Ein französischer Deserteur soll ihn aus einem indischen Tempel gestohlen haben. Dann verkaufte er ihn für 10.000 Dollar an einen englischen Kapitän, der ihn wiederum für 60.000 Dollar an einen Edelsteinhändler weiter veräußerte.

Der russische Prinz Gregory, gerade von Kaiserin Katharina der Großen (1729-1796) vom Zarenhof verstoßen, kaufte ihn für 400.000 Rubel und schenkte ihn 1772 der Kaiserin, die dankend annahm, den armen Gregory allerdings trotz allem nicht mehr sehen wollte.

Der Orloff kam unterhalb des goldenen Adlers in das russische Reichszepter, weshalb dieser manchmal auch „Szepter Diamond" genannt wird.

Sancy

55 ct geschliffen, farblos, Herkunft Indien

Um diesen Diamanten ranken die verworrensten Geschichten. Fest steht, dass er sich 1593 im Besitz des französischen Edelmannes Nicolas Harlay de Sancy (1546-1629) befand, dessen Namen der Diamant später erhielt. De Sancy gehörte zu denen, die viel zum Erhalt der Monarchie in Frankreich beigetragen haben, auch deshalb, weil sie immer wieder mit dem eigenen Vermögen dem Königshaus unter die Arme griffen.

Ab und zu musste auch der Diamant versetzt werden, um schnell Geld in die Kasse zu bringen. Als de Sancy sich einmal in wichtiger Mission im Schweizer Solothurn aufhielt, schickte er seinen Kammerdiener nach Paris, um den dort aufbewahrten Diamanten zu holen. Der Diener jedoch wurde auf dem Rückweg überfallen und ermordet. De Sancy ließ den Leichnam sezieren und fand den Stein im Magen des Toten.

1604 verkaufte de Sancy den Diamanten für 60.000 écus an James I. von England, der ihn an seinen Sohn Charles I. (1584-1649) weitervererbte. Der Sancy wurde nun das Prunkstück der Schmucksammlung seiner Gemahlin Königin Henrietta-Maria. Charles wurde 1649 enthauptet und Henrietta-Maria musste das Land verlassen.

Von nun an gehen die Geschichten, die sich um den Sancy drehen auseinander. Fest steht, dass der Diamant 1906 von William Waldorf Astor als Hochzeitsgeschenk für seinen Sohn und Nancy Langhorne von Virginia gekauft wurde. Lady Astor trug den berühmten Diamanten bei Staatsanlässen oft in einem Turban.

Nach dem Tod von Lady Astor 1964 erbte den Stein ihr Sohn, der 3. Viscount Astor. Heute kann man den Sancy in der Apollon-Galerie im Louvre in Paris bewundern.

Dresden grün

41 ct geschliffen, grün, Herkunft Indien

Völlig im Dunkeln tappen die Diamantenforscher, wenn es darum geht, die Herkunft des Dresden grün zu ergründen. 1743 war´s, da tauchte er plötzlich wie aus dem Nichts auf der Leipziger Messe auf und zog seine Betrachter in den Bann. Ein funkelnder grüner Stein, der größte jemals gefundene Diamant in dieser Farbe. Er wurde zum Gesprächsstoff Nummer eins und natürlich kam die Schönheit dieses Schatzes auch den Mächtigen zu Ohren.

Diamant Dresden grün

So machte sich Friedrich August II. (1699-1763), der Sohn August des Starken unverzüglich auf den Weg, um die Sensation in Augenschein zu nehmen.

Er zeigte sich derart begeistert, dass er 150.000 Taler auf den Tisch des Hauses blätterte und den 41-Karäter in den Kronschatz überführte, wo er 200 Jahre lang zu den absoluten Stars gehörte.

1945 wanderte er, von einer sowjetischen Spezialtruppe beschlagnahmt, für 13 Jahre nach Russland und erst 1958 wurde er wieder zurück in die damalige DDR gebracht. Seit 1959 kann man ihn im Dresdener Albertinum besichtigen, wo noch weitere kostbare Diamanten ihre Heimat gefunden haben wie der Dresden gelb, mit seinen 38 Karat und der Dresden weiß, ein rechteckiger 49.71-Karäter. Für ihn hatte August der Starke umgerechnet eine Million US-Dollars berappt, der höchste Preis, der bis dahin für einen Diamanten bezahlt worden war. August der Starke (1670-1733) führte ein Leben in Saus und Braus. Er förderte Architektur und Kunst und ließ prächtige barocke Bauwerke wie Schloss Moritzburg, den Dresdener Zwinger und die Frauenkirche erbauen.

Shah

88.7 ct geschliffen, hellgelb,
Herkunft Indien

Er ist in Schliff und Geschichte einer der ungewöhnlichsten Diamanten der Welt. Die Namen der ersten drei Besitzer sind ringsum eingraviert: „Buarhan-Nizam-Shah II." (1591), „Sohn des Jehangir Schah Jehan Schah" (1641) und „Kadjar Fath Ali Schah" (1824), Kaiser Persiens.

Im Jahr 1829 wurde in Teheran ein russischer Botschafter ermordet. Als Sühne hierfür bekam Zar Nikolaus I. von Russland Shah als Geschenk.

Wittelsbacher

35.5 ct geschliffen, blau, Herkunft Indien

Die Herkunft des Wittelsbacher liegt im Dunkeln der Geschichte. Aber wie fast alle historischen Steine stammt er wohl aus Indien. Die Infantin Margaretha Teresa, die im Jahre 1667 von Spanien nach Wien reiste, um dort die Braut Kaisers Leopold I. zu werden, hatte ein wahres Vermögen an

Juwelen und Edelsteinen als Brautschatz mitgebracht. Ihr Vater, König Philipp IV. von Spanien, beauftragte schon im Jahre 1664 seinen Schatzmeister, aus den neuen Errungenschaften aus Indien und Portugal eine Mitgift für die Infantin zusammenzustellen. Unter diesen Juwelen befand sich auch ein großer blauer Diamant.

1673 verstarb Margaretha Teresa 22-jährig und ihr Nachlass ging in den Besitz ihres Gatten Leopold über. In der Folgezeit starben viele Besitzer des Wittelsbacher früh.

Vom Oktober 1722 an begleitete der „Große Blaue Diamant" das Haus Wittelsbach als „Hausdiamant" bis zur Abdankung von Ludwig III. als letztem König Bayerns im Jahre 1918. Der Stein erhielt den Namen Wittelsbacher Diamant.

Von nun an verschwand der Diamant von der Bildfläche, wurde - von niemanden erkannt - auf der Brüsseler Weltausstellung 1958 gezeigt und 1961von der Antwerpener Diamantenfirma Komkommer & Sohn erstanden. In welchem Besitz der Stein sich heute befindet ist unbekannt.

Portuguese
150 ct roh, 127.02 geschliffen, Herkunft Brasilien

der Wittelsbacher Diamant wurde in der Königskrone getragen

Ein prächtiger Vertreter der Diamanten ist der Portuguese, der seinen Namen aus dem Grund trägt - so wird gemunkelt- einmal dem portugiesischen Königshaus gehört haben soll. Genaues weiß man nicht. Jedenfalls war er aus Portugal irgendwann einmal verschwunden und tauchte 1951 in New York wieder auf, im Besitz des berühmten Juweliers Harry Winston, neben Tiffany der Inbegriff als Besitzer berühmter Steine. Winston, der 1932 an der Fifth Avenue Nr. 718 sein Reich gegründet hat, wird übrigens in Marylin Monroes legendären Lied „Diamonds are a girls best friend" besungen. Weltberühmte Steine wie der blaue Hope oder die Diamantentropfen, die einst Richard Burton Elisabeth Taylor geschenkt hat, sind durch seine Hände gegangen.

Diamant

Mineralklasse: Elemente

Chemie: C

Mohshärte: 10

Dichte: 3,47 bis 3,55

Kristallsystem: kubisch

Astrologie: Löwe, Widder und Steinbock

Wichtige Vorkommen: Australien, Russland, USA, Südafrika, Angola, Namibia, Borneo, Venezuela, Brasilien

Wirkung auf die Psyche: Soll Ausgeglichenheit, Selbstachtung, Selbstständigkeit geben und Unsicherheit mit Bezug auf den Partner nehmen.

Wirkung auf den Körper: Kräftigung von Galle, Blase, Niere, soll Steinbildung verhindern, soll Gehirn, Augen, Muskeln und Nerven stärken und entgiftend wirken.

Pflege: Öfters kurz unter fließendem Wasser entladen, an der Sonne wieder aufladen.

Diamant Portuguese

Fluorit

Um die Entstehung des Fluorits gibt es eine wunderschöne Geschichte: Als Noah nach der Sintflut seine beiden Tauben ausschickte, um zu erkunden, ob denn das Wasser so langsam aber sicher wieder den Rückzug angetreten habe, kamen beide irgendwann auf die Arche zurück und berichteten ihm, dass alle Regenbogen begonnen hatten, bis zur Erde hinab zu scheinen, um dieser ihre Farben wieder zu geben.

So erhielten nicht nur die Pflanzen ihr sattes Grün und die Meere ihr tiefes Blau zurück, sondern auch alle anderen Lebewesen, die für sie bestimmte Schönheit. Nachdem auch alle Edelsteine ihre Farbe erhalten hatten, blieb nur einer unbeachtet übrig - der Fluorit. Eigentlich ein armer Tropf, doch für ihn hatten sich die Regenbogen etwas ganz besonderes ausgedacht. Als sie mit ihrer Arbeit fertig waren, schlüpften sie in den Fluorit, um somit auf der Erde bleiben zu können und der erstrahlte plötzlich in einem Glanz, dass alle anderen sich nur die Augen reiben konnten.

Somit wurde aus dem Fluorit das anerkannt „farbenprächtigste Mineral der Welt", auch wenn natürlich in dieser Hinsicht der Opal, und einige andere auch, ihm diesen Ruf streitig machen wollen.

Die Farben des Fluorits reichen von violett, blau, grün, gelb, farblos, braun, pink und schwarz bis hin zu einem rötlichen Orange. Dazu sind natürlich auch noch alle Nuancen zwischen den oben genannten Farbtönen möglich.

Die bekannteste Farbe ist sicherlich das Violett in Kombination mit Grün, aber Sammler sind natürlich auch hinter seltenen Stücken wie den braunen oder orangen Steinen her.

Der Fluorit war, was einige Niederschriften belegen, schon im Altertum ein begehrtes Objekt. Seinen Namen bekam er allerdings erst 1529 von Georgius Agricola (1494-1555), einem der heute noch bekanntesten Naturforscher und Mitbegründer der wissenschaftlichen Mineralogie.

Agricola leitete den Namen Fluor vom lateinischen „fluere", „fließen" ab, als er feststellte, dass Fluorit in Form seines Calciumsalzes vorzüglich beim Metallschmelzen einsetzbar war. Es machte Erzschmelzen und Schlacken dünnflüssiger, es ließ sie also fließen.

In Deutschland setzte sich alsbald auch der Name Flussspat durch, aus dem sich wiederum die Flusssäure gewinnen ließ, die wässrige Lösung von Fluorwasserstoff. Bereits 1670 entdeckte der Nürnberger Glasschneider Heinrich Schwanhardt, dass man mit Flusssäure Glas zersetzen kann, es sich also vorzüglich zum Ätzen gebrauchen lässt. Nicht bekannt ist, wie viele Glasschneider sich schwere Verletzungen durch die Flusssäure zugezogen haben, denn es wirkt nicht nur stark ätzend auf Glas, sondern auch auf Schleimhäute und Bindehaut der Augen. Als starkes Kontaktgift wird die Gefährlichkeit noch dadurch erhöht, dass es sofort von der Haut resorbiert wird. Dadurch ist eine Verätzung tieferer Gewebeschichten möglich, ohne dass die Haut äußerlich sichtbar verletzt ist. Handtellergroße Verätzungen können sogar einen tödlichen Ausgang haben. Aber was nimmt man für den vermeintlichen Fortschritt eben nicht alles in Kauf.

Anfang des 19. Jahrhunderts nahm eine weitere Berühmtheit den Fluorit unter die Lupe, Carl Friedrich Mohs (1773-1839). Beim Bestrahlen des Minerals mit ultraviolettem Licht zeigte es eine deutliche rosa-

Fluorit, grün mit Musk. auf Pegmatit; Niyit Bruk, Shigar-Tal, Pakistan

violette Fluoreszenz. Mohs hatte ein physikalisch-optisches Phänomen entdeckt, das fortan nach dem Fluorit benannt wurde.

Doch Carl Friedrich Mohs errang durch andere Erkenntnisse unsterblichen Ruhm. In seiner Zeit als Professor der Mineralogie am Joanneum in Graz (1812-1817), entwickelte er die nach ihm benannte Härteskala mit dem Diamanten als dem mit Abstand härtesten Vertreter.

Was allerdings keinem gelingen wollte, war das freie Halogen Fluor herzustellen. Ein Unterfangen, das nicht ungefährlich war und manchen tragischen Helden zurückließ. 1886 war es dann doch soweit. Dem Franzosen Henri Moissan (1852-1907) gelang in Paris durch elektrolytische Zersetzung einer Lösung von Kaliumfluorid in flüssigem Fluorwasserstoff bei 55 Grad Celsius, reines Fluor zu erzeugen. Eine Großtat, die ihm ein Jahr vor seinem Tod, 1906, den Nobelpreis für Chemie einbrachte.

Fluor kommt in reiner Form in der Natur also nicht vor, dagegen ist es in Form seiner Salze, den sogenannten Fluoriden, häufig anzutreffen. Zur Herstellung von Fluor oder Fluorchemikalien dient hauptsächlich der Fluorit (Flussspat) und Fluor findet sich in unglaublich vielen Anwendungsbereichen, positiven, wie negativen wieder.

Hier nur eine kurze Auflistung:
Fluorierung von Autotanks und Verpackungsmitteln, Fluor wird gebraucht zur besseren Verklebbarkeit von Kunststoffen und Haftung von Lacken, in der Krebstherapie, als Arzneimittel für die Regulation des Fettstoffwechsels, bei Blutersatzstoffen in Chirurgie und Notfallmedizin, in fluorierten Flüssigkristallen in der Computer-, Mobilfunk- und Fernsehindustrie wie auch in der Lasertechnik.

Fluorit gelb; Annaberg-Frohnau, Sachsen

Auch eine Teflonpfanne ist ohne Fluor undenkbar, Zahnpasten und Wasser wird Fluor zugeführt, was andererseits aber auch für die supergiftigen chemischen Waffen oder für die Herstellung von Fungiziden, Herbiziden und Insektiziden gilt.

Schon erstaunlich, für was ein solch beeindruckender Stein wie der Fluorit letztendlich alles herhalten muss. Genauso erstaunlich ist allerdings auch die Liste der Synonyme des Fluorits. Dass er auch Flussspat heißt, ist bekannt. Doch er rangiert auch unter Namen wie Hüttenspat, Säurespat, Keramikspat, Stückspat, Androdamant, Blue John (Schmuckstein, blauviolett gebändert, aus England), Antozonit, Honigspat, Chlorophan oder Stinkspat.

Der bekannteste Stinkspat kommt aus dem oberpfälzischen Wölsendorf, ein schwarzer Fluorit, der bei einem Schlag auf den Stein freies Fluor abgibt, was einen unangenehmen Geruch nach sich zieht - daher der Name.

Weitere Abbaugebiete in Deutschland sind Strassberg im Harz, Ilmenau im Thüringer Wald sowie natürlich Freiberg in Sachsen. Große Vorkommen gibt es allerdings auch in den Schweizer Alpen, im Gebiet um den St. Gotthard, in Norwegen, Brasilien und Kanada.

Fluorit

Mineralklasse: Halogenide

Chemie: CaF_2

Mohshärte: 4

Dichte: 3,1 bis 3,2

Kristallsystem: kubisch

Astrologie: Fisch, Wassermann

Wichtige Vorkommen: Deutschland, Schweiz, Norwegen, Brasilien, China, Kanada, England, Frankreich, USA, Russland

Wirkung auf die Psyche: Soll intuitive Empfindungen sensibilisieren, die Konzentration stärken und für mehr Verantwortungsgefühl sorgen.

Wirkung auf den Körper: Soll bei geistiger Verwirrung helfen, Einfluss auf die Knochenbildung haben, Verletzungen ausheilen, die Leber stärken und gut sein gegen Arthrose, Osteoporose und Grippe.

Pflege: Ein- bis zweimal im Monat unter fließendem Wasser entladen und an der Sonne wieder aufladen.

Gold gediegen, kristallisiert auf Quarz; Eagle's Nest Mine, Michigan Bluff, Kalifornien, USA

Gold

Nichts auf der Welt bewegt den Menschen mehr als der Mythos Gold. Gold steht für unermesslichen Reichtum genauso wie für Liebe und Erfolg. Gold ist göttlich und verleiht den himmlischen Heerscharen Glanz. Schon in der Antike verschoss Amor goldene Pfeile, saß Hera auf einem goldenen Thron und lenkte Helios seinen goldenen Wagen durch die Lüfte.

Legendäre Goldschätze beflügeln in allen Kulturkreisen und zu allen Zeiten die Phantasien der Menschen. Ob in Märchen, Sagen, Erzählungen oder in der Wirklichkeit. Gold ist das Maß aller Dinge. Um Gold zu finden, wurden Expeditionen ausgerüstet, Kontinente entdeckt, Völker überfallen, versklavt und vernichtet.

Gold begleitete die Menschen auf ihrem Weg ins Jenseits, als Grabbeigabe, damit es der herrschenden Klasse auch dort an nichts fehle. Das war vor über 5.000 Jahren bei den Sumerern so und wurde anschließend von fast allen anderen Völkern, Babyloniern, Ägyptern, Römern, Kelten und Azteken übernommen, was natürlich wiederum die Grabräuber auf den Plan rief, die größten Feinde der Archäologie.

Was aber hat dieses Metall, was andere nicht haben? In der Zeitschrift extraLapis, Band 2 ist dies von Karl-Ludwig Weiner interessant beschrieben worden:
„Gold erfüllt wie kein anderes Element im Periodensystem das Idealbild eines Edelmetalls schlechthin. Es ist schön (es will also jeder haben), es ist selten (es kann nicht jeder finden, deshalb ist es teuer), und es verwittert praktisch nicht (man kann also einen stabilen Schatz damit anlegen); einziger Nachteil: Gold kann einem zwischen den Fingern zerrinnen."

Dies mussten viele große Reiche erleben. Schon 2500 vor Christus erlebte das alte Ägypten, dank seiner reichen Goldvorkommen - unter anderem aus Nubien (nub heißt im altägyptischen Gold) - eine Blütezeit sondersgleichen, wie die Beigaben im Grab Tutanchamuns beweisen. Da dieser zu den eher unbedeutenden Pharaonen zählte, kann man sich lebhaft vorstellen, welche Mengen an Gold sich in den Gräbern von Größen wie Ramses, Djoser oder Tutmosis befunden haben müssen.

Als dann schließlich das Gold zu Neige ging, wurden andere Goldländer überfallen und ausgebeutet. Ähnlich machten es auch die Römer, die sich wegen ihrer Goldgier einen fast schon legendären Ruf erworben hatten. Mit den schwindenden Goldreserven zerbrach schließlich das einst so mächtige Römische Reich.

Auch die führenden Nationen des Mittelalters wurden vom Goldfieber erfasst. Die Portugiesen stießen in den Süden Afrikas vor, um die Ladungen der Goldkarawanen zu übernehmen und weiteten ihre Fahrten schließlich bis Brasilien aus.

1488 erreichte Bartolomeu Diaz das Kap der Guten Hoffnung. Von da an war der Weg nach Indien für die portugiesischen Schiffe frei.

Diaz schaffte, was Christoph Kolumbus auf seinen vier Fahrten versagt blieb. Kolumbus suchte das von Marco Polo beschriebene, mit vermeintlich gewaltigen Goldschätzen versehene Zipangu, ergebens. Allen Entdeckungen zum Trotz, Spanien verzieh ihm zu Lebzeiten nie, dass sich seine Goldmitbringsel nur in äußerst bescheidenen Mengen bewegten.

Die Gier nach Gold wurde noch größer. Inka-Kaiser Atahualpa sagte über die Spanier: „Sie wollen nur Gold. Sie winseln um Gold, sie schreien um Gold, sie zerfleischen einander um Gold. Frage sie um den Preis deiner Freiheit und du wirst sie mit Gold kaufen können. Es gibt nichts in der Welt, was sie dir nicht für Gold geben würden, ihre Weiber, ihre Kinder, ihre Seele und sogar die Seelen ihrer Freunde."

Unter dem Deckmäntelchen der Christianisierung begann ein Völkermorden sondersgleichen. Hernando Cortez machte dem Aztekenreich unter Montezuma den Garaus. Wenig später erging es den Inkas nicht besser, die sich Francisco Pizarro geschlagen geben mussten. Riesige Mengen an Gold wurden nach Spanien geschafft, aber noch heute suchen Abenteurer die Goldschätze der Azteken und Inkas, die diese vor ihren Feinden versteckt haben sollen. Viele träumen ja auch noch das goldene El Dorado zu finden, von dem viele Gefangene den Spaniern berichtet hatten, das aber niemals gefunden wurde.

Sagenumwoben ist natürlich auch die Alchemie des Mittelalters, die auf eine lange Tradition zurückblicken konnte und ihre Ursprünge in Ägypten und Mesopotamien hatte, dem Land zwischen den Flüssen Euphrat und Tigris. Diese frühen Alchemisten wollten in erster Linie Farben und Parfums herstellen. Das änderte sich im frühen Mittelalter. Mehr und mehr experimentierten die Alchemisten herum, den Stein der Weisen zu finden, um Gold herstellen zu können.

Es gab kaum ein Königs- oder Herrscherhaus, das sich nicht ein eigenes Labor leistete, um der Natur die Geheimnisse entlocken zu können. Viele berühmte Zeitgenossen widmeten sich diesem Thema. Der Mathematiker und Physiker Isaac Newton (1643-1727) arbeitete in einem eigenen Laboratorium und ließ das alchemistische Feuer solange nicht erlöschen, bis ein Teil der Räume abbrannte und damit auch viele Aufzeichnungen.

Frankreichs König Ludwig XV. setzte auf das Wissen des Grafen von St. Germain. Er entzückte jedenfalls die am Hofe lebende Marquise de Pompadour damit, für sie das Elixier des Lebens gefunden zu haben. Später tauchte der Graf auch am Hofe des Schahs von Persien auf und beriet nebenbei noch die russische Zarin Elisabeth I. in allen Lebensfragen.

Gold konnte aber auch er ebenso wenig herstellen wie sein großer Gegenspieler, Giacomo Girolamo Casanova, der sich mit seinem „Wunderelixier" Zugang zu vielen

Gold gediegen

weiblichen Herzen verschaffte und vorgab, Geheimmittel für das Herstellen von Gold und anderen Metallen gefunden zu haben.

Auch Johann Friedrich Böttger (1682-1719) und Henning Brand (1630-1710) hofften, mit ihren Forschungen der Goldherstellung näher zu kommen. Sie scheiterten, entdeckten aber die Porzellanherstellung und das Element Phosphor. Auf Johann Friedrich Böttgers Resultaten geht die Gründung der Meissner Porzellan Manufaktur 1710 zurück. Damit hatte China das Privileg verloren, als einziges Land Porzellanwaren herzustellen. Dies brachte mindestens genau so viel Geld in die Schatztruhen August des Starken, als wenn sein Untergebener Gold gefunden hätte.

Einer, dem das Gold kein Glück gebracht hatte, war der 1803 im südbadischen Kandern geborene Johann August Sutter. Aus finanziellen Gründen musste er 1834 in die neue Welt flüchten, wo er sich 1839 am „Grossen Treck" nach Westen beteiligte. Die Karawane erreichte Kalifornien, das damals noch zu Mexiko gehörte. Er baute sich dort ein Imperium auf. Sein Land nannte er Neu Helvetien, umfasste bald 593 Quadratkilometer und beheimatete 12.000 Stück Rinder, 2.000 Pferde, 12.000 Schafe, drei Pferdemühlen, zwei Wassermühlen, eine Sägemühle, eine Gerberei sowie 60 Häuser, die rund um sein errichtetes Fort standen.

Sutter ging es glänzend, bis 1847 einer seiner Arbeiter, James Wilson Marshall, eine Sägemühle am American River bauen sollte und dabei ein Klümpchen Gold fand. Sutter versuchte zwar, das Ganze geheim zu halten, vergebens. Das Unheil nahm seinen Lauf. Zehntausende machten sich auf zum American River, plünderten die Ländereien Sutters, schlachteten seine Herden und machten ihn wieder zu einem armen Mann, der schließlich 1880, noch immer versucht sein Recht einzuklagen, in Washington verzweifelt starb. Amerika hatte nach dem Goldrausch in North Carolina, seinen zweiten in Kalifornien erlebt, in Folge dessen sich San Francisco zu einer Weltstadt mauserte und der maßgeblich für die Erschließung des amerikanischen Westens verantwortlich war.

1886 folgte der nächste Run. Verantwortlich war diesmal George Washington Carmack, ein Trapper, der sich durch die Wildnis Alaskas schlug, mit Fellen handelte und gelegentlich in den Flüssen nach Gold schürfte. Dabei hatte er Glück. Am Bonanza Creek, einem Flusslauf des Klondike-Rivers, fand er jenes begehrte Metall, das Reichtum und Glück verhieß und in den darauf folgenden Jahren Tausenden von Glücksrittern das Leben kostete.

Denn kaum waren die Goldfunde bekannt, setzte ein weltweiter Run auf das kleine Flüsschen ein. Dawson City wurde Hauptstadt goldverrückter Abenteurer, die unglaubliche Strapazen über sich ergehen lassen mussten, ehe sie überhaupt am Ziel ihrer Träume angekommen waren. Mit dem Schiff nach Skageway, von dort die steilen Berge hinauf über den White- und Chilkoot Pass, wo die Goldsucher starben wie die Fliegen. Aber die Überlebenden kannten kein zurück mehr. Unter ihnen befand sich auch ein ehemaliger Landstreicher und Gelegenheitsrobbenfänger namens Jack London (1876-1916).

Ihm gelang es zwar, bis zum Klondike-River vorzudringen, allerdings war ihm dort kein Erfolg beschieden. Er kehrte nach San Francisco zurück und wurde mit Büchern wie „Der Ruf der Wildnis", „Seewolf" und vor allem „Lockruf des Goldes" zu einem der meistgelesensten Schriftsteller des 20. Jahrhunderts.

Bis 1900 produzierten die vereinigten Staaten von Amerika Gold im Wert von 1,3 Milliarden Dollar. Ein nettes Sümmchen, bedenkt man, dass Benjamin Franklin (1706-1790) verkündet hatte, Gold und Silber seien nicht die Produkte Nord Amerikas, da es keine Minen gäbe.

Die bisher weltweit geförderte Goldmenge entspricht einem Würfel von etwa 17 Metern Kantenlänge. Das sind rund 100.000 Tonnen Gold, die sich jährlich um rund 2.000 Tonnen erhöhen. Der größte Goldklumpen, der jemals gefunden wurde, stammt aus Australien und hat ein Gewicht von 92,25 Kilogramm, gefolgt von einem 70 Kilogramm Koloss aus Kalifornien.

Solche Funde sind allerdings äußerst selten, da Gold in der Erdkruste nur in kleinen Mengen vorkommt.

Gold

Mineralklasse: Elemente

Chemie: Au

Mohshärte: 2,5 bis 3

Dichte: 15,5 bis 19,3

Kristallsystem: kubisch

Astrologie: Zwilling

Wichtige Vorkommen: Südafrika, Alaska, Australien, USA

Wirkung auf die Psyche: Soll gegen Albträume und Depressionen helfen, den Charakter Stärken und die spirituelle Entwicklung fördern.

Wirkung auf den Körper: Soll Selbstheilung anregen und unter anderen gegen folgende Krankheiten helfen: Autismus, hoher Blutdruck, Diabetes, Durchblutungsstörungen, Erkältung, Fieber Gicht, Herzbeschwerden, Kopfschmerzen, Leberkrankheiten, Lungenentzündung, Rheuma, Verdauungsproblemen, Wirbelsäulenschmerzen.

Granat

natürlich gewachsener Granat

Der Stein hat es in sich. Er wird seit Jahrhunderten verehrt, sieht gut aus, wartet mit immer neuen Überraschungen auf, was neue Exemplare angeht und - das ist vor allem wichtig - er ist in der Regel noch gut zu bezahlen - der Granat. Aber gibt es den Granat überhaupt?

Natürlich, wir kennen ihn alle, den kleinen roten Edelstein aus Omas Schmuckkästchen, der meist nur an ganz besonderen Tagen herausgeholt wurde. Dabei handelte es sich meistens um Pyrope aus Böhmen, angeordnet in einer Brosche oder einem Hänger wie die kleinen, wohlschmeckenden Samen des Granatapfels. Doch der Pyrop ist nur ein Vertreter der riesengroßen Granatfamilie. Almadin, Grossular, Spessartin oder Uwarowit gehören ebenfalls dazu. Wir sprechen also besser von einer Gruppe.

Einer Gruppe, die in der Geschichte für Furore gesorgt hat. So ist der Granat, welcher auch immer, der Stein des Buddhismus und im jüdischen Talmud wird erzählt, Noahs Arche sei von einem großen Granat erleuchtet gewesen.

Woher der Name kommt, darüber streiten sich die Gelehrten. Die einen meinen, der deutsche Philosoph und Theologe Albert Magnus (1200-1280) habe ihn 1270 so genannt, abgeleitet vom lateinischen Wort für Korn „granum". Andere bevorzugen die These, der Granatapfel, der „granatum malum" (bei den Römern auch „punica granatum" genannt, da diese ihn durch die Phönizier kennen - und schätzengelernt hatten) sei bei der Namensgebung Pate gestanden.

Die Römer kannten allerdings nicht nur die Frucht, sondern auch den Stein, der bei ihnen „carbunculu" hieß, ein Name, der für viele rote Kristalle übernommen wurde, die als die legendären Karfunkelsteine in die Geschichte und vor allem auch in die Märchen eingingen.

Schon die Goten waren begeisterte Sammler von Granaten, vor allem vom braun- bis schwarz-roten Almandin. Der Name Almandin soll sich von der antiken kleinasiatischen Edelsteinstadt Alabanda abgeleitet haben, in der die Schleifkunst zu höchster Perfektion entwickelt worden war, ehe sie irgendwann unterging.

Da die Goten, auf der Suche nach neuen Nahrungsquellen, zu den wanderfreudigen Völkern gehörten, verbreiteten sie auch die Liebe zu den roten Steinen vom Schwarzen Meer bis nach Rom, das sie unter Alarich 410 n. Chr. sogar eingenommen hatten. Schließlich wurden sie machtpolitisch von den Franken abgelöst. So fand man im Grab Childerichs, einem der ersten bedeutenden Könige aus dem fränkischen Geschlecht der Merowinger, viele Waffen, vor allem aber auch Schmuckstücke, die mit Granaten reich verziert waren. Doch die Begeisterung für diesen Stein schwand mehr und mehr. Allein noch in der Kirche wurde er als Symbol für das Blut Christi verehrt.

Zwar flackerte das Interesse an Granat-Schmuck in den folgenden Jahrhunderten immer mal wieder auf, aber die ganz große Begeisterung war ersteinmal erloschen. Dennoch zieren einige beeindruckende Stücke beispielsweise das Gehänge des Ordens vom Goldenen Vlies, das 1429 vom burgundischen Herzog Philipp dem Guten gestiftet worden war. Durch Heirat ging die Großmeisterwürde und damit auch der Orden in das Haus Habsburg über.

Der *Almandin* ist der mit Abstand am häufigsten auftretende Vertreter der Granatgruppe. Er wird seit der Antike in Ägypten, auf Sri Lanka, in Indien, Brasilien aber auch im Zillertal, Ötztal oder in Bayern gefunden. Alamadin-Kristalle wurden früher häufig wegen ihrer fast schon schwarzen Farbe im Cabochonschliff bearbeitet, allerdings mit einer ausgehöhlten Rückseite, um die dunkle Farbe aufzuhellen.

Rosa bis rote Almandin-Pyrop-Mischkristalle werden Rhodolite genannt. Minderwertige Almandine wurden früher häufig zerkleinert und als Schleifmittel in der Industrie eingesetzt.

Granat: Almandin; Rhombendodekaeder

Granat / Pyrop in Peridotit (außen typisch gelb verwittert)

Der Star unter den grünen Granaten ist der *Demantoid*, versehen mit einer unglaublichen Leuchtkraft, die durch eine extrem hohe Lichtbrechung zustande kommt. Er ist die teuerste Granat-Varietät, die derzeit auf dem Markt erhältlich ist, vor allem wenn er ein sattes, tiefes Grün aufweisen kann.

1868 wurde er im Uralgebirge entdeckt und avancierte zum Lieblingsstein des russischen Starjuwelier Karl Fabergé (1846-1920), der ihn immer wieder für seine Kunstwerke verwendete. Berühmtheit erlangten vor allem seine kostbaren, mit Edelsteinen verzierten Eier, die er im Auftrag für den Zarenhof anfertigte.

Der Dematoid drohte allerdings schnell wieder in der Versenkung zu verschwinden, da die Fundstellen sich erschöpften. Hier und da tauchten weltweit ein paar Einzelstücke auf, zu wenige, um für eine neue Welle der Begeisterung sorgen zu können. Erst 1996 fand ein Ziegenhirte in Namibia wieder mehrere dieser grünen Wunderkristalle. Seither wird dort der begehrte Stein wieder in größeren Mengen ans Licht der Welt befördert. Fabergé hätte mit Sicherheit auch heute wieder seine helle Freude daran.

Der *Grossular* ist ein meist grüner Vertreter der Granatgruppe, der häufig mit schwarzen Punkten versehen ist. Sein Name kommt vom lateinischen Wort „grossularia“, das heißt übersetzt „Stachelbeere“. Grossulare können in den verschiedensten anderen Farben auftreten, das hängt damit zusammen wie viele Anteile an Eisen, Mangan, Chrom oder Vanadium im Stein enthalten sind. Chrom oder Vanadium beispielsweise sind für die grüne Farbe verantwortlich.

Eine besonders schöne Varietät ist der leuchtend grüne *Tsavorit*, der entlang der Grenze zwischen Kenia und Tansania gefunden wird. Entdeckt wurde er 1967 von dem legendären schottischen Geologen Campbell R. Bridges innerhalb eigenartiger kartoffelartiger Gesteinsknollen. Auf der Webseite des ICAGem Büros Idar Oberstein ist die Geschichte spannend beschrieben, denn der Fund nutzte Bridges zunächst nichts, da sich Tansania standhaft weigerte, die Steine außer Landes zu lassen.

Bridges suchte beharrlich weiter, diesmal auf Kenias Seite und wurde ebenfalls fündig. Dort konnte er seine Entdeckung offiziell registrieren lassen und mit der Ausbeute der Fundstelle beginnen. Zum Schutz vor wilden Tieren hauste der Geologe anfangs in einem Baumhaus. Um nicht bestohlen zu werden, nutzte er die Angst der Arbeiter vor Schlangen und ließ die Rohsteine von einer Python bewachen.

1974 entdeckte Tiffany diesen Stein und machte ihn schlagartig in der ganzen Welt bekannt. Zu Ehren des Tsavo-Nationalparks und des Flusses Tsavo, in deren Nähe die Steine gefunden wurden, erhielt der grüne Stein den Namen Tsavorit oder auch Tsavolith.

Ein herrlich leuchtendes Rot weist der *Pyrop* auf, der als böhmischer Edelstein Berühmtheit erlangt hat und dort im Mittelgebirge gefunden wird. Allerdings ist die Förderung nicht mehr so umfangreich wie vor 100 Jahren. Die böhmischen Pyrope sind meistens kleine Steine. Exemplare mit einem Durchmesser über 6 Millimeter sind eher die Seltenheit.

Ende des 19. Jahrhunderts lebten über 10.000 Menschen von der Pyrop-Gewinnung und Verarbeitung. Den wohl berühmtesten Granatschmuck, der insgesamt 448 Pyrope umfasste, gehörte Ulrike von Lewetzow (1804-1899) aus Trebivlice. Doch nicht diese ungeheuer große Ansammlung an Granat-Steinen sorgte zu ihren Lebzeiten für Aufregung, es war eine abenteuerliche Liebesgeschichte.

17 mal besuchte Johann Wolfgang von Goethe die böhmischen Bäder Marienbad, Karlsbad oder Franzensbad, zum letzten Male 1823 als 74-jähriger. Goethe war gern gesehener Gast und Ehrenmitglied des 1818 gegründeten böhmischen Nationalmuseums, dem er einen Teil seiner Mineraliensammlung vermachte. Bei einem Freund in Marienbad traf er die damals 17-jährige Ulrike von Lewetzow und verliebte sich unsterblich in das Mädchen. Für den Skandal der Kursaison war also gesorgt worden.

Goethe störte dies wenig. Im Gegenteil, er ließ der Familie einen Heiratsantrag überbringen, der aber - wegen des großen Altersunterschiedes - abgelehnt wurde. Dass der Granat-Schmuck ein Geschenk des Dichterfürsten gewesen sein soll, ist ein Gerücht.

Granat / Spessartin auf Rauchquarz

In der Nähe von Aschaffenburg, im Spessart, hat man erstmals den *Spessartin* gefunden, ein selten vorkommender Granat mit einer leuchtend orangen Farbe. Die Funde waren so rar, dass sich der Spessartin als Schmuckstein kaum lohnte. Das änderte sich 1991 als am Kunene-River, an der Grenze zwischen Angola und Namibia viele kleine Kristalle gefunden wurden, die heute auch Kunene- oder Mandarin Granat genannt werden.

Nicht verwechselt werden sollte der Spessartin mit dem Spessartit, einem dunkelgrauen bis schwarzen Ganggestein.

Grün, klein und selten ist der *Uwarowit*, eine echte Rarität auf dem Edelsteinmarkt. Er wurde nach dem Grafen Sergej Semenowitsch Uwarow benannt, einem der Präsidenten der Petersburger Akademie. Gefunden wird der Uwarowit, der seine Farbe dem eingelagerten Chrom verdankt, im Ural, im Himalaya, in den USA und in Finnland.

Granat

Mineralklasse: Insel-Silikate

Chemie: Mg Al SiO

Mohshärte: 6,5 bis 7,5

Dichte: 3,5 bis 4,2

Kristallsystem: kubisch

Astrologie: Widder, Skorpion, Löwe

Wichtige Vorkommen: weltweit

Wirkung auf die Psyche: Soll Freude, Lebenskraft und Selbstbewußtsein schenken, sorgt für Mut, Energie und Erfolg.

Wirkung auf den Körper: Soll Herz und Kreislauf stärken und gegen viele Entzündungen helfen, sowie gut sein für Leber, Milz und Nieren.

Pflege: Einmal wöchentlich unter fließendem Wasser entladen und an der Sonne dann wieder aufladen.

Hämatit

Der Hämatit war schon ein Thema, als sich in der Antike die Götter des Himmels noch untereinander so richtig einheizten: „Als einst der gestirnte Uranus, von Kronos blutigen Händen zerfleischt, seine mächtige Brust über die Erde hinbeugte, da rannen Tropfen des göttlichen Blutes auf die schollige Erde hinab und erstarrten in der Sonne Glut; kein Wunder also, dass diesem geronnen Blute so große Heilkräfte gegen Augenleiden innewohnen, damit der Anblick des lieblichen Himmels dem Antlitz der Sterblichen nicht entzogen werde."

Hämatit, Roteisenstein = Blutstein

So berichteten die alten Griechen, bei denen der Hämatit, Blutstein genannt, als göttliches Blut verehrt wurde, welches in den Adern der Erde fließt und diese am Leben erhält. Dem Hämatit wurden also schon immer göttliche, heilende Kräfte nachgesagt, auch wenn diese Himmelsvater Uranus nicht viel nutzten. Er wurde von seinem Sohn Kronos nicht nur mit einer Sichel entmannt, sondern gleichzeitig entmachtet und verbannt. Doch auch Kronos konnte sich nicht lange über seinen Sieg freuen. Sein Filius Zeus stieß ihn ebenfalls vom Thron. Danach beruhigte sich die Lage in der griechischen Götterwelt ein wenig.

Der Hämatit sorgte noch für so manche Revolution in der Geschichte der Menschheit, als Eisenoxidmineral, das zu den frühesten vom Menschen genutzten Rohstoffen zählt. 1500 v. Chr. waren es die Hethiter, eine in Anatolien sesshafte Großmacht, die vor allem den Ägyptern das Leben schwer machte, denen es gelang, mit Eisen zu arbeiten.

Aber es dauerte noch 500 Jahre bis die Eisenzeit endgültig den Durchbruch erleben sollte und Hämatit plötzlich seinen Siegeszug antrat, wenn auch nicht über Nacht, denn es erwies sich als nicht ganz so einfach, das neuentdeckte Material zu härten. Relativ flott fanden allerdings findige Schmiede heraus, dass vor allem der Kohlenstoffgehalt die Qualität des Eisens bestimmt. Die Kelten in Noricum, dem heutigen Kärnten, galten dabei als Meister ihres Fachs.

Und es wurde weiter getüftelt. Plötzlich stellte man fest, dass in Blut oder Urin gehärtete Waffen besser und strapazierfähiger wurden. (Wie wir wissen, hat selbst Kapitän Ahab in „Moby Dick" seine Harpunenspitzen mit dem abgezapften Blut seiner Männer härter gemacht).

Erstmals hatte man also in der Geschichte das Nitrieren entdeckt, die Oberflächenhärtung durch Stickstoffverbindungen. Der Vormarsch des Eisens war also nicht mehr aufzuhalten und der des Schwertes schon gar nicht. Das Eisen veränderte die Weltgeschichte maßgeblich. Wer bessere Waffen hatte, gewann in der Regel seine Kriege. Allein die römischen Legionen verfügten in ihrer Glanzzeit über 900.000 Eisen-Kurzschwerter, eine stattliche Anzahl.

Doch Hämatit wurde nicht nur in kriegerischer Art und Weise gebraucht. Es kommt auch in stark eisenoxidhaltigem Ton vor und ist dann unter „Rötel" bekannt. Rötel enthält bis zu 32 Prozent Eisen, nicht gerade üppig, aber ausreichend, um für die rote Farbe zu sorgen. Außerdem haftet er gut und ist wasserabweisend.

Schon die Höhlenbewohner Nordspaniens und Südfrankreichs verwandten Rötel vor rund 30.000 Jahren für ihre Malereien (Altamira, Lascaux, Pech-Merle).

Die Griechen bestrichen die Rümpfe ihrer Schiffe damit, um das Holz vor dem Wasser zu schützen.

Die Römer waren richtig begeistert von dem roten Stoff und verschönerten ihre Häuser und ihr berühmtes Geschirr, das „Terra sigillata" mit Rötel. Selbst ein Genie wie Leonardo da Vinci (1452-1519) ließ es sich nicht nehmen, einige seiner berühmtesten Kunstwerke mit Rötel als Farbe zu versehen, wie das Abendmahl und sein Selbstbildnis von 1510. Auch Michelangelo, Rubens, Monet und Kokoschka arbeiteten gerne mit diesem Material, das als Farbe allerdings mehr und mehr durch die Chemie verdrängt wurde.

Der Hämatit, der auch wegen seines roten Schleifwassers, das bei seiner Bearbeitung entsteht, Blutstein genannt wird, ist in der Geschichte einer der am längsten im magischen Gebrauch stehenden Steine. Schon früh wurde Toten hämatithaltige Erde mit ins Grab gelegt, als Symbol für den lebenserhaltenden Blutkreislauf und um den Verschiedenen Kraft für ihre weite Reise ins Jenseits zu geben.

Hämatit wurde häufig unter den Kopfkissen ägyptischer Mumien gefunden, auf denen Sprüche aus dem Totenbuch eingraviert waren. Natürlich gibt es auch die obskursten Rezepte. Beispielsweise soll in der Antike folgende Tinktur gegen tränende Augen geholfen haben: Man nehme einen Hämatit, übergieße diesen mit Wein, bringe das Ganze zum Glühen und lösche es mit süßem Wein. Ein Schuss Frauenmilch dazu und fertig ist das Wundermittel.

Man sieht, der Hämatit gehört zu den Steinen, über die sich die Gelehrten schon seit Jahrtausenden die Köpfe zerbrochen haben.

Hämatit in Muttergestein

Hämatit

Mineralklasse: Oxide

Chemie: Fe_2O_3

Mohshärte: 6,5

Dichte: 5,2 bis 5,3

Kristallsystem: trigonal

Astrologie: Widder

Wichtige Vorkommen: USA, Kanada, Venezuela, Angola, Ukraine, Schweden, Deutschland, Elba, Spanien, Brasilien

Wirkung auf die Psyche: Soll gesunden Schlaf fördern, Willenskraft und Mut aktivieren sowie für Lebenslust sorgen.

Wirkung auf den Körper: Soll den Blut und Zellaufbau fördern, Herz und Kreislauf aktivieren, Leber, Milz, Lunge und Nieren stärken, soll zudem Blutergüsse aufheben und Blutungen stillen.

Pflege: In trockenem Meersalz entladen.

Jade

Wer sich einmal mit dem Thema Jade befasst hat weiß, dass die Stunden wie im Fluge vergehen können. Plötzlich ist es dunkel geworden und es liegen noch immer Stapel von Bücher vor einem, welche die tollsten Geschichten erzählen über einen Stein, den es unter diesem Namen eigentlich gar nicht gibt. Jade steht für die zwei Mineralien Jadeit und Nephrit.

Ursel Haggeney beschreibt dieses Phänomen in ihrem Buch „Faszinierende Welt der Edelsteine“: „Die in China gebräuchliche Bezeichnung yu für Jade umfasst eine ganze Anzahl von Steinen. Der chinesische Kenner versteht es, sie nach Farbe, Transparenz und Maserung zu unterscheiden. Im westlichen Verständnis sind als Jade zwei verschiedene Edelsteine im Handel: Jadeit und Nephrit. Für den chinesischen Kenner gelten sowohl Jadeit als auch Nephrit als Zhen yu, „echte Jade“. Die beiden Steine unterscheiden sich zwar mineralogisch, sind sich jedoch in Härtegrad und Bearbeitungseigenschaften recht ähnlich.“

Der seltene Jadeit ist eine Natrium-Aluminium-Verbindung, kommt in einer ganzen Palette brillanter Farben vor und lässt sich glänzend und glasartig polieren. Vor allem der grüne Stein ist höchstbegehrt. Nephrit, ein Kalzium-Magnesium-Silikat ist ein harter Stein mit dichter, fasriger Struktur, der in Farbschattierungen von Schwarz über Grün bis Weiß auftritt. Die Oberfläche lässt sich zwar polieren, wird aber nicht ganz so glänzend wie beim Jadeit und fühlt sich ein bisschen wachsartig an.

In allen Kulturen, in denen die Jade bekannt war, galt sie immer schon als Glücksbringer und Schutzstein. Vor allem den Chinesen ist ihre Jade heilig. Chinesische Kaiser ließen Diamanten, Rubine, Smaragde oder Saphire kalt, sie umgaben sich mit dem grünen Glanz der Jade und das über Jahrtausende hinweg.

Sensationelle Grabfunde, wie die Felsengräber von Mancheng, belegen dies eindeutig. Viele Generationen erzählten sich in diesem Gebiet Legenden von einem prächtigen Königsgrab, das es hier geben sollte. Doch lange war alle Suche vergeblich. Das änderte sich 1968 als Soldaten die Lingham-Gipfel näher in Augenschein nahmen und in 200 Metern Höhe plötzlich auf einen Tunnel stießen.

Dieser entpuppte sich als Seitenkammer einer gewaltigen Felsenhöhle, die vor langer Zeit von Menschenhand in die Kalksteinfelsen getrieben worden war. Als die Archäologen die mit Eisen versperrte Tür zum Hauptgrab aufstießen, verschlug es ihnen den Atem, denn ihnen blinkten Schätze von unermesslichem Reichtum entgegen. Sie hatten die Gräber des 113 v. Chr. verstorbenen Königs Jing von Zhongshan, Liu Shengs, Sohnes einer Nebenfrau von Kaiser Jing (regierte 157-141 v. Chr.) und dessen älteren Bruders gefunden. Knapp 120 Meter entfernt tauchte noch das Grab Ton Wans auf, der Ehefrau von Liu Sheng.

Beide waren in Totengewänder gehüllt, die aus 2.690 Jadeplättchen bestanden, verbunden mit Golddraht in einem Gesamtgewicht von 1.110 Gramm. In den Händen hielten sie Jaderinge, Brust und Rücken zierten Jadescheiben.

Totengewand, bestehend aus 2.690 Jadeplättchen

Jade roh; Polar-Ural, Russland

Dass dabei Jade verwendet wurde, ist keine Überraschung, denn für die Chinesen ist der Stein seit alters her symbolträchtig. Seine Härte steht für Gerechtigkeit, sein Klang für Weisheit, sein Glanz für Menschlichkeit, seine Reinheit für sittliche Lauterkeit.

Die große Verehrung der Jade lässt sich durch die ganze Geschichte Chinas hindurch verfolgen, vom Beginn der Jungsteinzeit bis zum heutigen Tag.

Doch nicht nur im Reich der Mitte, auch im Pazifikraum wurde Jade geliebt und verehrt, wie bei den Maoris in Neuseeland oder in den Zivilisationen der Olmeken und Maya auf dem amerikanischen Kontinent.

Spektakuläre Funde gelangen in La Venta, südlich von Veracruz im Bundesstaat Tabasco gelegen, wo Forscher im bedeutendsten Heiligtum der Olmeken 16 Kleinplastiken aus Serpentin und Jade als Grabbeilage fanden. Die Figuren stellen fast alle Männer mit dicken Hälsen und mächtigen Augenlidern dar. Weiter wurden Jaguarfiguren aus Jade entdeckt, Fabelwesen, bestehend aus dem Kopf eines Kindes und dem Körper eines Jaguars.

Die Olmeken lebten zwischen 1200 und 400 v. Chr. im südlichen Mexiko, in Guatemala und im heutigen Honduras und gelten als ältestes Volk auf dem gesamten amerikanischen Kontinent.

In La Venta, auf einer kleinen, von Mangrovensümpfen umgebenen Insel, fanden die Archäologen neben den Figürchen riesige Tempelanlagen und kolossale Köpfe, manche über 20 Tonnen schwer.

Ab 300 v. Chr. entwickelte sich mit den Mayas eine weitere Hochkultur in Mittelamerika, die über unglaubliches Wissen und Geschick verfügte. Sensationell dabei die Ausgrabungen von Palenque, einer Ruinenstadt, die noch immer nicht vollständig erforscht ist und zu den prachtvollsten Maya-Zentren überhaupt gehörte. Man fand ein ausgeklügeltes Kanalsystem, Wassertoiletten und ein unterirdisches Belüftungssystem. Alles schon erstaunlich genug. Mittelpunkt der Anlage aber ist der Tempel der Inschriften, der ab 1949 vom mexikanischen Archäologen Dr. Alberto Ruz Lhuillier genauer inspiziert wurde.

Dabei entdeckte er einen zugeschütteten Treppengang. Er brauchte drei Jahre, um ihn freizulegen. Was er dann fand, war umwerfend. Unter vielem anderen befand sich das Grab eines Maya-Herrschers, der über und über mit Jade bedeckt war. Mit dabei eine Totenmaske mit riesiger Nase,

Jademaske des Pacal, aus Palenque, für Begräbniszeremonien, Maya-Kultur

Schmuck und Ringen. In jeder Hand hielt er ein Jadestück, ein weiteres befand sich in seinem Mund.

Es soll sich bei dem Fund um das Grab des einstigen Herrschers von Palenque handeln, der gleichzeitig auch als Sonnengott verehrt wurde, Pacal, der 683 im Alter von 80 Jahren gestorben ist. Über dem Grab befand sich eine riesige Platte mit Datumsglyphen und einer Person, die in einem Gerät umgeben mit vielen Schaltern sitzt.

Lange beschäftigte die Forscher auch die Frage, woher die Mayas eigentlich die großen Mengen doch recht seltener Jade überhaupt bezogen.

1998 konnte sie beantwortet werden. Nach einem verheerenden Wirbelsturm in Zentralamerika, der zahlreiche Erdrutsche auslöste, wurden vom amerikanischen Archäologen Russell Seitz in der Bergwelt Guatemalas meterlange Wände aus der typisch grünlich-blauen Jade gefunden, dazu Spuren alter Handelswege, auf denen die Steine in die Zentren der Maya-Macht transportiert wurden.

Große Jadevorkommen, gleich einen ganzen Berg davon, findet man heute am anderen Ende des amerikanischen Kontinents, in Alaska und dort vor auf der Seward-Halbinsel. Als sich 1968 Alaska mit Staatssymbolen eindeckte, da wurde das Vergissmeinnicht zur Staatsblume, der Königslachs zum Staatsfisch und man höre und staune die Jade zum Staatsedelstein erkoren.

Doch auch in anderen Ecken der Welt spielt die Jade eine große Rolle, wenn wie in Thailand auch erst auf den zweiten Blick. Hier gibt es eine Statue, die alle anderen an Bedeutung um Längen übertrifft: Den Smaragd-Buddha.

Einer Legende zufolge wurde er etwa 50 v. Chr. in einem indischen Kloster erschaffen und gelangte von dort auf abenteuerlichen Pfaden nach Thailand, wo er wie so oft vor nahenden Feinden versteckt, allerdings auch vergessen wurde.

1434 schlug ein Blitz in einen Tempel ein, Stuck bröckelte und der grüne Buddha kam zum Vorschein.

1782 endlich wurde die Figur in den Wat Phra Keo gebracht, seither ist dieser Tempel eines der größten Heiligtümer Thailands.

Die große Überraschung allerdings für viele Thailänder kam erst noch, denn es stellte sich heraus, dass der so hoch verehrte Smaragd-Buddha gar nicht aus Smaragd sondern aus Jade besteht.

Natürlich ranken sich noch unzählige andere Geschichten um die Jade, egal ob es sich dabei um Jadeit oder Nephrit handelt. Aufpassen sollten Käufer allerdings, dass sie nicht beschummelt werden, denn häufig wird auch Serpentin, als sogenannte „New Jade“ oder grüner Granat als „Transvaal-Jade“ verkauft.

handgefertigte Jadeschnitzerei

Jade

Mineralklasse: Silicate

Chemie: $NaAl(Si_2O_6)$

Mohshärte: 6,5 bis 7

Dichte: 3,20 bis 3,30

Kristallsystem: monoklin

Astrologie: Waage

Wichtige Vorkommen: Burma (Myanmar), Guatemala, Alaska

Wirkung auf die Psyche: Soll helfen, Vorurteile abzubauen und Tugenden wie Gerechtigkeit und Barmherzigkeit stärken, außerdem soll sie für mehr Freude, Lebenslust, Harmonie, Zufriedenheit und Ausgeglichenheit sorgen.

Wirkung auf den Körper: Soll gut sein bei Leiden an den inneren Organen wie Milz, Leber oder Darmtrakt und Koliken und Nierensteinen vorbeugen. Wer Schlafstörungen hat, sollte sich ein Stück Jade vor dem Einschlafen unter das Kopfkissen legen.

Pflege: Unter fließendem, lauwarmen Wasser reinigen und in einer Amethyst-Druse oder zwischen Amethyst-Trommelsteinen wieder aufladen.

Japisvariation

Jaspis

Es gibt Edelsteinbücher, in denen wird dem Jaspis keine allzu große eigene Bedeutung beigemessen. Er wird häufig den Chalzedonen zugerechnet, bringt es bei anderen aber immerhin auch zu einer eigenen Gruppe innerhalb der Quarze. In der Bibel ist dies ganz anders. Da spielt der Jaspis eine große Rolle, sei es im Alten oder im Neuen Testament.

Im Buch Moses wird ausführlich über das Schutzschild des Hohenpriesters berichtet, das mit zwölf verschiedenen Edelsteinen versehen war, welche die Stämme Israels symbolisierten: Smaragd, Topas, Sarder, Rubin, Saphir, Diamant, Lynkurer, Achat, Amethyst, Onyx, Türkis und Jaspis.

Auch im Neuen Testament taucht der Jaspis wiederholt auf. In der berühmten Offenbarung des Johannes steht: „Da entrückte er mich in der Verzückung auf einen großen, hohen Berg und zeigte mir die heilige Stadt Jerusalem, wie sie von Gott her aus dem Himmel herabkam, erfüllt von der Herrlichkeit Gottes. Sie glänzte wie ein kostbarer Edelstein, wie ein kristallklarer Jaspis." Und weiter geht es: „Ihre Mauer ist aus Jaspis gebaut und die Stadt aus reinem Gold, wie aus reinem Glas. Die Grundsteine der Stadtmauer sind mit edlen Steinen aller Art geschmückt; der erste Grundstein ist ein Jaspis..."

Zudem gehört der Jaspis zu den zwölf „Apostelsteinen" (identisch mit denen auf dem Schutzschild des Hohenpriesters) und steht dort jür Jakobus den Jüngeren. Viele Informationen gibt es über ihn nicht. Er soll Bischof von Jerusalem gewesen sein. Zudem wird von ihm erzählt, er habe einen unschuldigen Gefangenen auf den Turm eines Gefängnisses steigen lassen, den Turm zur Neigung gebracht und es so dem Gefangenen ermöglicht, hinabzusteigen. Später - im Jahre 62 - wurde er, als der Hohepriester Hannas ihn zwingen wollte, seinen Glauben zu widerrufen, von den Zinnen eines Tempels gestoßen und anschließend mit einer Stange erschlagen.

Auch eine Heilige beschäftigte sich intensiv mit dem Jaspis: Hildegard von Bingen. Sie schrieb: „Der Jaspis wächst dann, wenn die Sonne sich nach der neunten Tagesstunde bereits zum Untergehen neigt. Er wird durch das Feuer der Sonne erwärmt, hat jedoch mehr von der Luft als vom Wasser oder vom Feuer. Eine unterschiedliche Färbung hat er deshalb, weil sich die Farbe der Sonne infolge der bereits vorhandenen Bewölkung oft verändert, wenn sie sich nach der neunten Stunde zum Untergang neigt."

Hildegard machte vor allem auch den Gehörlosen Mut, sich dieses Steines anzunehmen: „Wenn jemand ein taubes Gehör hat, soll er einen Jaspis an den Mund halten und mit seinem warmen Atem ihn anhauchen, damit er dadurch warm und feucht wird. Dann stecke er ihn gleich ins Ohr, drücke feines Werk auf den Stein und verschließe so sein Ohr, damit die Wärme des Steines das Ohr durchdringe."

Je nach Einschlüssen weist der Jaspis verschiedene Farben auf. Sein Name kommt aus dem Griechischen und heißt soviel wie „gesprenkelter Stein". Es ist heute zu vermuten, dass viele Mineralien, die in der Antike als Jaspis bezeichnet worden sind, eigentlich andere Kristalle waren. Ein Streit unter Experten, der schwer beizulegen ist und immer wieder für Diskussionen sorgen wird.

verschiedene Jaspis-Varietäten in Form von Trommelsteinen

Hier einige Varietäten des Jaspis:

In den *gelben Jaspis* hat sich Mangan eingeschlichen. Er kommt allerdings, bis auf größere Vorkommen in Indien und Mexiko, eher selten vor. Schon früh wurde er sowohl bei den Indern wie auch bei den Indianern als Heilstein verehrt.

Der *rote Jaspis* verdankt seine Farbe Einschlüssen von Eisen und Mangan. Wenn in der Antike von einem wertvollen Jaspis geredet wurde, war er meist gemeint. Er gilt als Glücksbringer und wurde deshalb auch gerne als Schmuck verwendet. So ziert er beispielsweise die Wände der Wenzelskapelle in Prag.

Achatjaspis ist gelb, braun oder grün und mit Achat verwachsen.

Bandjaspis weist lagige Struktur mit Bändern auf.

Landschaftsjaspis: Braune, durch Eisenoxid bewirkte landschaftsähnliche Zeichnung. Vor allem in Arizona wurden große Mengen gefunden.

Mookait: Rosa bis hellrot gewölkt. Der aus Australien und China stammende Stein zeigt oft figurenähnliche Schattierungen. Die Aborigines Australiens vermuteten in der roten Farbe sogar das geronnene Blut der Erde.

Jaspis

Mineralklasse: Quarze

Chemie: SiO_2

Mohshärte: 7,5 bis 8

Dichte: 2,58 bis 2,91

Kristallsystem: trigonal

Astrologie: Widder, Jungfrau, Skorpion

Wichtige Vorkommen: Indien, Frankreich, GUS, Deutschland

Wirkung auf die Psyche: Soll Körper und Geist harmonisieren, Sensitivität und Verständnis vermitteln und negative Schwingungen aufnehmen.

Wirkung auf den Körper: Soll in der Schwangerschaft helfen, Leber, Milz und Bauchspeicheldrüse unterstützen, den Magen stärken und die Blutbildung anregen.

Pflege: Unter fließendem, lauwarmen Wasser entladen, an der Sonne aufladen.

Kristallsalz

Es lässt sich mit Sicherheit lang und breit diskutieren, ob in einem Buch über alle möglichen Edelsteine und besonders wertvolle Metalle auch das Kristallsalz ein Plätzchen haben sollte, ein Produkt, das heute an jeder Straßenecke für ein paar Euros kiloweise gekauft werden kann. Aber wer sich einmal mit der Geschichte des Salzes beschäftigt hat, der wird feststellen, dass kein anderes Kristall die Geschichte der Menschheit derart beeinflusst hat, wie das „weiße Gold".

Dies sahen die Künstler in vielen Kulturen ähnlich, denn gerade Salzfässer gehören zu den größten Kunstschätzen in den Vitrinen der Museen. Allen voran natürlich das des Florentiner Bildhauers und Goldschmieds Benvenuto Cellini (1500-1571), das der Künstler für den französischen König Franz I. (1494-1547) angefertigt hat. 1.000 Goldmünzen, für einen Normalbürger damals eine unvorstellbare Menge, mussten hierfür eingeschmolzen werden, um dieses einmalige Werk beenden zu können.

Steinsalz-Riesenkristalle im Bergwerk Merkers, Thüringen

In seinen Lebens-Erinnerungen schreibt Cellini, seine Autobiographie wurde übrigens 1803 von keinem geringeren als Goethe ins Deutsche übersetzt, der König sei beim Anblick des Salzfasses in Entzücken ausgebrochen und habe seinen Blick nicht mehr wenden können.

Nicht weniger eindrucksvoll ist das sogenannte „Burghley Nef", ein in Paris um 1482 gefertigtes Schiff, das sich heute im Victoria und Albert Museum in London befindet. Der Rumpf dieses Salzbehälters besteht aus einer Nautilus-Muschel. Der aus Silber getriebene Aufbau des Hinterschiffes ist mit einer leichten Vertiefung für das Salz versehen.

Geschichte machte auch das „Rogers-Salzfass" aus dem Jahre 1601, das unter der Regierungszeit von Queen Elisabeth I. (1533-1603) entstand. Dieses zu den letzten großen montierten Salzfässern der Tudorzeit zählende Gefäß hat einen zylindrischen Einsatz aus Bergkristall mit dem Wappen der Londoner Goldschmiedezunft.

An diesen Beispielen zeigt sich, wie hoch Salz geschätzt wurde. Es galt als das „Kristall des Lebens", und das in vielerlei Hinsicht. Zum einen brauchte es der Mensch, um überleben zu können, zum anderen bescherte es denen, die es in großem Maße besaßen Reichtum und Macht. So wurden Strassen gebaut, Kriege geführt, Revolutionen angezettelt und Herrscher gestürzt, nur um in den Besitz des Salzes zu kommen.

Rund 250 Millionen Jahre ist es her, als sich das Kristallsalz zu bilden begann. Damals gab es ein paar Schachtelhalme, die ersten Ungetüme wie der Tyrannosaurus Rex oder der Barosaurus machten sich breit. Vom Menschen war weit und breit nichts zu sehen, der ließ sich noch Zeit. Der erste Homo sapiens kam erst vor rund 100.000 Jahren auf die Erde und brauchte, um viele Vorgänge in seinem Körper in Schwung zu

Steinsalz, blau, orange und farblos

bringen - Salz, das er aber noch in genügender Menge mit tierischer Nahrung aufnehmen konnte.

Das änderte sich erst, als der Mensch vom Jäger zum Sammler und sesshaft wurde. Salz wurde als Nahrungsergänzung lebensnotwendig und so entstanden viele Siedlungen in der Nähe von Salzlagerstätten. Erst knapp 2000 vor Christus begann die bergmännische Salzgewinnung. Man hatte Bronze erfunden und konnte somit auch härterem Gestein zu Leibe rücken.

Der Handel mit Salz entwickelte sich zu einem lukrativen Geschäft. Die berühmten Salzstraßen entstanden, auf denen die kostbare Fracht transportiert wurde. Mit zu den bekanntesten gehören sicherlich die „Via Salaria" der Römer, der „Goldene Steig" von Passau nach Böhmen, sowie die Straßen von Lüneburg nach Lübeck oder von Bad Reichenhall nach Augsburg. Auch München hat sein Entstehen dem Salz zu verdanken. 1156 ließ Heinrich der Löwe, die Isarbrücke bei Föhring zerstören, denn über diese führte eine alte Salzstraße und brachte dem Bischof von Freising eine Menge Zollgebühren ein. So baute Heinrich seine eigene Isarbrücke in der Nähe der heutigen Ludwigsbrücke und leitete die Salzstraße kurzerhand um. Und genau an dieser Stelle wurde die Siedlung „ad Munichen" gegründet.

Salz, das weiß man heute, kommt in der Natur in großer Menge vor, teils gelöst im Meersalz, teils unterirdisch in Salzstöcken. Dieses Kristallsalz war früher als „Königssalz" bekannt und nur dem Adel vorbehalten. Heute ist Salz zum Abfallprodukt der Industrie mutiert, reduziert auf Natrium, Chlorid und ein paar Rieselstoffe.

Dabei hat es - berühmt ist das Himalayasalz geworden - viel mehr zu bieten, denn im Kristallsalz hat sich die Energie im Laufe der Zeit zu einer ganz bestimmten kristallinen Struktur aufgebaut, in der sich über 84 verschiedene Spurenelemente befinden, die dem Körper regelmäßig zugeführt werden müssen, um ihn gesund zu erhalten. Früher, noch bevor es Kühlschränke gab, diente Salz als bevorzugtes Würzmittel aber in erster Linie natürlich auch als wichtiger Lebensspender durch die Fähigkeit, Nahrungsmittel konservieren zu können. Die Zeiten sind allerdings so gut wie vorbei. Heute wird es in großen Mengen als Streusalz und vor allem in der chemischen Industrie genutzt, allerdings in Form des raffinierten Kochsalzes. Salze - so die offizielle Definition - sind chemische Verbindungen, zumeist aus einem Metall und einem Nichtmetall, die ein aus Ionen bestehendes Kristallgitter aufweisen. Vom Kristall des Lebens ist da keine Rede mehr.

Und auch nicht davon, dass selbst in der Bibel Salz immer wieder erwähnt wird: So wirft der Prophet Elisa Salz in eine Quelle, um sie zu säubern, da zuvor schlechtes Wasser Ursache für Fehlgeburten und Tod war. Im Buch „Sirach" schließt Gott mit den Israeliten einen „Salzbund" und in der Bergpredigt sagt Jesus zu seinen Jüngern: „Ihr seid das Salz der Erde."

Kupfer

Kupfer wird vom Menschen schon seit knapp 10.000 Jahren benutzt, zu Beginn in eher primitiver Form als Schmuck und einfaches Werkzeug. Zu selten kam das rote Metall noch vor und mit dem Ende der Steinzeit hatten die Menschen andere Probleme, als sich täglich auf die Suche zu machen. Allerdings wurden in Vorderasien Kupferobjekte gefunden, die aus der Zeit um 8000 vor Christus stammen.

Plinius beispielsweise berichtet, dass im Altertum Kupfer in der persischen Region um Kerman gewonnen, durch den persischen Golf zum Roten Meer und von dort aus weiter transportiert wurde. Bereits 4400 vor Christus entstand im Südosten Irans, in Tal-i-Iblis eine der ältesten Kupferverschmelzung- und Verarbeitungsstätten.

Das Wort Kupfer leitet sich vom lateinischen Namen cuprum ab, so hieß auch die Insel Zypern, wo in großem Masse Kupfer abgebaut und von dort verschifft wurde.

Aber auch in Mitteleuropa wurde das Kupfer zunehmend beliebter. Der berühmte Alpenwanderer „Ötzi“ beispielsweise, der vor etwa 5200 Jahren im Ötztal sein Leben aushauchte, trug ein Kupferbeil bei sich.

2500 vor Christus begann dann ganz langsam die Erzeugung von Bronze, einer Legierung aus 75 bis 90 Prozent Kupfer und 25 bis 10 Prozent Zinn. Auch das Wissen darum, wie Bronze hergestellt wird, stammt vermutlich aus dem Vorderen Orient und Kleinasien und schwappte dann auf den europäischen Kontinent über.

Die Kupfer und Bronzezeit wurde zwar schon rund 1000 vor Christus von der Eisenzeit abgelöst, doch hat Kupfer bis heute nichts an Bedeutung verloren. Wegen seiner guten elektrischen Leitfähigkeit wird Kupfer hauptsächlich in Kabeln verwendet. Mitunter werden auch Dächer mit Kupferplatten gedeckt, auf denen sich mit der Zeit eine grünliche Schicht bildet, die Patina. Unter dieser Schicht bleibt das Metall jedoch intakt, so dass Kupferdächer eine Lebensdauer von mehreren Jahrhunderten haben können.

Weiter ist Kupfer Bestandteil vieler Legierungen wie Messing (Kupfer-Zink), Bronze (Kupfer-Zinn) und Neusilber (Kupfer-Nickel-Zink). Diese Legierungen werden in erster Linie für die Herstellung von Münzen, Schmuck, Besteck, Armaturen und Musikinstrumenten benutzt.

Bei meinen Nachforschungen stieß ich auf eine Story von Thorvald Greif, der in seiner „Geschichte des Fingerhutes“ eindeutig belegt, dass dieses Nähutensil eng mit der Geschichte des Kupfers verbunden ist: „Der Fingerhut war vor 2500 Jahren unter den Etruskern in Italien gebräuchlich. Als Germanien kolonisierte wurde, brachten die Römer den Fingerhut mit hierher. Sie waren aus Bronze und verfärbten beim Gebrauch, zum Leidwesen der Benutzer, oftmals Hände und Stoffe wegen des hohen Kupfergehaltes.“

Erst im 15. Jahrhundert kam der Durchbruch für die Fingerhuthersteller, als Kupfergießer in Köln ein Metall fanden, welches das Kupfer gelb färbte. Die sogenannten Gelbgießer warfen zinkhaltige Erde in das flüssige Kupfer und fanden auf diese Art und Weise das Messing. Sie verpesteten dabei allerdings die Luft derart, dass sie die Stadt verlassen mußten.

Auch in Nürnberg war man auf den Trichter gekommen, was die Fingerhüte anging. Mit von der Partie war kein Geringerer als der große Arzt und Gelehrte Paracelsus, der bei einem „Fingerhüter“ wohnte und sich fragte, was bewirke, dass sich das Kupfer gelb färbte. Er untersuchte, forschte und entdeckte als Grund dafür das Metall Zink. Jetzt war es nur noch ein kleiner Schritt, reines Messing herzustellen und die Nürnberger Fingerhüte wurden immer legendärer. Das Geschäft mit den kleinen Dingern ging derart gut, dass es den Nürnberger Fingerhütern verboten war, die Stadt zu verlassen, um das Geheimnis des Messings nicht verraten zu können.

Kupfer „Bäumchen“; Kupfermine Tong Ling, Prov. Anhui, China

Erst als es später gelang, Fingerhüte aus Silber herzustellen, neigte sich die große Zeit der Messingfingerhüte ihrem Ende entgegen. Doch nicht nur für die Fingerhüte war Kupfer Jahrhunderte lang überlebenswichtig, das ist es auch für den gesamten menschlichen Organismus.

Kupfer wird benötigt bei der Herstellung des roten Blutfarbstoffes Hämoglobin, bei der Knochenbildung, bei der Funktion des Herz -Kreislauf- und des zentralen Nervensystems sowie bei der biologischen Energiegewinnung der Körperzellen. Neue Untersuchungen haben ergeben, dass kupferarme Ernährung das Risiko einer Erkrankung der Herzkranzgefäße erhöht.

Bekommt der Körper zu wenig Kupfer zugeführt, kann es zu schweren Mangelerscheinungen kommen wie Knochenfehlbildung, Blutarmut und Gehirnschäden. Die Zellatmung kann blockiert werden und die Pigmentbildung ausbleiben. Ohne Kupfer geht also im und außerhalb des menschlichen Körper nichts.

Dies galt und gilt auch für die Kunst. Erinnern wir uns an die Kupferstichtechnik, die um 1430 im oberdeutschen Raum erstmalig angewendet wurde. Die meisten frühen Kupferstiche sind Kopien anderer Kunstwerke, wie Gemälde oder Skulpturen. Das änderte sich, als bekannte Maler den Kupferstich für sich entdeckten. Der erste bedeutende war Martin Schongauer (1445-1491), dessen Werke, 116 sind heute bekannt, vom jungen Michelangelo abgezeichnet wurden.

Schließlich war es Albrecht Dürer (1471-1528), der die Kunst des Kupferstiches perfektionierte und Meisterwerke wie „Ritter, Tod und Teufel“ oder „Melencolia“ schuf. Dabei muß die Oberfläche einer ein bis drei Millimeter starken Kupferplatte vor der Gravur sorgfältig geschliffen, glatt poliert und anschließend mit einer dünnen Kreide-, Ruß- oder Wachsschicht überzogen werden. Auf diese vorbereitete Fläche wird nun seitenverkehrt die Zeichnung übertragen und mit einer Grabstichel Linie für Linie in das Metall eingeschnitten. Das Ganze wird erwärmt und eingefärbt, so, dass die Farbe in die dünnen Linien dringt. Anschließend wird die Platte wieder gesäubert. Schließlich erfolgt der Druck mit einer Presse, indem das angefeuchtete Papier die Farbe aus den Vertiefungen aufnimmt.

Wie arbeitsintensiv das Ganze ist, zeigt die Tatsache, dass Dürer für sein „Ritter, Tod und Teufel“ mehr als ein Vierteljahr benötigte.

Seine Blütezeit erlebte der Kupferstich im Barock. Der weltberühmte Maler Peter Paul Rubens (1577-1620) beschäftigte eine große Anzahl Kupferstecher, die Kopien seiner Gemälde anfertigten. Diese wurden zu Katalogen gebunden und in ganz Europa vertrieben. Weitere bedeutende Kupferstecher waren Lucas van Leyden, Rembrandt, Francisco Goya oder auch Käthe Kollwitz.

Kupfer ist ein chemisches Element mit dem Symbol Cu und der Ordungszahl 29. Als gediegenes Element kommt es vor allem in basaltischen Laven vor, wenn auch relativ gering. Der Kupfergehalt in der Erdrinde beträgt durchschnittlich etwa 0,006 Prozent. In reiner metallischer Form kommt

Kupfer gediegen; Italiz Mine, Dzeskhasgan, Kasachstan

Kupfer zum Beispiel im Ural und in den USA , in New Mexiko vor. In Europa rechnen sich nur noch die Vorkommen in Polen.

Werner Lieber schreibt in einem Artikel in extraLapis über den Kupferverbrauch seit der Kupferzeit: „...Begonnen hat er mit einigen Kilogramm Metall, weltweit vielleicht einigen hundert Kilo. Heute liegt die Kupfererzeugung bei 13 Millionen Tonnen pro Jahr und eine durchschnittliche Wohnung enthält etwa 180 Kilogramm Kupfer, ein Auto 22 Kilogramm.

Jeder heute geborene Bürger wird im Laufe seines Lebens rund 650 Kilogramm Kupfer benötigen und benutzen."

Wir leben also immer noch in einer Kupferzeit - eine modernen allerdings...

Kupfer „Knospe"

Kupfer

Mineralklasse: Elemente

Chemie: Cu

Mohshärte: 3,5 bis 4,5

Dichte: 8,93

Kristallsystem: kubisch

Astrologie: Stier

Wichtige Vorkommen: USA, Russland, Deutschland, Australien, Polen, China, Indonesien, Papua-Neuguinea, Philippinen, Chile, Peru

Wirkung auf die Psyche: Kupfer soll das Selbstbewußtsein fördern, Mut vermitteln und das Familienleben harmonisieren.

Wirkung auf den Körper: Soll das Blut vor Erkrankungen bewahren, Hormone und Vitamine steuern, das Immunsystem stabilisieren, Nerven entkrampfen und die Nervenzentren im Gehirn harmonisieren. Menschen, die unter häufiger Schlafstörung leiden, sollen ein Stück Naturkupfer um den Hals tragen.

Labradorit

Labrador ist die östlichste Provinz Kanadas, wild, verwegen, atemberaubend. Zu den großen Attraktionen gehören riesige Karibu-Herden, Eisberge, Wale und unendliche Wälder. Knapp 28.000 Einwohner leben hier an einem Ort, an dem die Geschichte nicht allzu oft Halt gemacht hat. Aber so ganz spurlos vorübergezogen ist sie auch nicht. So landete hier 982 nach Christus Leif Eriksson mit seinen Wikingern und stahl - ohne dass groß Notiz davon genommen wurde - eigentlich schon damals Kolumbus die Schau, der sich über 400 Jahre später als Entdecker der Neuen Welt feiern ließ.

Eriksson, Sohn des ersten Grönlandfahrers Erik des Roten, nannte das neue Gebiet Markland, überwinterte im nahen Neufundland und kehrte dann wieder in seine Heimat zurück.

Nachdem sein Bruder Thorwald Jahre später hierher zurückgekehrt und 1002 von den einheimischen Indianern erschlagen worden war, schwand das Interesse an Labrador. Erst 1497 setzte mit dem Italiener John Cabot der nächste Europäer seinen Fuß auf dieses Land. Von da an wurde es etwas lebhafter, zumal die reichen Fischfanggründe und die Aussicht auf große Pelzbestände viele Abenteurer anlockten.

1770 machte dann ein Edelsteinfund wieder nachhaltig auf Labrador aufmerksam. Bei seinen Streifzügen über die Gebirge entdeckte Pater Adolf, ein Missionar der Herrenhuter Brudergemeinde, einen Kalk-Natron-Feldspat, der wegen seiner Farbenpracht sofort zu den Lieblingssteinen der Alten Welt avancierte. Pater Adolf fackelte nicht lange was die Namensgebung anging und nannte ihn Labradorit.

Was besonders auffiel, waren die sichtbaren Farbwechsel beim Drehen des Steines im Licht von Blau nach Grün. Seit diesen Tagen sind viele Synonyme für den Labradorit aufgetaucht, die doch alle den selben Stein meinen: Anemousit, Hafnefjordit, Labratownit, Luchsauge, Mauilith, Mortrit, Ochsenauge, Radauit, Regenbogenstein, Silicit oder auch Spektrolith, der besonders in Finnland zu Hause ist, wo seit 1962 prächtige Exemplare das Licht der Welt erblickt haben.Bei ihm handelt es sich um einen schwarzen Labradorit, auf dessen dunkler Oberfläche das Farbspiel besonders gut sichtbar ist.

Seit 1995 ist ein Gestein aus Quebec/Kanada im Handel, das winzige Einsprengsel von Labradorit enthält und Galaxyit genannt wird. Nichts mit dem Labradorit hat ein Heilstein zu tun, der unter der Bezeichnung Labrador angeboten wird.

Das Besondere am Labradorit ist zweifelsohne sein Schimmer. Er schillert in fast allen Farben des Regenbogens, von dunkelblauen über gelbliche bis hin zu grünlich oder rötlichen Tönen. Alles hat die Natur parat. Das Phänomen des häufig auftretenden Farbwechsels beim Betrachten des Steines wird als „Labradorisieren“ bezeichnet.

Ebenso wie der Mondstein gehört auch der Labradorit zu den Feldspaten, wobei es sich beim Labradorit um eine Mischung aus Natrium- und Calciumfeldspat handelt, beim Mondstein dagegen um eine Mixtur aus Natrium- und Kaliumfeldspaten.

Vor allem die Heilstein-Therapeuten schwören auf die Kraft dieses Steines. So soll er helfen, Gefühle fließen zu lassen und sich hervorragend eignen, bei der Bekämpfung von Anspannungen, Aggressionen und dadurch entstandenen Autoimmunkrankheiten. Viele schwören darauf, dass er sich ebenfalls beim Kampf gegen Rheuma wacker schlägt sowie Intuition, Phantasie und Kreativität fördert. Geraten wird, den Labradorit als Anhänger oder Kette direkt auf der Haut zu tragen.

Neben Labrador wird das Mineral auch häufig in Finnland, im Süden Norwegens und in der Ukraine gefunden. In den letzten Jahren haben Labradoritfunde in Australien und Madagaskar auf sich aufmerksam gemacht.

Labradorit, Cabochon; Süd-Ural, Russland

Labradorit

Mineralklasse: Silikate

Chemie: (Na, Ca) (Al (Al, Si)$_2$ SiO$_8$)

Mohshärte: 6 bis 6,5

Dichte: 2,61 bis 2,77

Kristallsystem: triklin

Astrologie: Wassermann, Krebs, Fisch

Wichtige Vorkommen: Kanada, Madagaskar, Ukraine, Finnland, Norwegen, Australien, Vereinigte Staaten (Oregon)

Wirkung auf die Psyche: Soll Phantasie fördern, beim Verarbeiten von traumatischen Kindheitserlebnissen helfen und dem Stress entgegenwirken.

Wirkung auf den Körper: Soll Selbstheilungszentrum anregen, gut sein gegen Kreislauf- und Augenbeschwerden. Rest siehe Text.

Pflege: Zweimal monatlich unter fließendem Wasser entladen und an der Sonne wieder aufladen.

Lapislazuli

Der Lapislazuli widerspricht so allem, was einen Edelstein im ursprünglichen Sinne ausmacht. Er bildet keine großen imposanten Kristalle. Er funkelt und blitzt nur selten und im Gegensatz zu den meisten anderen Edelsteinen besteht er aus verschiedenen, unterschiedlich gefärbten Mineralien. Seine blaue Farbe verdankt er dem Lasurit und Sodalith, dazu gesellen sich leuchtend weißer Calcit und - ganz charakteristisch - der goldglänzende Pyrit. Ein mystisch erscheinendes Gesamtkunstwerk, das wie kaum ein anderes vor allem in den alten Kulturen verehrt wurde.

„Öffne die Tür vor seinem
verborgenen Schatz,
komm´ und lies gründlich
die Lapislazuli-Tafeln,
Die erzählt, wie er, Gilgamesch,
durch alle Beschwernisse zog!
Überragend ist er weit voran
den Königen, der Ruhmreiche
von schöner Gestalt..."

Zeilen aus dem berühmten Gilgamesch Epos, das aus dem 2. Jahrtausend v. Chr. stammt und bei Ausgrabungsarbeiten auf 12 Tontafeln in Ninive gefunden wurde. Dieses Epos tauchte in den verschiedensten Sprachen auf wie babylonisch, churritisch, akkadisch oder auch hethitisch.

Niedergeschrieben wurde es von einem Gelehrten namens Sinleqe-Unnini und berichtet über das sagenhafte Leben des mächtigen sumerischen Königs Gilgamesch, der zwischen 2750 und 2660 vor Christus gelebt haben soll, zwei Drittel Gott, ein Drittel Mensch. Durch Jungfernzeugung kam er auf die Welt, als Sohn Niusuns, der Tochter von König Enmerkas, wurde auf dem Fluss Euphrat ausgesetzt, gefunden und legte eine atemberaubende Karriere hin. Unter seiner Herrschaft blühte die südbabylonische Stadt Uruk zu unglaublichem Glanz auf.

Immer wieder ist es in den Berichten vor allem der Lapislazuli, der diesen Reichtum noch unterstreicht.

Gilgamesch verliert seine Göttlichkeit durch seine Freundschaft zu den Menschen und wird dadurch sterblich. Der literarische Beweis dafür, dass der Mensch der Götterwelt von nun an mit immer mehr Selbstbewusstsein entgegentrat.

Das älteste bekannte Vorkommen des Steines in Mesopotamien, dem Zweistromland zwischen Euphrat und Tigris, stammt aus dem Jahre 3500 vor Christus. Schon die ältesten sumerischen Texte erwähnen den Gebrauch von Lapislazuli als Schmuck und Verzierung der Tempel, wie die Dichtung „Enmerkar und der Herr von Aratta". Enmerkar will für Inanna, der Göttin der Liebe, in Uruk einen prachtvollen Tempel bauen lassen. Geld spielt dabei keine Rolle, nur mangels Gold, Silber und Lapislazuli droht das Bauwerk eher bescheiden auszufallen. Also schickt Enmerkar Karawanen in den Osten Irans, ins Land Aratta, das vor allem wegen seiner Lapislazuli-Vorkommen steinreich geworden ist und selbst die Mauern seiner Städte mit diesen

Lapislazuli / Lasurit; Peech, Nuristan, Afghanistan

Adler mit Löwenkopf; mesopotanisch; Lapislazuli, Gold, Kupfer und Bitumen

Steinen geschmückt haben soll. Der Göttin konnte also geholfen werden.

Die ältesten Spuren von Lapislazuli in Ägypten reichen bis 3400 vor Christus zurück und lassen sich Jahrhunderte lang verfolgen bis Ägypten, durch Kriege bedingt, sich mit den asiatischen Völkern des Irans anlegte und somit für lange Zeit die Einfuhr gestoppt war. Das änderte sich erst wieder rund 2000 vor Christus. Von nun an wurden die Paläste wieder mit diesem begehrten Artikel verziert und ganze Feldzüge organisiert, um an diesen wertvollen Stein heranzukommen.

Die berühmtesten Lapislazulifunde stammen bekanntlich aus dem Grab des Pharaos Tutanchamun (1344-1325 v. Chr.), das der Brite Howard Carter 1922 im Tal der Könige in Theben entdeckt hatte. Die Welt hielt damals den Atem an, als das unversehrte Grab dieses eher unbedeutenden Herrschers geöffnet wurde. Tutanchamuns Verdienst lag vor allem darin, dass er den von Vorgänger Echnaton eingeführten Glauben an den Gott Aton wieder abschaffte und sich Amun zuwandte. Allerdings half ihm das nicht allzu viel. Er bekam einen heftigen Schlag auf den Hinterkopf und erlag wenig später - im Alter von 19 Jahren - seinen schweren Verletzungen. Vor allem der Sarkophag des jugendlichen Königs erwies sich als ein bemerkenswertes Beispiel für die Verwendung von Lapislazuli als Schmuckelement.

Der Lapislazuli weist als Symbol auf den ägyptischen Sonnengott Re hin, der in einer Barke über den Himmel fährt und den toten Pharao als einen Sohn zu einem neuen Leben mitnimmt. Zudem erscheint in dem Grab Horus mit Lapislazuli-Augen und überzieht mit diesem Mineral das Gesicht und die Brauen des Verstorbenen. Damit geleitet auch er den König zur neugeborenen Sonne, zum himmlischen Leben. (Bernhard Graf, Zauber Edler Steine, Prestl).

Doch nicht nur in den Grabkammern war der Lapislazuli zu finden, überall im alten Ägypten tauchten die heiligen Steine, die so sehr auch dem Sternenhimmel ähneln, auf, als Rollsiegel, Siegelringe, Statuen und Skarabäen, den heiligen Käfern.

Der Name Lapislazuli setzt sich aus dem lateinischen Wort für Stein „lapis" und dem arabischen Ausdruck für Blau, „azula" zusammen. Kein Geringerer als Alexander der Große brachte den blauen Stein schließlich von seinen Eroberungszügen mit nach Europa, damals allerdings noch unter dem griechischen Namen „Sappheiros". Forscher gehen heute davon aus, dass viele antike Steine, die lange als Saphire gehandelt wurden, eigentlich Lapislazulis waren.

Wie vor 5000 Jahren kommen auch heute noch die schönsten Steine aus dem wilden Hindukuschgebirge, viele nunmehr aus Afghanistan. Es ist allerdings nicht alles edel, was wie Lapislazuli glänzt.

Darüber schreibt Ursel Haggeney in ihrem Buch „Faszinierende Welt der Edelsteine": „Da Lapislazuli je nach Fundort größere Mengen Calcit enthält, wirkt er oft fleckig. Wird das stark fleckige Material blau eingefärbt, so wirkt das weiße Calcit ebenfalls wie Lapislazuli und der ganze Stein erhält eine gleichmäßigere Farbe. Nachträglich eingefärbter Lapis sollte allerdings als gefärbt gekennzeichnet sein. Dagegen ist die reine Versiegelung der oftmals rissigen Oberfläche mit farblosem Wachs, Kunstharz oder anderen Stoffen handelsüblich und verbessert lediglich die Trageeigenschaften und Haltbarkeit des Steines.

Manchmal wird zu dunkler Lapis mit Hitze behandelt, um die Farbe aufzuhellen, so wie man umgekehrt zu helle Steine durch mäßiges Erhitzen verbessern kann. Lapishaltige Pressprodukte werden durch Zerkleinern von minderwertigem, aber pyrithaltigem Lapis, der dann mit blauem Kunststoff abgebunden wird, hergestellt. Pyrit galt lange Zeit als Echtheitsmerkmal. Inzwischen ist er in rekonstruierten Steinen aus Lapispulver ebenso enthalten, wie in künstlichen Produkten.

Was hat es aber mit dem „Deutschen Lapis" auf sich? Man hatte entdeckt, dass sich der feinkörnige, hellgraue Jaspis aus Nunkirchen im Hunsrück mit Berliner Blau, einer Eisen-Zyankaliverbindung, recht einfach zu lapisähnlichen Steinen umfärben lässt. Die fehlenden Pyritpünktchen sind jedoch ebenso Erkennungsmerkmal wie die größere Härte. Ein erfahrener Edelsteinschleifer erkennt einen Lapislazuli zudem an dessen unangenehmen Geruch, der sich ausbreitet, sobald er mit der Schleifscheibe in Berührung kommt.

Teuer gehandelt wurde und wird nicht nur der einwandfreie, unverfälschte Edelstein, sondern auch die königsblaue Farbe, die aus dem Lapis gewonnen wird. Blau gilt als Farbe des Himmels und des Wassers. Blau ist die Farbe aller Himmelsgötter und symbolisiert das „Göttliche", das „Geistige", zudem ist es die Farbe der Treue. Da die Produktion des berühmten „Ultramarin" äußerst kompliziert war, zahlten die Künstler des 17., 18. und 19. Jahrhunderts Unsummen, um ihre Bilder fertig stellen zu können. Entsprechend tief mussten natürlich auch die Auftraggeber in die Tasche greifen. Noch heute muss man bis zu 15.000 Euro für ein Kilo Ultramarin berappen, um damit beispielsweise alte Werke restaurieren zu können.

Wie hoch der Lapislazuli nach wie vor gehandelt wird, zeigt die Tatsache, dass er selbst bei der Konzeption von Fußballpokalen verwandt wurde.

Zwei Jahre vor der ersten Fußball-Weltmeisterschaft, 1930, wurde der französische Bildhauer Abel Lafleur damit beauftragt, den Siegerpokal zu kreieren. Es entstand der berühmte „Jules Rimet Pokal", den auch Fritz Walther als Mannschaftsführer der deutschen Fußball-Weltmeister 1954 im Berner Wankdorfstadion entgegennehmen durfte. 35 cm hoch, 3,8 Kilogramm schwer aus vergoldetem Sterling-Silber, auf einem Sockel aus Lapislazuli befestigt.

1983 wurde dieses historische Stück in Rio de Janeiro gestohlen und offenbar eingeschmolzen oder in seine Einzelteile zerlegt. Er tauchte jedenfalls bis heute niemals wieder auf. Man sieht also, Lapislazuli war und ist zu allen Zeiten einer der begehrtesten Edelsteine.

Dies wird auch dadurch belegt, dass er der Lieblingsstein von Kaiser Wilhelm I. sowie des französischen Sonnenkönigs Ludwig XIV. war. Selbst Napoleon trug auf seinem Ägyptenfeldzug einen Skarabäus aus Lapislazuli bei sich, einen Glücksbringer, den er aus einem Pharaonengrab entwendet hatte.

Lapislazuli

Lapislazuli

Mineralklasse: Gestein, besteht zu großen Teilen aus Lasurit

Chemie: $Na_8(SO_4/(AlSiO_4)_6)$ (Lasurit)

Mohshärte: 5 bis 6

Dichte: 2,75

Kristallsystem: kubisch

Astrologie: Schütze, Fisch, Steinbock

Wichtige Vorkommen: Afghanistan, Russland, Iran, Chile

Wirkung auf die Psyche: Soll verantwortlich sein für spirituelles Wachstum, für gestärktes Selbstvertrauen, für erholsamen Schlaf und soll Ängste nehmen können.

Wirkung auf den Körper: Soll beruhigend, krampflösend, fiebersenkend wirken, gegen Hautausschläge, Insektenstiche, Schmerzen und Schwellungen helfen, Kopfschmerzen lindern, gegen Lymph- und Schilddrüsenstörungen, sowie Menstruationsbeschwerden helfen und die Sehkraft stärken.

Pflege: Wöchentlich in trockenem Meersalz reinigen, kurz an der Sonne aufladen.

Magnesit

Es gibt wohl kaum einen Stein, der mit einer solchen Anzahl an Synonymen wuchern kann wie der Magnesit. Er ist auch gemeint, wenn Sie über Bitterspat, Bitterkalk, Baldisserit, Baudisserit, Gelbspat, Gioberit, Mesitinspat, Morpholith, Pignolienspat, Pinolith oder Talspat lesen.

Im Handel kommt er zudem als „Bosnischer Meerschaum", „Ivorit" und oftmals auch als Howlith vor, doch gerade der Howlith ist ein eigenes, wenn auch ähnlich aussehendes Mineral und gehört nicht wie der Magnesit zu den Carbonaten sondern zu den Silikaten.

Es ist also nicht so ganz einfach, hier den Überblick zu behalten. Auch was die Namensgebung angeht, scheiden sich die Geister. Die einen leiten den Namen einfach vom Wort Magnesium ab, andere behaupten, die thessalische Landschaft Magnesia sei in dieser Hinsicht Pate gestanden.

In alten Quellen kommt das Wort „magnes" häufig vor, allerdings sind sich auch hier die Experten nicht einig, ob tatsächlich Magnesit gemeint war oder nicht doch Kalk.

Magnesit ist heute ein wichtiger Rohstoff in der Bauindustrie, besonders bei der Herstellung feuerfester Ziegel, von Porzellan, Keramik und schnellabbindendem Zement. Bei 1.750 bis 1.800 Grad gebrannt, entsteht aus Magnesit Periklas, aus dem feuerfeste Steine erzeugt werden.

Magnesit Kristallgruppe; Brumado / Brasilien

Lange Zeit war Magnesit eines der wichtigsten Rohstoffe Österreichs. Vor dem ersten Weltkrieg gab es außerhalb der österreichisch-ungarischen Monarchie keinen Magnesitbergbau von Bedeutung. Dieses Monopol geriet ins Wanken, als es gelang, das Mineral auch aus dem Meerwasser zu gewinnen und in anderen Ländern große Vorkommen entdeckt wurden. Dennoch wird der österreichische Magnesit nach wie vor wegen seiner tollen Qualität geschätzt.

Viele benutzen den Magnesit auch als Heilstein, gerade wegen seines hohen Magnesiumgehaltes, der ja auch für den gesamten Knochenaufbau enorm wichtig ist.

Seine weiße Farbe symbolisiert Unschuld, Freiheit und Fruchtbarkeit und soll den Träger vor falschen Freunden und gespielter Liebe bewahren.

Magnesit

Mineralklasse: Carbonate

Chemie: $MgCO_3$

Mohshärte: 4

Dichte: 2,9 bis 3,1

Kristallsystem: trigonal

Astrologie: Waage

Wichtige Vorkommen: Österreich, Slowakei, Russland, Griechenland, Italien, Polen USA, Simbabwe, China, Brasilien

Wirkung auf die Psyche: Soll den Körper entgiften und für mehr spirituelles Wachstum sorgen und gegen Depressionen helfen.

Wirkung auf den Körper: Soll den Kreislauf stärken, die Cholesterinwerte senken und eine regulierende Kraft auf den Magen und den Verdauungstrakt ausüben. Magnesit soll das Blut vor Giften reinigen und stark entwässernd wirken.

Pflege: Ein- bis zweimal im Monat unter fließendem Wasser entladen.

Magnetit Skelettkristalle; Kengarar, Afghanistan

Magnetit

Als der Hirte Magnes sich 900 v. Chr. auf der Insel Kreta mit seiner Herde aufmachte, um sie über den heiligen Berg Ida zu führen, dachte er an nichts Böses. Hier war einst Göttervater Zeus von einer Nymphe in einer Höhle großgezogen worden. Doch plötzlich, Magnes überquerte gerade ein Feld schwarzer Steine, wurden die Nägel seiner Sandalen und sein Hirtenstab von diesen Klumpen gewaltig angezogen und Magnes befürchtete den Zorn des Obersten aller Himmelsbewohner - warum auch immer. Doch die Strafe blieb aus. Magnes war lediglich mit dem Phänomen des Magnetismus konfrontiert worden und wurde damit zum Namengeber des Magnetits. So jedenfalls eine uralte Legende. Wahrscheinlicher ist die Version, dass das Mineral nach der vorderasiatischen Landschaft Magnesia benannt worden ist.

Der Magnetismus ist schon lange bekannt, wie lange Passagen in ägyptischen Hieroglyphen beweisen. Auch der römische Gelehrte Plinius der Ältere (23-79 n. Chr.) beschrieb die eigenartigen Kräfte, verordnete eine Steinbehandlung bei Augenleiden und stellte fest, dass Männer ihre Manneskraft und Frauen ihre Schönheit bis ins hohe Alter bewahren könnten, wenn sie stets einen Magnetstein mit sich führen würden.

Plinius unterschied zudem zwischen den „männlichen" und „weiblichen" Magnetsteinen, von denen nur die männlichen die Kraft besaßen, Eisen anzuziehen und damit dem Magneteisenerz, dem Magnetit entsprachen. Bei „weiblichen" Steinen handelte es sich, so vermutet man,um Manganerz, das dem Magnetit nicht unähnlich sieht, dem Magnesit.

Auch in China war die Wirkung des Magnetits schon lange bekannt. Den Anfang bildete ein aus Magnetit geschnitzter Löffel, so eine Schrift von Wang Chúng aus dem Jahre 83 nach Christus. Damals hatte ein Herr namens Hanfuzius (280-233 v. Chr.) einen leicht drehbaren Löffel auf einer Erdscheibe aus Bronze angebracht, dessen Stil sich stets nach Süden ausrichtete und deshalb „Südzeiger" genannt wurde.

Der Südzeiger wurde nicht zum Navigieren eingesetzt, sondern war eine Art göttliche Hilfe zum Ausrichten von Straßen und Häusern, diente der Wahrsagerei sowie bei magischen Ritualen. Der Kompaß entstand erst später als „schwimmende Fische" und „Nadeln" den Dschunken den Weg wiesen.

Araber, die mit den Chinesen engen Handelskontakt hatten, übernahmen das Wissen um den Kompaß und brachten es mit nach Europa, wo 1181 der erste gebaut wurde - aus einem Wassernapf und einem schwimmenden Strohhalm, auf dem eine Nadel lag, die vorher durch Reibung mit einem Magnetit magnetisiert worden war.

Derweil schrieb Hildegard von Bingen (1098-1179) über den Magnetstein: „Er ist warm und entsteht aus dem Speichel giftiger Schlangen, die in einer bestimmten

Art von Sand und in bestimmten Gewässern leben, mehr jedoch im Sand als im Wasser. Es gibt eine giftige Schlange, ähnlich einer Schnecke, die am Wasser oder im Wasser lebt und bisweilen ihren Speichel an einer bestimmten Stelle auf Eisenerz fallen läßt, auf jene Erde, aus der Eisen gewonnen wird. Wenn das eine andere Giftschlange sieht, die auch an diesem Wasser oder in diesem Wasser lebt und sich von jener Erde nährt, aus der Eisen gewonnen wird, so eilt sie begierig zu jenem Speichel und spritzt ihr Gift über den Speichel. Das Gift durchdringt den Speichel mit seiner Kraft, so dass er sich zu einem Stein verhärtet."

Weiter meint Hildegard von Bingen: „Wenn ein Mensch wahnsinnig oder durch Blendwerk verhext ist, so benetze den Magnetstein mit seinem Speichel und bestreiche dann den Scheitel des Wahnsinnigen mit dem feuchten Stein und fahre quer über seine Stirn und sprich: „Du Übel des Wahnsinns, weiche vor jener Kraft, mit der Gott die Macht des vom Himmel stürzenden Teufels zum Wohle des Menschen gewandelt hat. Daraufhin wird der Kranke wieder Herr seiner Sinne werden."

Paracelsus (1493-1541), zu seiner Zeit die absolute Koryphäe auf dem Sektor des medizinischen Wissens, beschäftigte sich gar schon mit der therapeutischen Anwendung der Magnetstein-Energie: „Lasset uns das Wissen um die Heilkraft des Magneten auffassen und eifrig studieren, bis wir seine Wunderkraft zu Heilung einsetzen können... Er ist ein Meisterstück für den Künstler in der Arznei, wie keines weit und breit zu finden ist. Der Magnet ist der Fürst aller Lebensgeheimnisse."

Wenn das kein Vorschußlorbeer war. Aber schon weit vor Paracelsus beschäftigte sich im 13. Jahrhundert Pierre de Maricourt, der sich selbst gerne Petrus von Peregrinus nannte, mit den Magnetsteinen. 1269 entdeckte er, dass Magnetit Eisennadeln entlang von „Längengraden" zwischen den „Polen" anordnet. Petrus von Peregrinus schrieb das erste und bis ins 17. Jahrhundert einzige Werk über den Magnetismus.

Er war übrigens Lehrer von Roger Bacon 1214-1292), der zu den schlausten Köpfe seiner Zeit gehörte. Er sah viele Erfindungen unserer Zeit schon voraus wie das Dampfschiff, das Flugzeug oder den Tauchapparat. Er erforschte die Gesetze der Strahlenbrechung des Regenbogens und der Luftspiegelungen (Fata Morgana). Das so nebenbei.

Im 18. Jahrhundert war es der Arzt Dr. Franz Anton Mesmer (1734-1815), der mit dem von ihm entwickelten Heilmagnetismus für Furore sorgte. Spätestens zu dem Zeitpunkt, als es ihm gelang, einer jungen Pianistin das Augenlicht wieder zu geben, das diese mit drei Jahren verloren hatte. Die junge Pianistin hieß Maria Theresia Paradis und war Patenkind von Kaiserin Maria Theresia.

Es war also einiges los im Wien der folgenden Jahre. Zum einen rannten die Patienten Mesmer die Praxis ein, zum anderen wurde er von seinen Kollegen kräftig gemobbt - würde man heute sagen. Mit diesen Angriffen hatte Mesmer zeitlebens zu kämpfen. Wolfgang Amadeus Mozart, ein enger Freund Mesmers, ließ sich durch die Negativpresse, die über den Arzt hereinbrach, nicht in seiner Begeisterung beeinträchtigen und brachte die Kraft des Magneten in seiner Oper „Cosi fan tutte" zur Sprache.

Seine letzten Jahre verbrachte Dr. Mesmer in Meersburg am Bodensee und erzielte erstaunliche Erfolge bei der Zähmung von Vögeln.

Magnetit auf Quarzporphyr; Potosí, Bolivien

Magnet, Magneteisenerz, Magneteisenstein - viele Namen schwirrten plötzlich herum, bis 1845 Wilhelm Haidinger (1795-1871), ein Schüler von Friedrich Mohs, wir kennen Mohs als Erfinder der Härteskala, in Wien den Namen Magnetit einführte.

Magnetit kommt in der Natur in massiver oder gekörnter Form, manchmal auch als Kristall vor und findet sich häufig in magmatischen Gesteinen wie Basalt, Gabbro oder als Sand in Fluß-Sedimenten. Magnetit ist neben dem Hämatit eines der wichtigsten Eisenerze und weist mit 72 Prozent Eisen den höchsten Gehalt an diesem Metall auf.

Magnetit

Mineralklasse: Oxide

Chemie: Fe_3O_4, **Mohshärte:** 5,5

Dichte: 5 bis 5,2

Kristallsystem: kubisch

Wichtige Vorkommen: Schweden, Finnland, Südafrika, Russland, Deutschland, Schweiz, Insel Elba

Wirkung auf die Psyche: Soll ausgleichen und verbinden, die Nerven stärken. Außerdem soll der Magnetit die Reinigung des Organismus beschleunigen.

Malachit

Malachit ist ein im monoklinen Kristallsystem kristallisierendes Karbonat-Mineral mit einem Kupfergehalt von 57 Prozent. Nüchterne Bestandsaufnahme eines Steines, der viel kann und der schon sehr früh dem Menschen von Nutzen war. Es gab Vorfahren, die benutzten ihn als Steinkeil, andere stellten aus ihm Pigmente her und bemalten damit ihre Höhlen. Irgendwann vor über 4.000 Jahren fiel auf, dass, wenn man die hübschen grünen Steine im Feuer brannte, sich diese verflüssigten und beim Erkalten wieder hart, diesmal aber zu Kupfer wurden. Der Mensch verfügte über das erste Metall.

Malachit „Die Brücke"; Estremoz, Alentejo, Portugal

Werkzeuge, Waffen und Schmuck wurden hergestellt, doch das Kupfer erwies sich als zu weich. Findige Köpfe fingen an, zu experimentieren und vermischten Kupfer mit anderen Materialien. Als man schließlich herausfand, dass neun Teile Kupfer und ein Teil Zinn Bronze ergab, war das Bronzezeitalter geboren und wieder wurden natürlich erst einmal, vor allem anderen, Waffen hergestellt.

Subtiler gingen die Ägypterinnen mit Malachit um. Sie zerstießen und pulverisierten es, verwandten Eiweiß, Akazienharz oder Feigenmilch als Bindemittel und schon hatten sie eine Paste, mit der sie sich ihre Augenlider grün färben konnten. Grün, die Farbe des Wachstums und des Lebens.

Zur Herstellung einer Malfarbe werden die Pigmente, die im Gegensatz zu anderen Farbstoffen nicht wasserlöslich sind, sondern in Form von kleinsten Kristallen vorliegen, mit einem Bindemittel wie Casein oder Leinöl versetzt. Casein ist ein wichtiger Eiweißbestandteil der Milch.

Lässt man frische Kuhmilch für ein paar Tage an der Luft stehen, sammelt sich oben Fett und darunter Molke, in der als flockige, weiße Masse geronnenes Casein schwimmt.

Malachit wurde als grünes Farbpigment in vielen berühmten Meisterwerken verewigt, wie denen von Jan van Eyck oder Pierro della Francescas. Berühmt sind auch die Malachitsäulen in der Hagia Sofia in Istanbul, die aus dem Diana oder Artemis-Tempel in Ephesos stammen sollen, einem der sieben alten Weltwunder.

Vielleicht noch beeindruckender ist der Besuch der St. Isaaks-Kathedrale in St. Petersburg. Sie ist der drittgrößte sakrale Kuppelbau der Welt nach der Peterskirche in Rom und der St. Pauls Kathedrale in London. Was die Ausstattung angeht, braucht die St. Isaaks-Kathedrale sich allerdings hinter ihren größeren Konkurrentinnen nicht zu verstecken. Sie ist 101,5 Meter hoch, getragen von 112 Säulen aus rotem Granit, verziert unter anderem mit 400 Kilogramm Gold und 16.000 Kilogramm Malachit!

Seine lebhafte Maserung aus hellen und dunklen Grüntönen machen den Malachit natürlich zu einem begehrten Schmuckstein. Wegen seiner Farbe wurde er mit den vielen Grünstufen der Malve verglichen, woraus sich sein Name ableitet.

Obwohl der Malachit ein sehr häufig vorkommendes Mineral ist, sind die zum Verarbeiten geeigneten Knollen rarer und damit natürlich begehrter geworden.

Im 17. Jahrhundert empfahlen Ärzte das Tragen von Malachit-Amuletts, um gegen alle möglichen Leiden geschützt zu sein. So wurde ihm nachgesagt, Erschöpfung und selbst Leistenbruch entgegenzuwirken. Fein zermahlen und mit Milch eingenommen, sollte er vor Schmerzen nach einem Herzanfall bewahren und Koliken verhindern. Ihm wurde nachgesagt mit Honig verrührt, Blutgerinungen stoppen und den Honig durch Wein ersetzt Geschwüre aller Art bekämpfen zu können

Die Hauptvorkommen lagen früher vor allem in den Kupferbergwerken des Urals, wo riesige Stücke gefunden wurden. Heute kommen die Malachite großteils aus Afrika. Schönes Material ist in Namibia zu finden, allerdings gibt es auch Vorkommen in Australien, Chile, Arizona und in Europa auf der Insel Elba.

Malachit, teilweise geschnitten und poliert, mit typisch traubiger Bänderung

Malachit schalig auf Dol. „Frauenkörper"

Malachit

Mineralklasse: Carbonate

Chemie: $Cu_2(OH)_2/CO_3)$

Mohshärte: 4

Dichte: 4

Kristallsystem: monoklin

Astrologie: Steinbock

Wichtige Vorkommen: Australien, Zaire, Namibia, Arizona, Frankreich, Deutschland (Lauterberg, Dillenburg, Kamsdorf), Insel Elba

Wirkung auf die Psyche: Soll reinigende Kraft auf die Seele haben und für mehr Ausgeglichenheit, Lebensfreude, Verständnis und Liebe sorgen.

Wirkung auf den Körper: Soll Adern, Gefäße und Organe entgiften, den Kreislauf harmonisieren und durch Auflegen Entzündungen, Rheuma und Bandscheibenbeschwerden lindern.

Pflege: In einer Schale mit Hämatit-Trommelsteinen entladen und in einer Bergkristallgruppe wieder aufladen.

Mondstein roh und in geschliffener Form

Mondstein

Es gibt Edelsteine, die einen in ihren Bann ziehen, auch wenn sie nicht funkeln wie Diamanten, Saphire oder Rubine, nicht die Farbenpracht aufweisen wie Opale oder Fluorite oder die stolze, kühne Ausstrahlung eines Bergkristalls oder Amethysten haben. Zu diesen gehört der Mondstein. Die Römer waren überzeugt, er sei durch den Mondschein entstanden. Eine wunderschöne, phantasievolle Vorstellung.

Natürlich nimmt ein solcher Stein in der Mystik eine überragende Stellung ein. Er gilt als der Stein der Frauen, was ihn zu einem Symbol der Fruchtbarkeit schlechthin macht.

Schon der römische Universalgelehrte Plinius der Ältere schrieb: „In den Fluren aufgehängt, verhilft er den Bäumen zu reicher Frucht." Und was auf Bäume zutrifft, gilt natürlich umso mehr auch für die Menschen. So nähen sich ihn arabische Frauen gelegentlich noch heute in ihre Kleidung ein, um eines großen Kindersegens sicher zu sein. In Indien gilt er als „Traumstein", der seinem Träger angenehme Nachtunterhaltung bietet.

Der Mondstein gehört zur riesigen Familie der Feldspate, die fast zwei Drittel aller Gesteine unserer Erde ausmachen.

Das Besondere am Mondstein ist, dass er ein fantastisches optisches Phänomen aufweist, das „Adulasieren". Durch gleichmäßig ausgerichtete Einschlüsse, die sich auf parallelen Ebenen im Innern des Steines anordnen, kommt es einerseits zur optischen Interferenz, andererseits zu diffuser Reflexion. Beide Erscheinungen zusammen rufen den berühmten adularisierenden Schimmer hervor.

Der Adular, eine Varietät des Orthoklas, ist sicherlich die am meisten verbreitete Form des Mondsteines. Seinen Namen erhielt er im Mittelalter, als er zum ersten Male im St. Gotthard-Massiv gefunden wurde, das damals noch Mons Adula genannt wurde.

Manche Steine aus Indien weisen neben der Adulareszenz auch noch den scharf begrenzten Lichtstreifen des Katzenauges auf, der sich ebenfalls erst dann zeigt, wenn der Stein bewegt wird.

Die Geschichte des Mondsteines lässt sich nur schwer zurückverfolgen. In alten Schriften taucht er schon mal als „Selenites", „Fischauge" oder „Ceylon-Opal" auf. Doch bei aller Schönheit, er hat einen entscheidenden Nachteil, weshalb er auch kaum in größeren antiken Schmuckstückenzu finden ist: Er weist in der Mohs´schen Skala maximal die Härte 6,5 auf. Das heißt, er ist relativ weich und daher empfänglich für Kratzer und Stöße.

Eine Tatsache, welche die Pariser Künstler des Art noveau um 1900 nicht abhalten konnte, gerade den Mondstein hoffähig zu machen. Zu denen, die wahre Wunderwerke aus dem Stein mit dem zauberhaften Lichtschimmer kreierten, gehörte der wohl bedeutendste Schmuckkünstler seiner Zeit, der Juwelier René Lalique (1860-1945).

Als Wegbereiter und Vollender des Jugendstilschmucks beansprucht Lalique nicht nur den führenden Rang unter den Juwelieren der Belle Epoque, einer Zeit des gesteigerten Lebensgefühles zu Beginn des 20. Jahrhunderts in Frankreich, er nimmt darüber hinaus auch eine bedeutende Stellung in der allgemeinen Geschichte der europäischen Goldschmiedekunst der Renaissance ein. Renate Petrioconi schreibt in einem Artikel über eine Lalique-Ausstellung in der Zeitschrift „Entdecken Sie die Algave": „Laliques zeichnerische Begabung wurde schon sehr früh erkannt. Er absolvierte mit 16 Jahren eine Goldschmiedelehre in Paris und übernahm schnell ein Atelier mit über 30 Mitarbeitern."

Er freundete sich mit der Schauspielerin Sarah Bernhardt (1844-1923), einem absoluten Weltstar, die weit über die Grenzen Frankreichs hinaus vergöttert wurde, an. Er schuf sich in ihrem Bannkreis einen ersten Namen. Lalique kreierte fortan ihren atemberaubenden Bühnenschmuck, den die Künstler und Künstlerinnen früher noch selbst zahlen mussten.

Lalique wurde berühmt und berühmter und er kümmerte sich um eine neue Welt der Formen und Motive, die sich ausschließlich auf die Natur bezog: Insekten, Schwäne, Schlangen, Käfer, Blüten, Fische und Pflanzen aller Art - also das gesamte Repertoire des damals modernen Stils, des Art noveau.

Lalique war nicht nur bahnbrechend in seinen Schmuckentwürfen, sondern er entwickelte auch ein neues Werteverständnis. In einer Zeit, in der der Wert eines Schmuckstückes weitgehend nach dem verwendeten Edelmetall und den geschliffenen Edelsteinen berechnet wurde, verlagerte er den Akzent vom Material auf die Schönheit der Gestaltung.

Auf der Weltausstellung in Paris im Jahre 1900 erlebte er einen seiner größten Erfolge. Dabei zeigte er seine Arbeiten in einer von einem Stoffbaldachin überspannten und mit Fledermäusen dekorierten Vitrine. Die Stücke wurden mit dem „Grand Prix" ausgezeichnet, er selbst erhielt den Orden eines Offiziers der Ehrenlegion.

Zu den Steinen, die Lalique bevorzugt für seine Kunstwerke verwandte, gehörten neben Diamanten, Topasen und Opalen eben auch die mystischen Mondsteine. Die Trägerinnen nahmen sicherlich gerne in Kauf, dass ihnen nachgesagt wurde, sie wären Verliebten gegenüber bei zunehmenden Mond wohlgesonnen, brächten Inspiration und Erfolg in der Liebe, beschützen Reisende zu Wasser und auf dem Lande und machten Mitarbeiter ihrem Chef gegenüber loyal.

Um richtig zur Geltung zu kommen, erhalten Mondsteine in der Regel einen Cabochon-Schliff. Meistens ist allerdings die Wölbung des Cabochons nicht stark ausgebildet, damit sich das Adularisieren an der Oberfläche besser entwickeln kann und keine unerwünschten Reflexionen auftreten. Allerdings werden die Funde in letzter Zeit immer rarer und deshalb teurer. Besonders begehrt sind bläuliche aus Sri Lanka.

Vorsichtig sollte man auf jeden Fall beim Kauf sein, denn Interessenten werden gerne übermäßig erhitzte Amethyste, weiße Chalzedone oder synthetische Spinnelle als Mondsteine untergeschoben.

gemischte Mondstein Halskette

Mondstein

Mineralklasse: Silikate

Chemie: $K(AlSi_3O_8)$

Mohshärte: 6 bis 6,5

Dichte: 2,5 bis 2,7

Kristallsystem: monoklin

Astrologie: Krebs

Wichtige Vorkommen: Sri Lanka, Indien, Madagaskar, Myanmar, Tansania

Wirkung auf die Psyche: Verleiht Harmonie, Ruhe und Kreativität.

Wirkung auf den Körper: Soll bei Frauen hormonausgleichend und gegen Unfruchtbarkeit helfen.

Pflege: Zum Entladen auf Hämatitsteine legen. Zum Aufladen über Nacht ins Licht des Vollmondes legen.

Schneeflocken-Obsidian; Gila County, Arizona, USA

Obsidian

Der Obsidian ist ein natürlich vorkommendes, vulkanisches Gesteinsglas, das bei rascher Abkühlung von Laven entsteht und meist einen Kieselsäuregehalt von 70 Prozent aufweist.

Auch um ihn rankt sich eine schöne Geschichte, was die Namengebung angeht. Diesmal war es ein römischer Legionär, der bei einem Ausflug in Äthiopien das scharfe, schwarze Naturglas fand und mit nach Rom in die Ewige Stadt brachte.

Da das Interesse riesig war und der Finder Obsius hieß, war es bis hin zum Obsidian nicht mehr weit.

Doch schon in der Steinzeit, vor mehr als 4000 Jahren, wurde mit dem Vulkanglas hantiert. Es diente wegen seiner scharfen Kanten vor allem als Messer und Pfeilspitzen und gehörte bei Jägern zu unverzichtbaren Utensilien. Entsprechend begehrt war der Handel mit Obsidianen, dem „High-Tech-Material der Jungsteinzeit".

Auf den Kykladen, einer griechischen Inselgruppe der unter anderem Mykonos, Naxos, Paros, Santorin und Andros angehören, bildete sich vor rund 4000 Jahren eine erste Zivilisation, die vor allem Töpferwaren, Werkzeuge und Waffen herstellte und diese per Schiff in der gesamten Inselwelt vertrieb. Zu den Exportschlagern gehörte eben auch der schwarze Obsidian.

Alle im östlichen Mittelmeer gefundenen Pfeil- und Speerspitzen sowie Schneidewerkzeuge aus Obsidian entstammen einem einzigen Lavastrom auf der Vulkaninsel Milos.

Im Iran ist die Verwendung dieses harten, splittrigen und scharfen Materials von der Jungsteinzeit bis zur Bronzezeit durch eine große Zahl an Fundplätzen nachgewiesen. Vor allem in der zentralen Türkei gab es riesige Vorkommen.

Im antiken Griechenland wurde der Obsidian auch gerne als Material berühmter Bildhauer, wie z. B. auch Phidias (490-430 v. Chr.) benutzt.

Seit es den Menschen gibt, kann man sagen, ist Glas sein Begleiter, wobei sich das natürliche in drei Arten unterteilen läßt: Tektite (entstanden durch Meteoriten- Einschläge),

Mahagoni-Obsidian; Gila County, Arizona, USA

Fulgurite (entstehen bei Blitzeinschlag) und Obsidiane (vulkanischen Ursprungs).

Berüchtigt war die Obsidian-Nutzung bei den Azteken. Ihrem Glauben zu Folge würden die Götter die Welt zerstören, wenn sie nicht in regelmäßigen Abständen besänftigt werden würden. Deshalb war die aztekische Priesterschaft angehalten, die Himmlischen mit Menschenopfern bei Laune zu halten. So sahen die Gefangenen aus den diversen Kriegsexpeditionen in der Regel einer unschönen, weil kurzen Zukunft entgegen.

Das Opfer wurde gezwungen, die abgeflachten Pyramiden der Hauptstadt Tenochtitlan emporzusteigen, die den heiligen Bezirk überragten. Dort wurden sie von vier Priestern ergriffen, auf einen Steinaltar gedrückt und ein fünfter Priester öffnete mit einem Obsidianmesser den Brustkob, riß das Herz heraus und brachte es einem Gott als Opfer dar.

Doch die Azteken - Schamanen benutzten den Obsidian nicht nur für ihre blutigen Rituale, die stellten daraus auch „rauchende Spiegel" her, um durch sie hindurch Reisen in die Anderswelt unternehmen zu können. Zudem diente das Vulkanglas den Indianern Mexikos und Mittelamerikas als wichtiger Schutzstein, der alles Schlechte von seinem Träger fernhalten sollte.

Große Verehrung fand der *Regenbogenobsidian*, der wie eine göttliche Kraft auf Erden verehrt wurde. Zudem glaubten die Indianer, daß ihre Götter bei einem persönlichen Besuch auf der Erde in einem solch bunten und leuchtenden Stein wohnen würden.

Der *Mahagoni*- und *Goldobsidian* diente den indianischen Völkern als Stein der Fruchtbarkeit.

Begehrt sind auch die *Schneeflockenobsidiane* mit ihren weißen, schneeflockenartigen Einschlüssen.

Obsidian, muschlig-splittriger Bruch; Kötam Dagh, Eriwan, UdSSR;

Obsidian

Mineralklasse: Lavagesteine

Chemie: vulkanisches, kieselsäurehaltiges Glas, SiO_2

Mohshärte: 5 bis 5,5

Dichte: 2,35

Kristallsystem: amorph

Astrologie: Waage, Skorpion, Steinbock

Wichtige Vorkommen: Italien, Griechenland, Ungarn, Slowakei, Türkei, Mexiko, Schottland, USA

Wirkung auf die Psyche: Soll dabei helfen, die Realitäten besser erkennen zu können und vor falschen Freunden zu bewahren. Obsidiane sollen für bessere Nerven sorgen und den Menschen vor Ängsten bewahren.

Wirkung auf den Körper: Soll Erkrankungen und Infektionen lindern, gut sein gegen Entzündungen aller Art, sich positiv auf die Produktion von Abwehrkräften auswirken und Depressionen lindern.

Pflege: Alle Obsidiane mögen das direkte Aufladen an der Sonne oder über Nacht in einer Bergkristallgruppe.

Opal

Die Ureinwohner Australiens, die Aborigines nennen ihn Stein der tausend Lichter, im Orient gilt er als Stein der Hoffnung, für die Esoteriker ist er der Stein der Wahrheit, für die Griechen war er eine versteinerte Träne des Göttervaters Zeus und für die Römer ein Symbol der Hoffnung und Reinheit. Der Opal gehört mit seinem atemberaubenden Farbenspiel zum Großartigsten, was die Natur geschaffen hat.

Interferenz-Erscheinungen. Größere Kugeln sorgen für den roten, gelben, grünen, blauen und weißen Schimmer, kleinere für den blauen.

Plinius, einer der genialsten Köpfe des alten Roms, beschrieb den Stein unübertroffen: „In ihm zeigt sich dasFeuer des Karfunkels, das leuchtende Violett des Amethysts, das Seegrün des Smaragds, das tiefe Blau des Saphirs und das Goldgelb des Topases und alle strahlen in ungeahnter Abwechslung."

wunderschöne Frau stritten, jeder wollte sie für sich haben, ärgerte sich der „Ewige" derart darüber, das er die arme Schöne in ein Nebelgebilde verwandelte. Nun bekamen die drei Streithähne ein schlechtes Gewissen und schenkten dem Mädel jeweils ihre eigene Farbe. Brahma gab ihr sein Blau, Vishnu sein Gelb und Shiva sein flammendes Rot. Um die Sache zu beenden, verwandelte der „Ewige" das Mädchen kurzerhand in einen schillernden Stein, in den Opal.

Feueropal Knollen; Miskolc, Ungarn

Das Besondere am Opal ist sein „Opalisieren", ein regenbogenartiger Schiller, der sich, je nachdem von welchem Blickwinkel man den Stein betrachtet, ändert. Jahrhunderte lang zerbrachen sich die führenden Wissenschaftler den Kopf darüber, wie es zu diesem Phänomen kommen kann. Es wurden die wildesten Theorien aufgestellt, doch erst seit relativ kurzer Zeit ist der Grund erkannt worden. Kleine Mineralkugeln aus Christobalit sind in einer Kieselgelmasse eingelagert und bewirken die wunderschönen Reflexions- beziehungsweise

Kein anderer Edelstein ist in der Lage, die Spektralfarben derart zur Geltung zu bringen. Der Opal kann zudem bis zu 20 Prozent Wasser enthalten, was einer besonderen Behandlung bedarf, um ihn nicht austrocknen und damit rissig werden zu lassen.

Der Name Opal kommt aus dem altindischen Sanskrit, wo das Wort „upala" „wertvoller Stein" bedeutet. Ein indisches Märchen erzählt zudem eindrücklich, wie der Opal entstanden ist: Als die Götter Brahma, Vishnu und Shiva eifersüchtig um eine

Nüchterner sehen dies die modernen Forscher: Ausgangsmaterial für die Entstehung des Opals waren Kalksteinfüllungen in Hohlräumen von Sedimentgestein. Jahrtausende lang laugte dann Wasser aus dem umgebenden Gestein Kieselsäure aus, die sich in den Hohlräumen sammelte und die Geburtsstunde der Opale einläutete.

Opale werden in drei Arten unterschieden: Die schillernden Edelopale, die gelb-roten Feueropale und die eher nichtssagenden

Gemeinen Opale, die in der Welt des teuren Schmucks eine untergeordnete Rolle spielen. Sie sind meistens undurchsichtig und ohne Farbenspiel.

Was den Edelopal so edel macht, ist das oben beschriebene Opalisieren, das dem Feueropal normalerweise abgeht. Für ihn gilt mit seiner orangen Farbe, je klarer desto wertvoller. Er ist der einzige Edelstein, der das ohnehin schon seltene Orange in allen Abstufungen von fast gelb bis fast rot in jeder nur möglichen Intensität zeigt.

Die Inder waren sich einig, dass Steine von solcher Schönheit und Kraft nur in den Wassern des Paradieses entstanden sein können. Mayas und Azteken nannten den Opal wegen seiner Farbenpracht Paradiesvogel-Stein oder Kolibri-Stein.

Der Feueropal gehört in die Familie der Quarze, unterscheidet sich lediglich in seinem hohen Anteil an gebundenem Wasser. Seine Farbe verdankt er Spuren von Eisenoxid. Das Hauptfördergebiet des Feueropals liegt in Mexiko.

Einer der ersten, der Feueropale mit nach Europa gebracht hatte, war Alexander von Humboldt, den eine große und lange Reise von 1797 bis 1804 nach Südamerika geführt hatte, zusammen mit dem jungen Mediziner und Botaniker Aimé Goujaud Bonplant. Beide interessierten sich dafür, was die fremde Natur so alles zu bieten hatte, wobei sich Humboldt vor allem den Vulkanen Südamerikas widmete. Er bestieg den damals als höchsten Berg der Welt geltenden Chimborazo (6.272 Meter) in Ecuador bis zu einer Höhe von 5.900 Metern, ohne modernes Gerät. Höher war bis dahin kein Europäer geklettert.

Humboldt berichtete darüber völlig nüchtern: „Wir fingen nach und nach an, alle an großer Übelkeit zu leiden. Der Drang zum Erbrechen war mit etwas Schwindel verbunden und weit lästiger, als die Schwierigkeit zu atmen... Wir bluteten aus dem Zahnfleisch und aus den Lippen. Die Bindehaut der Augen war ebenfalls mit Blut unterlaufen.“ Derartiges konnte ihn allerdings vor weiteren extremen Touren nicht abhalten.

Der Versuch, den nächsten Vulkan, den 4.600 Meter hohen, in der Nähe der ekuadorischen Hauptstadt Quito gelegenen Pichincha zu bezwingen, scheiterte zunächst an einer Ohnmacht Alexander von Humboldts. Vier Wochen später klappt das Ganze bestens. Bei diesem Unternehmen muss Alexander Humboldt auf Feueropale gestoßen sein.

Als das Opal Land schlechthin zählt heute Australien. Fast 95 Prozent der verarbeiteten Edelsteine kommen aus dem menschenleeren, unwirtlichen Outback.

Opal in Matrix

1849 wurden hier die ersten Opale gefunden, schwarze noch dazu. Lightning Ridge kam daraufhin zu Weltruhm, andere Namen wie White Cliffs, Coober Pedy und Andamooka folgten.

Vor allem die sogenannten „Schwarzen" hatten es in sich, denn noch nie waren bis 1901 Steine einer solchen Leuchtkraft gefunden worden. Unverfälschte große Opale dieser Güteklasse werden heute zu Preisen gehandelt, die auch Diamantenhändler durchaus vor Neid erblassen lassen.

Die Opalsucher lebten und leben in Australien unter schwierigsten Bedingungen bei unglaublicher Hitze, eiskalten Winden, bedroht von giftigen Schlangen, Skorpionen und wilden Tieren. Allein die Sucht, Opale zu finden und für teures Geld wieder an den Mann oder die Frau zu bringen, läßt sie überleben.

Die größten jemals - natürlich in Australien - gefundenen Steine sind der Jupiter 5 mit 5,2 und der berühmte „Olympic Australis" mit 3,5 Kilogramm Gewicht.

Hier einige Stichwörter zur weiten Welt der Opale:

Andamooka: Edelopal auf Sandstein aus Andamooka.

Alt-Österreichischer Opal: Auch als „Alt-Wiener" oder „Ungarischer" bekannt, kristallines Aussehen, gutes Opalisieren, bläulicher Farbton.

Bilderstein: (picture stone) Manche Opale sehen in ihrer Zeichnung aus wie Blüten oder Gesichter. Der Phantasie sind keine Grenzen gesetzt.

Boulder Felsopal: Opal mit Muttergestein

Boulder Opal Full Face: Eine fast komplette Edelopalschicht überzieht den Stein mit ganzflächiger Farbe.

Boulder Gem Opal: Kleine funkelnde Boulder Opale von bester Schmuckqualität.

Dentridenopal: Opal mit schöner Zeichnung.

Doublette: Opalschicht auf Untergrundmaterial geklebt.

Feueropal: Orangefarbiger Opal mit wenig bis keiner Opalisierung.

Fossilien: Opalisierte Fossilien wie Muscheln, Tintenfische oder Knochen von Dinosauriern.

Gemeiner Opal: Opal ohne Farbenspiel.

Gilson Opal: Imitation mit allerdings sehr gutem Opalisieren.

Grey Opal: Grundmaterial ist mit weißlichen Materialien verunreinigt. Häufigste Form, in der Opale vorkommen.

Opal mit wunderschöner Musterung

Gel (Jelly) Opal: Grauer Kristallopal mit flitterähnlichen Farbflecken im Innern.

Holzopal: Fossiles Holz, das bei der Versteinerung mit Opal angereichert wurde.

Hyalit: Wasserheller Opal.

Hydrophan: In trockenem Zustand ein unscheinbarer, weißlicher Stein. Legt man ihn ins Wasser fängt er an zu Schillern und Funkeln.

Kieselgur: Einzeller, die ihr Gehäuse aus Opalsubstanz aufgebaut haben.

Kristall Opal: Sehr klares Grundmaterial mit starkem Farbenspiel. Die Farbflächen sind bis tief in den Stein hinein sichtbar. (1.000.- bis 5.000.- Dollar pro Karat).

Matrix-Opal: Opale, die auch nach dem Schleifen noch in ihrem Muttergestein sitzen.

Mintabie Opal: Graues Basismaterial aus Mintabie (Australien).

Opalisieren: Farbenspiel der Edelopale, hervorgerufen durch Beugung des Lichtes.

Opaleszenz: Milchig trübes Aussehen der meisten Opale. Licht, das durch einen Stein fällt, bekommt einen gelb-rötlichen Schimmer.

Pipe Opal: Röhrenförmige Hohlräume im Muttergestein, die mit Edelopal gefüllt sind.

Potch: Opal ohne Farbenspiel. 90 Prozent aller gefundenen Opale sind „Potch". Bei vielen sind die Kristallkügelchen nicht richtig angeordnet oder sie sind verunreinigt.

Solide: Der Stein besteht nur aus Opalmaterial.

Tripplette: Hauchdünne Schicht Opal auf schwarzes Glas geklebt. Gut für Modeschmuck.

Muster im Opal:

Harlekin: Gleichmäßig geometrische Anordnung der Farbflächen, sehr selten, sehr teuer.

Pinfire: Stecknadelgroße Punkte des Farbenspiels

Flashfire: Größere Farbenflächen als Pinfire

Rolling Flash: Beim Bewegen des Opals, rollt das Farbenspiel über die Oberfläche.

In Australien wurden Ende des 19. Jahrhunderts zwar die meisten Opale gefunden geschliffen wurden sie allerdings woanders. In Kirschweiler, einem Dorf im Idar-Obersteiner Bezirk wurden bis zum ersten Weltkrieg 70 bis 80 Prozent der gesamten australischen Funde geschliffen.

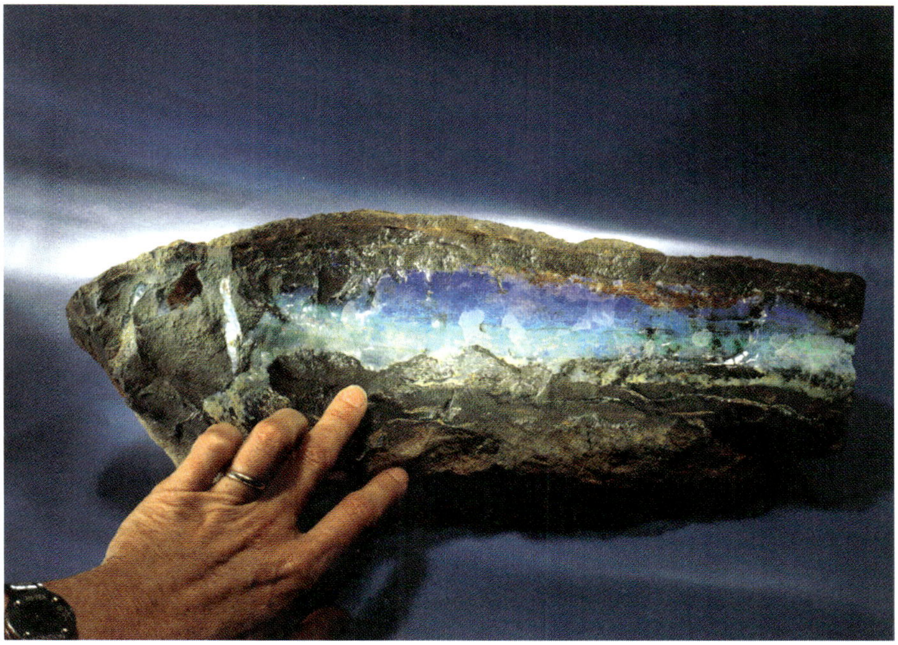

Riesen Boulder-Opal 35 x 15 x 20 cm; Quilpie, Queensland, Australien

Opal

Mineralklasse: Oxide

Chemie: $SiO_2 *nH_2O$

Mohshärte: 5,5 bis 6,5

Dichte: 2,1 bis 2,2

Kristallsystem: amorph

Astrologie: Fische, Krebs, Schütze, Widder

Wichtige Vorkommen: Australien, USA, Mexiko, Island, Neuseeland

Wirkung auf die Psyche: Soll Positives und Negatives aufnehmen, Freude, Klarheit und Intuition geben, Angst und Depressionen lindern.

Wirkung auf den Körper: Soll gut sein für den Magen, die Verdauung, gegen Magenschmerzen, kräftigt Herz und Kreislauf, fördert Bildung der Blutkörperchen.

Pflege: Öfters ins Wasser legen, damit er sein Farbenspiel nicht verliert, nicht zu lange an die Sonne legen, da er sonst austrocknen kann.

Peridot

Der Peridot hat es in sich. Er soll beruhigend wirken, die Sehkraft stärken und gleichzeitig Verdauungsstörungen beseitigen - ein Tausendsassa wie er im Buche steht. Nebenbei versteckt er sich hinter den Namen Chrysolith und Olivin. Attraktiv macht ihn als Schmuckstein in erster Linie seine Art der Lichtreflexion, die sogenannte, beim „Isländer Doppelspat" erstmals beobachtete Doppelbrechung.

Dies schien schon den Ägyptern gefallen zu haben, die sich liebend gerne mit ihm schmückten. Gefunden wurde der Peridot in der Antike in erster Linie auf der Insel Seberged im Roten Meer, von wo ihn im Mittelalter Kreuzfahrer in größeren Mengen nach Europa brachten. So konnte er seinen Siegeszug, vor allem im Barockzeitalter, antreten, ehe er für lange Zeit in Vergessenheit geriet. In den letzten Jahren hat er sich allerdings wieder nachhaltig in Erinnerung gebracht.

Leider sind die Minen im Roten Meer mittlerweile erschöpft, aber es gibt andere Fundstätten in Myanmar, Brasilien, Mexiko oder USA.

Interessant ist, dass der Peridot, der sich immerhin als Schutzstein auf dem Brustschild von Moses bei dessen Kampf gegen die Ägypter befunden haben soll, bei Griechen und Römern nahezu unbekannt zu sein schien.

Sie hielten den Peridot - so haben Nachforschungen ergeben - schlicht und ergreifend für einen Topas. Kein Wunder also, dass er nirgends Erwähnung findet.

Interessant ist natürlich auch, was Hildegard von Bingen vor rund 1000 Jahren über ihn zu berichten wusste, bei ihr hieß er noch Chrysolith:

„Der Chrysolith wächst unter dem Einfluss der Sonnenglut und der Luftfeuchtigkeit nachmittags um die neunte Tagesstunde. Er hat im allgemeinen eine sozusagen belebende Kraft in sich. Daher würde das Junge von einem Schaf oder einem anderen Tier durch seine Kraft so gestärkt werden, dass es bereits vorzeitig beginnen würde, sich fortzubewegen, wenn der Stein bei der Geburt in der Nähe läge.

Wenn jemand Fieber hat, soll er Wein erhitzen und den Chrysolith über den Dampf von dem Wein halten, damit sich seine Ausdünstung mit dem Wein vermische. Den so erwärmten Wein soll er trinken und den Stein eine knappe Stunde in den Mund nehmen. So soll er oft verfahren, und es wird ihm besser gehen."

geschliffener Peridot

Statt im Mund wird der Peridot heute natürlich lieber um den Hals, am Ohr oder Finger getragen. Mit einer Härte von 6,5 ist er nicht allzu hart, gehört aber zu den Edelsteinen, die nur in einer Farbe auftreten. Beim Peridot handelt es ich um ein Silikat, in dessen Struktur gewöhnlich Magnesium und Eisen zu gleichen Teilen auftreten. Je mehr Eisen ein Peridot allerdings enthält, desto kräftiger wird seine grüne Farbe. Gefunden wird er vor allem in vulkanischen Gebieten, selbst in der Eifel kann man Glück haben.

Sensationelle Vorkommen wurden vor ein paar Jahren aus dem Kaschmirgebirge in Pakistan gemeldet, wo in über 5.000 Metern Höhe unglaublich ergiebige Minen entdeckt worden sind, mit ungewöhnlich großen Kristallen von klarer grüner Farbe.

Interessante Peridote stammen auch aus Russland, aus einem 1776 in Sibirien entdeckten Meteoritenkrater. In der Tat hat man in vielen Steinmeteoriten Peridote gefunden. Nach dem heutigen Stand der Forschung handelt es sich bei den meisten Meteoriten um Überreste eines großen Planeten, der in seiner Zusammensetzung der Erde sehr ähnlich war, sich wohl zwischen Mars und Jupiter bewegt hatte und vor Urzeiten zerfiel.

Seither jagen seine Bruchstücke durch den Weltraum. Gelangen diese zur Erde, werden sie beim Flug durch die Atmosphäre oberflächlich erhitzt. Es entstehen Schmelzerscheinungen, die den Stein als Meteoriten identifizieren. Der Peridot ist also nicht nur ein Erdenbürger.

Noch heute rätseln viele darüber nach, woher der Peridot seinen Namen hat. Die einen meinen, er kommt aus dem Arabischen und bedeutet dort „Edelstein", andere leiten Peridot vom griechischen Wort „peridona" ab, was soviel bedeutet wie „gleichmäßige Energie".

Wer sich Prachtexemplare anschauen möchte, muss weit reisen. Zwei wegen ihrer un-

Peridot Rohsteine und Peridot geschliffen

Peridot

Mineralklasse: Silikate

Chemie: $(Mg,Fe)_2\ (SiO_4)$

Mohshärte: 6,5 bis 7

Dichte: 3,27 bis 4,20

Kristallsystem: rhombisch

Astrologie: Löwe

Wichtige Vorkommen: Böhmen, Brasilien, Australien, Norwegen, Pakistan, Mexiko, USA, Russland

Wirkung auf die Psyche: Soll positive Lebenseinstellung schenken, negative Gefühle wie Neid oder Egoismus sollen zum Positiven gewendet werden.

Wirkung auf den Körper: Soll vor allem die Organe im Brustbereich schützen, in erster Linie Herz, Lunge und Thymusdrüse, aber auch das Verdauungssystem.

Pflege: Regelmäßig an der Sonne oder in einer Bergkristallgruppe aufladen.

gewöhnlichen Größe (319 und 289 Karat) und wunderschönen Färbung gerühmte Steine, die voraussichtlich aus Birma stammen, können in der Smithsonian Institution in Washington bewundert werden.

Gleich 954 Peridote sind im Topkapipalast in Istanbul zu sehen, einem ehemaligen Harem, das heute als Museum dient. Hier steht der weltberühmte Sultansthron, den die Herrscher zu ihren Krönungsfeierlichkeiten benutzt hatten. Er ist 173 Zentimeter breit und besteht aus massivem Nussholz, das vollständig mit Blattgold verkleidet ist. Dafür mussten 80.000 Golddukaten eingeschmolzen werden. Er wiegt rund 250 Kilogramm und ist, wie schon erwähnt, mit 954 grünen Edelsteinen geschmückt.

Platin-Kristalle; Konder bei Nelkan, Jakutien/Sibirien, GUS

Platin

Was hat nun ein Metall mitten unter all diesen Edelsteinen und Mineralien zu suchen? Gute Frage sicherlich. Aber das Platin hat schließlich die gleiche Daseinsberechtigung in einem solchen Buch wie Gold, Silber oder Kupfer und dafür gibt es viele Gründe.

Der Name Platin wird vom Spanischen „platina" abgeleitet, was soviel heißt wie „kleines Silberkörnchen" oder „Silberblättchen". Das kam so: 1732 wollte die französische Akademie der Wissenschaften die genaue Form und Größe der Erde ermitteln. Zu diesem Zwecke schickte sie zwei Expeditionen aus, eine nach Lappland, die andere unter der Führung der jungen spanischen Seeoffiziere und Astronomen Don Antonio de Ulloa (1716-1795) und Don Jorge y Santacilia (1719-1773) nach Ekuador, die Südamerika über zehn Jahre lang bereisten.

De Ulloa berichtete 1748 bei seiner Rückkehr nach Madrid, in Kolumbien ein Metall entdeckt zu haben, das nicht abgebaut werden könne, da es nicht leicht sei, es zu zerbrechen oder zu zerkleinern, geschweige denn sich von Feuer bezwingen lassen. Von ihm stammt wohl der Name „platina". (ursprünglich „platina del pinto" - Silberblättchen aus dem Fluß Pinto)

Platin wurde allerdings schon früher entdeckt. Metallurgische Untersuchungen altägyptischer Schmuckstücke ließen neben Gold Spuren von Platin erkennen. Man kann davon ausgehen, dass dieses eher zufällig mitverarbeitet worden war, zumal sich die Spuren in den nächsten Jahrtausenden wieder verloren.

Anders sah dies in Südamerika aus. Vor allem an den Küsten Ekuadors fand man Kunstgegenstände vorkolumbianischer Zeit aus Gold-Silber-Platin-Legierungen. Viele der alten Indios hielten allerdings Platin für jugendliches Gold, das noch seiner Reife harrte und beförderten es deshalb aus ihren Goldpfannen wieder zurück in die Fluten der Flüsse, um ihm Gelegenheit zu geben, sich weiter zu entwickeln.

Diejenigen, die sich dennoch entschlossen, das Platin weiterzuverarbeiten, sahen sich mit der Schwierigkeit konfrontiert, genügend Hitze für das Schmelzen produzieren zu können. Aus diesem Grund erfanden die Indianer eine Technik, die man heute als Pulvermetallurgie bezeichnet.

Die damaligen Goldschmiede, Meister ihres Faches in jeglicher Hinsicht, vermischten Platinkörner mit Goldstaub und erreichten mit abwechselndem Erhitzen und Hämmern, dass die beiden Metalle fest miteinander verbunden wurden. In einigen Schmuckstücken wurde der Kontrast dadurch besonders hervorgehoben.

Der italienische Medicus, Philosoph und Humanist Julius Caesar Scaliger (1484-1558), schrieb 1557 über ein mysteriöses weißes Metall, das spanische Eroberer den Mayas geraubt hätten und das sich allen Schmelzversuchen bisher erfolgreich entziehen würde.

Es wurde also schnell erkannt, dass es sich hierbei um ein Metall handelte mit besonderen Eigenschaften und dass dieses keinesfalls von minderer Qualität sein konnte, auch wenn es noch lange zur Verfälschung von Goldmünzen benutzt wurde.

1779 gelang es dem Wissenschaftler Franz Carl Achard als Erstem, Platin zu schmelzen, indem er es mit Arsen vereinigte und letzteres durch das Schmelzen mit Sauerstoff wieder austrieb. Er erhielt einen Platinschwamm, den er durch Schmieden in der Schweißhitze verdichtete. So wurde aus der schwammigen Masse ein dehnbares Metall. Das Achard-Verfahren wurde bei der Herstellung von Platin noch bis ins Jahr 1810 verwendet.

1803 entdeckten Dr. William Hyde Wollaston (1766-1828) und Smithson Tennant (1761-1815) bei der Platinanalyse, dass es noch andere Metalle im Platin gibt, die sogenannten Platingäste Palladium, Rhodium, Iridium, Osmium. Später kam dann auch noch das Ruthenium hinzu.

In den folgenden Jahren erkannte man, dass es sich bei Platin um ein chemisches Element im Periodensystem handelte und gab ihm das Symbol Pt mit der Ordnungszahl 78. (Schmelzpunkt 1769 Grad Celsius)

Langsam aber sicher beschäftigten sich auch einige Künstler mit dem Neuling auf dem europäischen Markt. Die Erzdiöziese von Philadelphia besitzt heute noch einen Platin-Messkelch, ein Geschenk Karls III. von Spanien an Papst Pius VI. Im Metropolitan Museum ist zudem eine Zuckerdose von Marc Etienne Janey zu bewundern, dem Hofgoldschmied Ludwig des XIV. von Frankreich.

Eine wissenschaftliche Sensation schaffte 1805 der deutsche Chemiker Johann Wolfgang Döbereiner (1780-1849), einer der Pioniere beim Erstellen eines Periodensystems. Der Sohn eines Kutschers, der 1810 auf Vermittlung von Johann Wolfgang von Goethe Professor an der Universität in Jena wurde, konzipierte das „Döbereiner-Feuerzeug“, mit dem es ihm gelang, Wasserstoff unter Luftzufuhr und dem Katalysator Platin zu entzünden.

Schließlich bediente sich auch kein Geringerer als Thomas Alva Edison (1847-1931), mit knapp 1.300 Patenten, darunter Telefon und Filmkamera, einer der bedeutendsten Erfinder der modernen Geschichte, des neuen Metalls. 1879 baute er die erste funktionierende Glühbirne unter Verwendung von Platinelektroden.

Russland gab im 19. Jahrhundert - nach großen Platinfunden im Ural (der größte Klumpen soll 15 Kilogramm schwer gewesen sein) - sogar einige Jahre lang Rubelmünzen aus Platin heraus, die allerdings wieder eingezogen wurden, denn der Wert des Platins überstieg einige Jahre lang den des Goldes um gut das Achtfache.

Dafür, dass das Platin allmählich in die große weite Welt des Schmucks Einzug hielt, sorgte 1853 die Firma Cartier, die danach endgültig zu Weltruhm kam.

Heute ist das Platin ein Metall, das aus dem modernen Leben nicht mehr wegzudenken ist. Es gibt kaum einen Anwendungsbereich, in dem Platin nicht aufzufinden wäre. Bestens lässt sich dies bei beyars.com nachlesen: Platin wird in der Industrie überall dort gebraucht, wo Metalle auf keinen Fall korrodieren dürfen, wie beispielsweise bei hochbelasteten Kontakten in der Elektrotechnik und Elektronik, dort, wo Katalysatoren chemische Prozesse in Gang setzen müssen, ohne selbst daran teilzunehmen, wie in der Petrochemie, der Autoherstellung und bei der Düngemittelproduktion.

Platin ist vor allem auch dort wichtig, wo Menschenleben gerettet werden können, wie bei Herzschrittmachern und Gehirnsonden oder weniger dramatisch in der Dentaltechnik, denn Goldzähne erhalten ihre Beißfähigkeit durch Zugabe von Platin in der Legierung. Der große Vorteil des Metalls: Platin besitzt die höchste Organ- und Körperverträglichkeit aller Edelmetalle.

Weitere Eckpunkte, die man über Platin wissen sollte:

- Es kommt 30-mal seltener vor als Gold.
- Es müssen zehn Tonnen Gestein gebrochen werden, um ein Gramm zu gewinnen. Für Gold benötigt man nur drei Tonnen.
- Es lässt sich zu hauchdünnen Folien walzen und zu extrem dünnen Fäden ziehen. Der Rekord liegt bei einem 1/10.000 mm Faden, der damit 750 mal dünner ist, als ein Frauenhaar.
- Es weist nach längerem Gebrauch bezüglich seiner hohen Dichte und Widerstandsfähigkeit keinen Materialverlust auf.

Die größten Mengen an Platin (rund 64 %) werden heute in Transvaal (Südafrika) gewonnen, 29 % stammen aus dem Ural und immerhin noch 6 % aus Ontario in Kanada. Beachtlich hält sich mit 1 % auch Kolumbien, das Land, aus dem die ersten Exemplare nach Europa kamen.

Platin

Mineralklasse: gediegene Elemente

Chemie: Pt

Mohshärte: 4 bis 4,5

Dichte: 21,4

Kristallsystem: kubisch

Astrologie: Skorpion, Fisch

Wichtige Vorkommen: Südafrika, Russland, Kanada, Borneo, Äthiopien, Kolumbien, Australien, Finnland, Irland

Pyrit

Rund 40.000 Jahre ist es nun her, dass der homo sapiens Einzug in Europa hielt. Es war zwar schön in Afrika, aber Neugier und Abenteuerlust ließen einige Stämme aufbrechen. Unter anderem ließen sie sich in Südfrankreich nieder und gelten nach Knochenfunden in gleichnamiger Höhle seither als Cro-Magnon-Menschen. Bei ihren Streifzügen stießen sie auf die europäischen Ureinwohner, die Neandertaler, deren Familienverbände, schlechter organisiert und bewaffnet, sich im Laufe der nächsten Jahrhunderte von der Bildfläche verabschiedeten. Der moderne Mensch startete von nun an den Versuch, sich die Erde untertan zu machen.

Funde beweisen, das der Cro-Magnon schon früh in der Lage war, Feuer nicht nur zu beherrschen, sondern auch zu erzeugen. Das Steinzeitfeuerzeug war einfach. Die Urmenschen sammelten ein messinggelbes Mineral-Pyrit - und hämmerten solange mit einem Feuerstein darauf herum, bis die Funken sprühten. Diese wurden mit trockenem Gras aufgefangen und schon loderten die Flammen.

Ein Edelstein, der um den Hals getragen nicht nur gut aussah, sondern auch noch mit seinen Eigenschaften für mehr Komfort im täglichen Leben sorgte. Wie der Cro-Magnon den Stein nannte, ist leider nicht bekannt, doch 50 nach Christus war es der griechische Arzt Dioskurides, der ihn Pyrit nannte, abgeleitet vom griechischen „pyrites“, was soviel wie „Feuerstein“ bedeutet, da er beim Anschlagen mit Stahl oder eben einem Feuerstein Funken entwickelte und zugleich dabei stark nach Schwefel zu riechen begann.

Damit setzte allerdings ein Verwirrspiel sondersgleichen ein, denn in der Antike wurden von nun an auch andere Mineralien als Pyrit bezeichnet, die etwas mit Feuer zu tun hatten. Plinius schrieb beispielsweise in seiner „Historia naturalis“ von einem silberweißen Stein und meinte damit - so wird vermutet - den Chalkopyrit.

In Griechenland und im alten Rom hielt man ihn für ein Heilmittel, das die Eiterung des Blutes verhindern oder heilen sollte. Die Inkas stellten aus dem metallisch glänzenden Stein Spiegel her, die als große Pyrit-Tafeln in einigen Gräbern gefunden wurden. Er wurde deshalb auch der „Stein der Inkas“ genannt.

Die Unsicherheit um den Pyrit dauerte bis ins ausgehende Mittelalter, als selbst anerkannte Gelehrte wie Agricola (1494-1555), der Begründer der Bergbauwissen-

Pyrit

schaften oder der bekannt Alchemist Johann Friedrich Henkel (1679-1744) mit Pyrit ebenso den Arsenopyrit, den Chalkopyrit, Schwefelkies oder Eisenkies meinten. Auch der Name Katzen- oder Narrengold kam auf, da viele Forscher meinten, beim Pyrit handele es sich um eine Vorstufe auf dem Weg zum begehrten eigentlichen Gold. Erst im 19. Jahrhundert einigten sich die Wissenschaftler darauf, den kubisch geformten, messing-gelben Stein als Pyrit zu bezeichnen. Er ist chemisch gesehen ein Eisensulfid, das zu 46,5 Prozent aus Eisen und zu über 53 Prozent aus Schwefel mit möglichen Spuren aus Nickel, Arsen, Kupfer oder Gold besteht.

Pyrit mit Scheelit (orange-rot); Beresovsk, Ural, Russland/GUS

Im Gegensatz zu Gold ist Pyrit viel härter und mit einem Messer nicht ritzbar, zudem sind die Formen seiner Kristalle sehr vielfältig. Sie reichen von Würfel über Oktaeder bis hin zum Pentagondodekaeder (12 gleichseitige Fünfecke). Pyrit gehört zu den wenigen Mineralien, die in der Lage sind, Strom zu leiten. So war der Pyrit dabei, als sich die Amateurfunkter in Deutschland aufmachten, um sich untereinander über große Entfernungen hinweg zu verständigen.

Die Wiege des Amateurfunks lag damals in den USA und Kanada, wo bereits 1909 Techniker und Telegrafisten mit eigenen Rundfunkexperimenten begannen. Die Krönung erfolgte am 27.11.1923, als die erste Transatlantik-Zweiweg-Verbindung zwischen Hartford (USA) und Nizza (Frankreich) zustande kam. Inzwischen hatte sich auch in Deutschland ein Tüftler dieses Themas angenommen. 1919 baute Richard Dargatz eine Empfangsstation, ersuchte beim kaiserlichen Telegrafenbauamt um eine Genehmigung und bekam entschieden mitgeteilt, dass solches nicht gewünscht sei. Dargatz ließ sich nicht entmutigen und forschte mit seinem Schulfreund Werner Slawyk weiter.

Sie bastelten, was das vorhandene Material hergab: Kondensatoren aus Staniol-Zigarettenpapier, Widerstände aus abgebrannten Bleistiften und Drehkondensatoren unter Verwendung von Photoplatten. Als Demodulator dienten Pyrit und Bleiglanz. Heute wissen wir, dass Amateurfunker sich mit ihren Ideen und Frequenzen durchgesetzt haben, natürlich sind auch die Gerätschaften moderner geworden.

Doch der Pyrit war nicht nur in den Kindertagen des Funks anwesend, er soll sogar wesentlich an der Entstehung des Lebens passiv und aktiv beteiligt gewesen sein, wie neueste Forschungen ergeben. So haben Wissenschaftler nachgewiesen, dass Elemente aus gelösten Mineralien, etwa Schwefel, als biologische Moleküle eingebaut wurden. Schutz vor der zerstörerischen UV-Strahlung boten zunächst unzählige winzige Kammern im Gestein. Das alleine reichte aber nicht aus, um Molekülschnipsel zu komplexen Veränderungen zu organisieren. Der aktive Ur-Katalisator, so stellten die Forscher fest, war die elektrisch geladene Oberfläche einiger Mineralien, wie zum Beispiel der „Pyritkristall". Durch die ionisierte Anziehung der Mineralstoffe kam es zur Zwischenlagerung von organischen Molekülen. (Wilfried Louis, die Geschichte der Materie)

Das Ganze geschah wohlgemerkt vor Abermillionen Jahren. Pyrit selbst entstand durch vulkanische Tätigkeit, vor allem in der Tiefsee beim Aufreißen von Erdspalten. Aus diesen entströmte viel Schwefelwasserstoff, der mit im Meerwasser vorhandenen Eisenionen zu Sulfiden reagierte. Daraus entstand in den Gesteinsablagerungen im Laufe der Zeit Pyrit.

Eine häufig gefundene Vorstufe des Pyrits ist der sogenannte Markasit, der wegen seiner nadeligen Kristallform auch „Speerkies" genannt wird. Im Gegensatz zum kubischen Kristallsystems des Pyrits ist das des Markasits rhombisch und verwittert relativ schnell und einfach.

Pyrit wird in großen Mengen gefunden und wird heute in erster Linie zur Herstellung von Schwefel und Schwefelsäure benutzt, wobei die chemische Industrie den so gewonnen Schwefel zum Vulkanisieren von Kautschuk, zur Herstellung von Schwarzpulver oder für die Schädlingsbekämpfung einsetzt. Beim Freisetzen des Schwefels bleibt außerdem Eisenoxid übrig, welches für rote Farben, als Poliermittel oder zur Eisengewinnung genutzt wird.

Doch natürlich wurde der Pyrit auch immer als Schmuckstein geliebt und als Heilstein geschätzt. Im Mittelalter entdeckten die Ärzte, dass Pyrit reinigend auf die Körpersäfte wie Blut und Lymphe wirkt und so den Stoffwechsel verbessert und die Versorgung aller Organe mit Energie fördert.

Die Medizinmänner der Indianer nutzen den Pyrit, um Patienten zu heilen und um einen Blick in die Zukunft zu wagen. Vor allem mexikanische Indianer stellten aus Pyrit fein gearbeitete Spiegel her, und mit Hilfe der unscharfen Bilder sagten sie zukünftige Ereignisse voraus. (Avalon´s treasury, Freilassing).

Was Schmuckstücke angeht, sind vor allem die berühmten „Goldschneckli" begehrte Sammelobjekte, Fossilien, bei denen die ursprünglichen Körper und Skelettsubstanz durch Pyrit ersetzt wurde. Ein Phänomen das selbst auf pyrisierte Saurier- und Schildkrötenknochen, Baumstämme, Äste, Blätter und Trilobiten zutrifft.

Pyrit, rundliches Aggregat; Holzen bei Arnsberg, Sauerland

Pyrit

Mineralklasse: Sulfide

Chemie: FeS_2

Mohshärte: 6,5

Dichte: 5

Kristallsystem: kubisch

Astrologie: Skorpion

Wichtige Vorkommen: Australien, Deutschland, Chile, Griechenland, Italien (Elba), Mexiko, Norwegen, Peru, Portugal, Schweden, Spanien, Südafrika, USA.

Wirkung auf die Psyche: Soll als Bollwerk gegen Ängste, Depressionen, Hemmungen, mangelndes Einfühlungsvermögen und Selbstbewusstsein, sowie Nervosität, Prüfungsangst und Stottern wirken.

Wirkung auf den Körper: Soll blutreinigend wirken und gut sein gegen Blutergüsse, Durchblutungsstörungen, Erkältungskrankheiten, Lungenentzündung, Diabetes, Leberentzündung und Unterfunktion, Blähungen, Gastritis, Muskelkater und Rippenfellentzündungen.

Pflege: 20 Minuten in trockenem Meersalz ent-, 20 Minuten im Meersalz in der Sonne aufladen. Nie mit Wasser in Berührung bringen oder lange Zeit direktem Sonnenlicht aussetzen.

Quarz

In der Antike bezeichneten die Gelehrten alles was wie Quarz aussah als Kristall. Dieser Begriff wiederum leitete sich vom griechischen „crystallos" ab, was so viel wie Kälte, Frost oder Eis bedeutet. So schrieb Diodorus (1. Jahrhundert vor Christus), dass Kristallsteine aus reinem gefrorenen Wasser entstehen und Plinius der Ältere (23-79 n. Chr.), der es sich zur Aufgabe gemacht hatte, das Wissen seiner Zeit zusammenzutragen, sprach davon, „dass durch Verdichtung des Eises bei intensiver Kälte Kristalle entstehen, die man nur da findet, wo vorzüglich der Winterschnee erstarrt."

Diese Vorstellung überdauert erstaunlich lange und selbst im 17. Jahrhundert gab es noch einige kluge Köpfe, die diese Behauptung kritiklos übernahmen. Anderen fiel allerdings auf, dass bei Erhitzen Eis zu Wasser wird, während Kristalle eher zerspringen.

Das Wort Quarz tauchte erstmals im 14. Jahrhundert im sächsischen Bergbau auf. Man verstand unter „Quaterz" oder „Qvertz" ein taubes Erz ohne Metallgehalt. Der Begriff Quarz stand also zu Beginn nicht für Kristall, das kam später. Erst Georgius Agricola (1494-1555) bezeichnete den Bergkristall als Quarz.

Erstaunlich also wie lange dies gedauert hat, wurden Quarze doch schon seit Beginn der Menschheit als Werkzeug benutzt. Sie dienten als Waffen, Bohrer, Messer, Pfeilspitzen, Hämmer und Kratzer. Bergkristalle wurden bei Jägern der Altsteinzeit gefunden, auch viele bronzezeitliche Gräber belegen, dass Quarze heiß begehrt waren.

Quarze haben seit je her eine große magische Bedeutung. Bergkristalle wurden um den Hals getragen, Amethyste zu Skarabäen geschliffen und vor allem den Wahrsagern und Wahrsagerinnen des Mittelalters dienten Quarzkugeln, um in die Zukunft blicken zu können. Dass Quarzkristalle auch bei den indianischen Völkern von großer mystischer Bedeutung waren, zeigen die legendären Kristallschädel, die in verschiedenen Museen bewundert werden können.

Quarz rot; Prov. Guangdong, China, Slg. Marcus Budil

Quarz ist eine der kristallinen Formen von Siliziumdioxid (SiO_2). Zu ihm werden viele Mineralien und Edelsteine gerechnet, die verschiedenste Farben aufweisen können. Zu den Quarzen gehören unter vielen anderen: Achat, Amethyst, Bergkristall, Carneol, Chrysopras, Citrin, Eisenkiesel, Heliotrop, Jaspis, Milchquarz, Moosachat, Onyx, Opal, Prasem, Rauchquarz, Rosenquarz, Saphirquarz, Sarder und auch das Tigerauge.

Beim Quarz liegen einige Modifikationen vor wie Chalzedon, Coesit, Cristobalit, Stishovit und Tridymit. Unter Modifikationen versteht man verschiedene Kristallstrukturen einer Substanz. Sie sind aus den gleichen Atomen aufgebaut, unterscheiden sich aber in der räumlichen Anordnung ihres Kristallgitters und haben somit natürlich auch unterschiedliche Eigenschaften.

Chalcedon ist eine der kryptokristallinen Variationen des Quarzes und hat einen wächsernen Glanz. Chalzedone sind bekannt als Carneol oder Sarder, Achat oder Onyx. Die grüne Vielzahl, die durch Nickeloxid gefärbt ist, nennt man Chrysopras oder Plasma. Plasma wiederum wird manchmal mit kleinen Jaspis-Punkten gefunden, die Bluttropfen ähneln, weshalb diese wiederum auch Blutstein oder Heliotrop (Blutjaspis) genannt werden.

Coesit ist eine Hochdruckmodifikation des Minerals Quarz und kann wie auch Stishovit und Suevit durch Einschlag von Meteoriten entstehen. Coesit wurde erstmals 1960 in einem Meteorkrater in Arizona nachgewiesen. Inzwischen hat man Coesit auch als Einschluss in Granat entdeckt.

Cristobalit kommt häufig als Tiefsee-Sediment vor. Es sind dies mikroskopisch kleine Kristalle, aus denen teilweise auch der Flint besteht.

Quarz ist ein sehr häufig vorkommendes Mineral. Der Suevit (abgeleitet vom lateinischen „suevia" = Schwaben) ist wiederum ein Gestein, das durch den Aufschlag eines Himmelkörpers entstanden ist. Daher wird der Suevit auch gerne im Nördlinger Ries gefunden, das durch einen Meteoriteneinschlag in grauer Vorzeit entstanden ist.

Quarz, das rund 12 Prozent der Erdkruste ausmacht, tritt häufig in magmatischen und metamorphen Gesteinen auf, sowie in Sandsteinen und Kreidekalken, organischen Ursprungs.

Quarze werden heute vielfältig angewendet. Achat, Amethyst, Citrin, Opal, Rosenquarz und Bergkristall, andere Variationen natürlich auch, sind äußerst gerne in der schmuckverarbeitenden Industrie gesehen.

Reiner Bergkristall wird zu optischen Prismen und Linsen geschliffen, auch Gefäße aller Art werden daraus hergestellt, da der Quarz nur mit äußerst wenigen Chemikalien reagiert.

Durch die piezoelektrischen Eigenschaften des Quarzes ist er aus der Elektronik nicht mehr wegzudenken. Der Effekt der Piezoelektrizität beschreibt das Zusammenspiel von mechanischem Druck und elektrischer Spannung in Festkörpern, wobei eine elektrische Spannung abfällt. Dadurch können Schwingquarze produziert werden, die bei Anlegen einer elektrischen Spannung in einer festen Frequenz schwingen (ähnlich einem Pendel). Der Bau von sehr genau gehenden Quarzuhren wurde auf diese Art und Weise möglich.

Rauchquarz mit Rutil-Einschlüssen

Quarz

Mineralklasse: Oxide

Chemie: SiO_2

Mohshärte: 7

Dichte: 2,65

Kristallsystem: trigonal

Wichtige Vorkommen: überall auf der Welt, großartige Stücke stammen aus Italien (Carrara), Schweiz, Madagaskar, Brasilien, Spanien, USA

Eine Quarzuhr ist also eine Uhr, deren Taktgeber kein mechanisches Pendel, sondern ein elektronischer Schwingkreis ist und dessen Frequenz mit Hilfe eines Schwingquarzes besonders genau eingehalten wird.

Erfinder der Quarzuhr war 1927 der kanadische Telekommunikations-Ingenieur Warren Marrison. Wenig später, 1932, gelang dies auch in der „Physikalisch-Technischen Reichsanstalt in Berlin Adolf Scheibe (1895-1958). Mit Hilfe dieser Quarzuhr fanden er und Udo Adelsberger heraus, dass sich die Erde ungleichmäßig dreht. Die Umdrehungsgeschwindigkeit der Erde ist jahreszeitlich verschieden lang. Im Frühling hinkt sie um 0,03 Sekunden nach, im Herbst holt sie das wieder auf und geht 0,03 Sekunden vor.

1969 produziert Seiko in Japan die erste Quarz-Armbanduhr für den Massenmarkt. Heute gehören Quarzuhren zum Alltag. Quarze braucht man zudem noch in der Mess- und Nachrichtentechnik, beim Richt- und Satellitenfunk sowie in Rundfunk-, Fernsehgeräten und in Computern.

Auch viele Organismen verwenden Quarz als Bausteine für ihre Skelettteile wie Radiolarien, Kieselalgen oder Kieselschwämme.

Rhodochrosit

Der Rhodochrosit gehört zu den Steinen, die schon seit Jahrhunderten verehrt, geliebt und bewundert werden - überall auf der Welt - nur nicht in Europa. Hier kreuzte er relativ spät auf und wurde erst 1950 offiziell als Edelstein anerkannt. Zuvor wurde er - für Europäer wohlgemerkt - erstmals 1938 in einer mexikanischen Silbermine gefunden, die Bewunderung war rießengroß.

Die Sensation war also perfekt, doch darüber konnten die Nachfahren der Azteken und Inkas die den Feldzügen der spanischen und portugiesischen Eroberer entkommen waren, nur lächeln, denn der Rhodochrosit gehörte seit alters her zu den heiligsten Schutzsteinen ihrer Vorfahren und wird deshalb auch Inkarose genannt.

Im indianischen Medizinrad wird er dem Biber zugeordnet. Dieses von den Ahnen überlieferte Medizinrad basiert auf den indianischen Vorstellungen vom menschlichen Leben als einem Kreis aus Geburt, Tod und Wiedergeburt. Dieser Kreislauf ist wiederum eingebettet in den Erdkreis, die Natur und die Welt, die den Menschen umgibt.

Nach diesem kosmischen Verständnis tritt der Mensch an einem bestimmten, von dem jeweiligen Mond, an dem er geboren wird, geprägten Ausgangspunkt in den Kreis ein. Ihm werden in diesem Augenblick spezifische Kräfte, Fähigkeiten, Wesensmerkmale und Verantwortlichkeiten verliehen, die in Symbolen eines bestimmten Tieres oder Minerals ihren Ausdruck finden. Und so gehören, laut Medizinrad, der Biber und der Rhodochrosit eng zueinander.

Der Name Rhodochrosit stammt allerdings nicht aus Mittelamerika, sondern, wie bei so vielen Steinen, aus dem Griechischen, von den Wörtern „rhódon“ für Rose und „chros“ für Farbe ab.

Die schönsten Stücke der „Rose der Inkas“ stammen heute aus Argentinien, aus der Gegend um San Luis, woher auch schon die alten Indianer ihre Steine bezogen haben. Am begehrtesten ist das himbeerrote Exemplar. Der größte je gefundene facettierte Rhodochrosit stammt aus Südafrika, wiegt 59,65 Karat und befindet sich wohlgehütet in privatem Besitz.

Der Rhodochrosit taucht in der Literatur oder auch beim Händler unter den verschiedensten Synonymen auf wie: Braunsteinerz, Dialogit, Dichter Rotstein, Himbeerspat, Kobaltmanganspat, Lacroisit, Manganspat, Parachrosbaryt, Rosenspat, Rosinca, Rotspat, Schokoladenstein, Sphärodialogit, Strömit oder Torrensit. Man sieht, der Fantasie sind hier keine Grenzen gesetzt.

Der Rhodochrosit wird übrigens gerne und häufig mit dem ähnlichen Rhodonit verwechselt. Der Rhodonit gehört allerdings nicht wie die Inkarose zu den Carbonaten, sondern zu den Silikaten und weist häufig, fast immer, schwarze Einlagerungen auf. Auch er ist erst seit kurzer Zeit in Europa bekannt und anerkannt.

Rhodochrosit mit häufig vorkommender schwarzer Außenkruste

Rhodochrosit

Mineralklasse: Carbonate

Chemie: $MnCO_3$

Mohshärte: 3,5 bis 4

Dichte: 3,3 bis 3,7

Kristallsystem: trigonal

Astrologie: Steinbock, Waage, Skorpion, Krebs

Wichtige Vorkommen: USA, Südafrika, Deutschland, Spanien, Frankreich, Russland

Wirkung auf die Psyche: Soll mehr Zufriedenheit und ehrliche Liebe schenken. Vor allem als Kette im Herzbereich getragen soll er vor Depressionen, Hemmungen und Minderwertigkeitsgefühlen bewahren.

Wirkung auf den Körper: Soll Heilwirkung auf die Verdauungs- und Reinigungsorgane des Körpers haben. Der Mangangehalt soll vor allem die Enzyme aktivieren.

Pflege: Ein- bis zweimal pro Monat unter fließendem, lauwarmen Wasser entladen und am Körper wieder aufladen.

Rosenquarz

Es gibt kaum einen Edelstein, der als das Symbol für die Liebe gilt wie der Rosenquarz, schließlich wurde er von Liebesgott Amor, andere nennen ihn Eros, auf die Erde gebracht, um die Leidenschaft der Menschen untereinander zu wecken.

Der Rosenquarz ist eine der begehrenswertesten Varietäten des Quarzes und hat seine Farbe durch eingelagertes Eisen und Titan erhalten. Besonders begehrte Stücke weisen einen Sterneffekt auf, auch Asterismus genannt, der dann am besten zur Geltung kommt, wenn Licht durch den Stein hindurch scheint. Dieser Effekt entsteht, wenn sich Rutilnadeln innerhalb des Steines befinden.

Rutil (der Name kommt vom lateinischen „rutilus"= rot) ist ein Oxid-Mineral, das durchaus auch in massiver Form vorkommen kann und mit 60 Prozent Metallgehalt zu den wichtigsten Titanmineralien gehört. Allerdings interessieren sich die meisten Edelsteinliebhaber eher für die Rutilnädelchen, die auch liebevoll als Venushaar bezeichnet werden.

Bis Ende des 18. Jahrhunderts galt der Rutil noch als Turmalin, ehe Abraham Gottlob Werner (1749-1817) dem ein Ende machte.

Rosenquarz; Taquaral, Brasilien

Er galt als einer der geachtetsten Mineralologen seiner Zeit und wurde zum Begründer der Geognosie, der Lehre von der Struktur und dem Bau der Erdrinde.

Der Rosenquarz ist ein naher Verwandter von Amethyst, Bergkristall, Citrin oder auch Rauchquarz und mindestens ebenso begehrt. Ausgrabungen haben belegt, dass der rosa Stein schon von den alten Persern geliebt wurde, denn in der Nähe von Susa wurden neben einer der ältesten Schriften der Menschheit, der 3.000 Jahre alten protoelamischen, auch viele Rosenquarz-Siegel gefunden.

Ansonsten wird Rosenquarz gerne als Ornamentstein benutzt oder zu Kugeln, Pyramiden, Obelisken oder Figuren geschliffen, auch wenn er ab und an etwas trübe erscheint und nur wenige Stücke klar und kraftvoll sind. Er kommt nur äußerst selten als vollkommen durchsichtiger Einzelkristall vor.

Wenn man einen Rosenquarz stark erhitzt, verliert er seine Farbe, unter Röntgenstrahleinwirkung dagegen wird er dunkler.

Man kann ihn vielerorts finden, in Deutschland - wenn auch seltener - genauso wie in Indien oder in den USA. Die schönsten Stücke stammen allerdings aus den Minen in Brasilien.

Dendriten in Rosenquarz

Symbolisiert ein Stein die Liebe, wie es der Rosenquarz tut, so werden ihm natürlich auch alle möglichen Eigenschaften nachgesagt. So soll er sich als treuer Helfer bei spiritueller Entfaltung, bei Heilungsprozessen und in Liebesbeziehungen bewährt haben. Für viele stellt er den Stein dar, der, auf dem Nachttisch abgestellt, nicht nur für gesunden Schlaf und Stressabbau, sondern gleichzeitig auch noch für die Lösung sexueller Probleme sorgen soll. Unter das Kopfkissen gelegt lindert der Rosenquarz Depressionen und Liebeskummer und Kinder im heranwachsenden Alter unterstützt er darin, ihre zarten Seelen zu beschützen. Ein Edelstein also, in den viel Vertrauen gesetzt wird.

Rosenquarz

Mineralklasse: Oxide

Chemie: SiO_2

Mohshärte: 7

Dichte: 2,65

Kristallsystem: trigonal

Astrologie: Stier, Krebs

Wichtige Vorkommen: Brasilien, Deutschland, Mexiko, Russland, Schottland, Schweiz, Uruguay, USA, Madagaskar

Wirkung auf die Psyche: Soll den Sinn fürs Schöne schärfen, Lebensfreude erhöhen, für Verliebtheit sorgen, Selbstvertrauen stärken, Ängste abbauen.

Wirkung auf den Körper: Soll Herzinfarkt, Thrombosen, Anämie vorbeugen, den Kreislauf anregen und die Regeneration der Haut beschleunigen.

Pflege: Der Stein sollte einmal pro Woche unter fließendem Wasser gereinigt werden.

Rubin

Es gibt viele Bücher über Mineralien und Edelsteine, in denen wird der in seinem Aussehen äußerst bescheidene Korund erst gar nicht abgehandelt. Der Experte weiß, dass er kleine Kristalle ausbildet, die aus zwei sechsseitigen Pyramiden bestehen und die an ihren Unterseiten miteinander verbunden sind. Schön und gut, was sollte nun den Korund dennoch interessant machen? Seine große Härte und seine Einsatzmöglichkeiten als Schleifmittel. Schmirgelpapier beispielsweise besteht zu großen Teilen aus Korund.

Dieses kristallisierte Aluminiumoxid ist schon seit der Antike bekannt und wurde vor allem auf der griechischen Insel Naxos abgebaut. Nun käme niemand auf die Idee, den Korund in die Nähe eines Edelsteins zu rücken, hätte er nicht zwei Familienmitglieder, die seit Jahrtausenden Frauen- und Männerherzen in Entzücken versetzen - Rubin und Saphir! Und schon wird die „korunde" Welt mit ganz anderen Augen betrachtet.

Der Rubin braucht sich, was die Kostbarkeit angeht, hinter keinem anderen Edelstein der Welt zu verstecken - auch hinter dem Diamanten nicht. Rubine finden sich in den verschiedensten Rottönen, von rosa bis zum dunklen Purpur. Am begehrtesten sind allerdings die Steine, die über ein sattes Karminrot, das sogenannte „Taubenblutrot" verfügen. Für solche Exemplare werden schon mal weit über 120.000 Euro für ein Karat auf den Tisch geblättert.

Im Gegensatz zum Diamanten kommt der Rubin nur selten vor. Warum? Er besteht aus aus einem chromgefärbten Aluminiumoxid und es ereignete sich in der Erdgeschichte nur in den wenigsten glücklichen Momenten, dass Chrom, das in der Erdrinde nur in großen Tiefen vorkommt, aufgestiegen ist und in diesem Augenblick auch noch auf sich verfestigendes Aluminiumoxid traf.

Diese sparsam eingesetzte Fügung der Götter vollzog sich vor allem in Asien. Die größten Vorkommen finden wir in Myanmar (ehemals Burma), Kambodscha, Thailand und Sri Lanka. Allerdings wurden auch in Tansania und Australien einige Prachtexemplare entdeckt. In der Vergangenheit galt Indien als das klassische Land der Rubine.

Rubin rot

Rubin in Marmor; Ngoro-Ngoro, Tansania

In Sanskrit heißt Rubin „ratnaraj", was soviel bedeutet wie „König der Edelsteine". Und da sich Gleiches gerne zu Gleichem gesellt, gehören Rubine heute noch zu den Insignien vieler Herrscherhäuser oder werden von den Superreichen zur Schau gestellt.

Allerdings mussten einige vermeintliche Rubinbesitzer in den letzten Jahrzehnten herbe Enttäuschungen erleben. Erwischt hat es das britische Königshaus gleich zweimal, denn sowohl der berühmte „Große Timur Rubin" aus dem Kronschatz, als auch der sich in der Reichskrone („Imperial State Crown") befindliche „Rubin des schwarzen Prinzen" hielten intensiven Nachforschungen nicht stand und entpuppten sich als wunderschöne rote Spinells.

Große Freude herrschte sicherlich bei Russlands Zarin Katharina der Großen (1729-1796), als sie von Schwedenkönig Gustav Adolf den „Großen Rubin" beschenkt bekam, der sich dann allerdings - Jahre später - bei näherem Hinsehen als roter Turmalin zu erkennen gab. Katharina erlebte diese „schwarze" Stunde nicht mehr. Sie starb 1796 kurz nachdem sie versucht hatte, ihre Enkelin Alexandra Pawlowna mit Gustavs Sohn zu verloben.

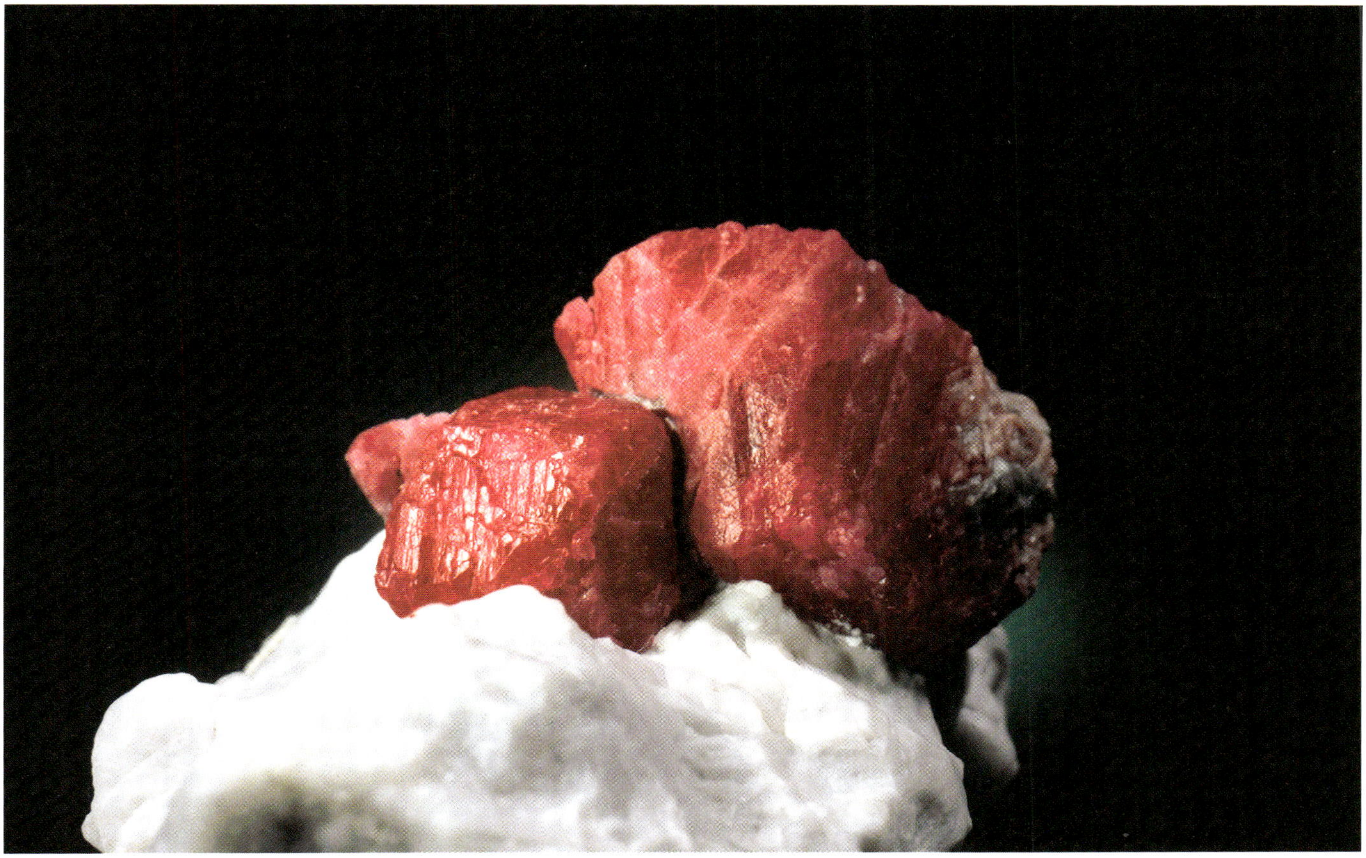

Rubin, rundliche Kristalle in Marmor; Badakshan, Afhanistan

Aber es gibt natürlich auch erstklassige Steine, die allen Prüfungen stand hielten und sich als die wahren „Könige der Edelsteine“ erwiesen. Zu besichtigen ist im British Museum of Natural History in London der legendäre „Edward-Rubin“ mit einem Gewicht von 167 Karat, im Smithsonian Institut in Washington der „Reeves-Sternrubin“ mit 138 Karat und im American Museum of National History der „De-Long-Sternrubin“ mit 100 Karat. Beim Sternrubin hat sich im Stein das Mineral Rutil eingelagert und sorgt für einen Lichteffekt, der in der Fachsprache „Asterismus“ (von griechisch Aster = Stern) genannt wird. Werden nun solche Steine geschliffen, erscheint ein sechsstrahliger Stern, der den Rubin zu einer der kostbarsten Raritäten werden lässt. Überhaupt mindern kleine Rutileinschlüsse den Wert eines Rubins nicht, im Gegenteil - sie belegen dass es sich um einen echten Edelstein und nicht um einen der stark in Mode gekommenen und kaum noch zu unterscheidenden synthetischen Rubine handelt.

Sucht man in Schriften aus dem Mittelalter nach der Nennung von Rubinen, so stößt man hier immer wieder auf den Begriff „Karfunkelstein“. Erschwerend kommt heute hinzu, dass nicht nur Rubine als Karfunkel bezeichnet wurden, sondern auch andere rote Steine wie Spinell, Topas, Granat oder Turmalin. Darum handelte es sich nicht immer um einen Rubin, was als Karfunkel bezeichnet wurde.

Rubin

Mineralklasse: Oxide

Chemie: Al_2O_3 mit Cr, Aluminiumoxid

Mohshärte: 9

Dichte: 3,97 bis 4,04

Kristallsystem: trigonal

Astrologie: Löwe, Widder, Skorpion

Wichtige Vorkommen: Myanmar (ehemals Burma), Thailand, Sri Lanka, Tansania

Wirkung auf die Psyche: Soll die Liebe im Allgemeinen fördern, Kräfte und geistiges Potential stärken, Tapferkeit und Mut fördern und zu kreativem Denken verhelfen.

Wirkung auf den Körper: Soll helfen gegen Viruserkrankungen, Fieber, Gicht, Erkrankungen des Herzens und des Blutkreislaufs, niedrigen Blutdruck erhöhen, Sehkraft und Stoffwechsel fördern, die Nerven kräftigen.

Pflege: Ein bis zweimal monatlich unter fließendem Wasser entladen und ca. zwei Stunden in der Sonne wieder aufladen.

Saphir

Im Jahre 1904 taten sich ein passionierter Rennfahrer und Ballonpionier sowie ein Elektrofabrikbesitzer zusammen und gründeten eine gemeinsame Firma. Der eine hieß Charles S. Rolls der andere Henry Royce. Für viele entwickelten die beiden die besten Automobile, die jemals weltweit über die Straßen gerollt sind. Das vielleicht schönste war eine Auftragsproduktion für seine Hoheit den Maharadscha von Rajkot, der seinen Rolls Royce für Staatsbesuche und wichtige Empfänge nutzte. Er taufte ihn auf den Namen des berühmtesten und größten Sternsaphirs der Welt „The Star of India", den „Stern von Indien".

Ein mystisches Juwel mit 563 Karat, das auch dem Wappen des 1876 gegründeten Britisch-Indischen Kaiserreichs seinen Namen gab: Ein fünfzackiger Stern auf einer Sonne, umgeben von einem Gürtel mit der Aufschrift „Das Licht des Himmels ist unser Führer".

In dieser Zeit waren britische Könige und Königinnen gleichzeitig auch Kaiser beziehungsweise Kaiserinnen Indiens. Dies endete erst mit der Selbstständigkeit des Landes 1950.

Welcher Stein symbolisiert das Licht des Himmels besser als der Saphir? Keiner! Wer den „Stern von Indien" bewundern möchte, kann dies im American Museum of Natural History in New York tun. Hier hat man gleichzeitig auch noch die Möglichkeit, einen weiteren Ausnahmesaphir anzuschauen, den 116 karätigen schwarzen „Mitternachtsstern".

Allerdings sind Funde von weitaus imposanteren Ausmaßen bekannt. 6000 Karat wies ein Riese aus Myarmar auf, sage und schreibe 89.500 Karat ein Brocken, der 1996 auf Madagaskar ans Licht befördert wurde. 89.500 Karat entsprechen ungefähr 17,5 Kilogramm.

Blau, schwarz, rosa, grün, gelb, weiß - Saphire können die verschiedensten Farben aufweisen. Das hängt von der Beimengung von Fremdelementen ab. Für die blaue Farbe beispielsweise sind Eisen und Titanoxid verantwortlich. Tritt das Titanoxid wiederum in Form feinster Rutilnadeln auf, zaubert die Natur die sogenannte „Seide" als silbern glimmernden Schein eines Sternes hervor. Die Sternsaphire.

Erscheint ein Saphir eher violett, ist Vanadium mit im Spiel, dreiwertiges Eisen sorgt für gelbe und grüne Töne, Chrom für rosa Farben. Chrom, Eisen und Vanadium im Dreierpack sind die Mineralien, die für die seltenen Orangetöne sorgen. Solche Saphire werden vollmundig Padparadschas (Lotosblüten) genannt, farblose dagegen eher schnöde Leukosaphire. Alle, ob schön, extravagant oder farblos, gehören aber wie die Rubine zur Korundfamilie.

Irgendwann haben Experten einmal festgelegt, um einem uralten Verwirrspiel ein Ende zu setzen, dass alle farbigen Korunde, die nicht rubinrot sind, Saphire heißen.

Der Name Saphir begleitet die Menschheit seit alters her. Die Griechen nannten ihn, wegen seiner blauen Farbe, „sappheiros", die Römer „saphirus" und die Araber „safir". Allerdings war, wenn in alten Überlieferungen von Saphiren die Rede ist, häufig auch der Lapislazuli gemeint.

Erst um 1700 herum entdeckte der Deutsche Pharmazeut und Chemiker Martin Heinrich Klaproth (1743-1817) die chemische Zusammensetzung des Steins: Al_2O_3 - Aluminiumoxid. Ein Korund also. Klaproth, frei von Studium, Promotion oder Habilitation, wurde auf Vorschlag von Wilhelm von Humboldt zum ersten ordentlichen Professor für Chemie an der neu gegründeten Friedrich-Wilhelm-Universität in Berlin berufen.

Zurück zu den blauen Wundern. In ihrem Buch „Edelsteine - Symbole der Schönheit und Macht" kommen die Autoren Gübelin und Erni über Saphire ins Schwärmen: „Das prächtige Kornblumenblau ist die meistbegehrte Farbe, sanft und fordernd in einem, leuchtend und schmeichelnd zugleich, veredelt durch eine zarte Beimischung königlichen Purpurs.

Kaum weniger gefragt ist der königsblaue Saphir. Ein seidiger Samtschimmer breitet sich über ihm aus, lenkt den Blick in verborgene Tiefen, denen ein kleiner Spritzer Kobalt die Unergründlichkeit von Bergseen verleiht.

An elfenhafter Schönheit nahezu gleichwertig sind die marineblauen Steine, die dramatisch aufblitzen, dennoch von einem warmen Schein erfüllt sind. Sie gleichen kristallisierten Tropfen der tiefblauen Ozeane des Orients.

Damit nicht genug: Die Tönungen schwingen vom opulenten, dunklen Blau des Enzians bis zum kühlen Eisblau, von tanzender, leichtfertiger Azurbläue über helles, vergnügtes Himmelblau bis zum knisternden, erregenden Elektrischblau."

Saphir, spindelförmig; Sri Lanka/Ceylon

Saphir „Skelettkristall"; Ceylon/Sri Lanka

Viel besser kann die Blauvielfalt des Saphirs nicht beschrieben werden. Kein Wunder also, dass Saphire wichtige Bestandteile in den Schätzen der Kaiser und Könige waren und sind. Der Stuart- und der St. Edwards Saphir gehören zum Kronschatz des englischen Königshauses im berühmt berüchtigten Tower in London.

Saphire verschönern auch die wichtigste Krone des Abendlandes, die Reichskrone des heiligen römischen Reiches, die zum Jahre 962, zur Kaiserkrönung Ottos I., geschaffen worden war.

Eine Beschreibung der Krone, die heute in der Schatzkammer der Wiener Hofburg zu besichtigen ist:

„In wohldurchdachter Zahlenharmonie sind die Perlen und Steine angebracht: ein ganzes theologisches Programm liegt ihrer Anordnung zugrunde. Die heilige Zahl Zwölf spielt dabei eine entscheidende Rolle (die zwölf Stämme Israels, die zwölf Tore des himmlischen Jerusalems aus der Apokalypse, die zwölf Apostel). Die Zahlen aller Perlen, der großen (144) und der kleinen (96), aller Edelsteine (insgesamt 120), groß wie klein sind durch zwölf teilbar.

Der Schlüssel für das Geheimnis der Krone liegt in der Offenbarung Johannes. Ein Smaragd symbolisiert den Thron, vier Rubine die vier Evangelisten, sieben Rubine die sieben Fackeln, zehn Saphire das gläserne Meer und 24 Rubine die 24 Ältesten.

Unter den 84 großen Steinen befinden sich 60 Saphire. Zusammen mit den ursprünglich zwölf Amethysten beherrschen sie mit ihrer blauen Farbe den Charakter der Krone."

Vor der Erschaffung der Reichskrone trug schon Karl der Große (742-814) einen Talisman mit zwei Saphiren, die später allerdings durch Glassteine ersetzt wurden. Das gute Stück befindet sich heute in Frankreich, in der Kathedrale zu Reims.

Im Mittelalter wurden Saphire von Päpsten, Kardinälen und Bischöfen getragen, da sie unter anderem Frömmigkeit und Sanftmut schenken sollten. Der Doge von Venedig dokumentierte mit ihnen seine Verbundenheit zu Meer und Seefahrt.

Nicht ganz so mystisch und tiefsinnig gingen die Amerikaner zu Werke. Sie nahmen drei rund 2.000 Karat schwere Saphire und schnitten in sie die Köpfe der Präsidenten Georg Washington, Abraham Lincoln und Dwight D. Eisenhower.

Wo werden aber die wertvollsten Saphire gefunden? Die nach wie vor begehrtesten stammen aus dem Kaschmir (Indien). Kornblumenblaue Prachtexemplare, die 1880 bei einem Erdrutsch in 5.000 Meter Höhe zu Tage gefördert wurden. Eine

Fundstelle, die seit Jahren allerdings erschöpft ist. Anders in Queensland in Australien, in Myarmar, in den USA in Montana, in Brasilien, China, Kambodscha, Tansania, Malawi und Kenia, wo Saphire in großen Mengen gefördert werden. Auch die älteste bekannte Lagerstätte auf Sri Lanka, im Gebiet von Ratnapura, die schon seit der Antike Steine freigibt, ist noch immer ergiebig.

Wenn es geht, sollten die Saphire, wie gehört, möglichst blau sein. Um dies zu erreichen, ist man erfinderisch geworden, denn es besteht die Möglichkeit, durch Brennen bei sehr hohen Temperaturen, aus unscheinbaren, trüben Steinen leuchtend blaue Saphire mit beständigen Farben zu erhalten.

Auch synthetisch gezüchtete Steine befinden sich in immer größeren Mengen auf dem Markt. 1902 wurden diese erstmals produziert. Dabei wird reines Tonerde-Pulver mit entsprechenden Farbzusätzen unter Sauerstoffzufuhr auf Temperaturen bis zu 2000 Grad Celsius erhitzt. Das Pulver gleitet in einem Ofen nach unten und schmilzt, sobald es an einer Elektrode ankommt. An dieser bildet es - laut Laboratorium für anorganische Chemie Zürich - eine langsam wachsende birnenförmige, kristalline Masse, die nach Abkühlung geschliffen werden kann.

Die typischen Merkmale des synthetischen Steines werden allerdings unter dem Mikroskop sichtbar. Er unterscheidet sich vom natürlichen beispielsweise dadurch, dass er gekrümmte statt gerade Wachstumslinien sowie Einschlüsse kleiner Bläschen aufweist. Vor allem in Thailand werden die synthetischen Klunker hergestellt.

Der Saphir zählt nicht nur zu den bekanntesten Schmuck - sondern auch zu den begehrtesten Medizinsteinen. Im Mittelalter wurde er zu Pulver zerrieben und als Medikament gegen Geschwüre, Nieren-, Lungen und Augenkrankheiten gegen Gift und Pest verabreicht. Eine wahre Wunderwaffe gegen alles, was gefährlich war. Selbst gegen Liebestollheit soll er geholfen haben - wem immer dies auch ein Anliegen gewesen sein könnte. Darüber hinaus versprach das Tragen des Steins Schutz vor Verrat und verlieh der Seele klare Reinheit. Außerdem bewahrt er vor Untreue, Hass und Erschrecken.

Und natürlich sollten auch einige Worte Hildegards von Bingen über den Saphir nicht fehlen: „Der Saphir ist warm. Er wächst um die Mittagszeit, wenn die Sonne in ihrer Glut so stark brennt, dass die Luftbewegung infolge ihrer Hitze etwas eingeschränkt ist..." und weiter „wer dumm ist, dass ihm jedes Verständnis fehlt, wer aber doch so klug sein möchte, es aber nicht kann und wer nichts Boshaftes im Auge hat, noch darauf aus ist, der lecke oft auf nüchternen Magen mit der Zunge am Saphir, weil seine Wärme und Kraft in Verbindung mit dem warmen, feuchten Speichel die schädlichen Säfte, welche die geistigen Fähigkeiten des Menschen unterdrücken, vertreiben."

österreichischer Reichsapfel, verziert unter anderem mit Saphir

Saphir

Mineralklasse: Oxide

Chemie: Al_2O_3

Mohshärte: 9

Dichte: 3,95 bis 4,03

Kristallsystem: trigonal

Astrologie: Jungfrau

Wichtige Vorkommen: Sri Lanka, Brasilien, Myarmar, Thailand, Kambodscha, Australien, USA, Madagaskar

Wirkung auf die Psyche: Soll dem Träger klaren Verstand verleihen, ihn vor Zorn, Ungeduld und geistigen Störungen bewahren.

Wirkung auf den Körper: Soll bei Haarausfall, Nervenkrankheiten, Rheuma, Kopfschmerzen, chronischen Schmerzen, Gicht und Ischiasbeschwerden helfen, sowie die Sehkraft verbessern.

Pflege: In trockenes Meersalz legen und entladen. Nicht länger als eine Stunde in der Sonne wieder aufladen.

Silber

Silber, obwohl lange nicht mehr so viel wert wie Gold, gehört wie in den Urzeiten heute noch zu den begehrtesten Bodenschätzen und hat nichts von seinem legendären Ruf verloren. Schon in der Bibel spielte das Edelmetall eine überragende Rolle. So wird im Buch Genesis des Alten Testaments beschrieben, wie Abraham in Hebron für 400 Silberstücke einen Landstreifen gekauft hat, um dort das Grab für seine Frau Sarah errichten zu können. Jesus dagegen wurde von Judas für nur 30 Silberlinge verraten.

Silber ist auch eng mit der Geschichte des Geldes verknüpft und damit gleichzeitig mit der Historie menschlicher Verfehlungen, von Habgier, Mord und Hass.

5000 vor Christus wurde, nach heutigen Kenntnissen, das erste offizielle Geld eingeführt, im Zweistromland Mesopotamien zwischen Euphrat und Tigris (heute südlicher Irak). Wie in uralten Keilschriften nachzulesen ist, wurde damals mit Silberstückchen bezahlt. Auch Preislisten gab es schon, so bekam man für einen Schekel Silber (14 Gramm) knapp 5,3 Kilogramm Wolle.

In Ägypten spielte das Silber ebenfalls eine große Rolle als Zahlungsmittel in Form von Barren oder Ringen. Die ersten bekannten Münzen stammen allerdings aus dem 7. Jahrhundert vor Christus, als im Königreich Lydien (heute Türkei) mit Geldstücken aus einer Legierung aus Silber und Gold, mit Prägung versehen, bezahlt wurde.

Silber gediegen, Drahtsilber „Silberlocke"; Grube Himmelsfürst, Freiberg

Bei vielen Völkern der Antike stand das Silber höher im Kurs als das Gold, da es als reines Metall, das nach dem Abbau nicht mehr aufbereitet werden mußte, seltener vorkam als reines Gold. Und so benutzten es die Babylonier, Sumerer und Hethiter als Grundlage ihres Finanzsystems. Von ihnen übernahmen es schließlich auch die Griechen und später die Römer.

Im Alten Rom war bis 600 vor Christus noch ein Rind das Zahlungsmittel schlechthin, das erst ganz allmählich von einer Kupferwährung abgelöst wurde.

Erst als die Kriegslust immer größer und die Erfolge immer atemberaubender wurden, entdeckten die Römer das Silbergeld für sich. Das begehrte Metall stammte natürlich aus den erbeuteten Kriegsschätzen. Silber wurde nun in Hülle und Fülle in die ewige Stadt gekarrt, so viel, dass in den Patrizierhäusern selbst die Nachttöpfe aus dem glänzenden Material hergestellt wurden.

Berühmtestes Zahlungsmittel wurde nun der silberne Denarius. Aus einem Pfund Feinsilber (damals 370 Gramm) wurden 84 Denare geprägt. Später kam noch der Gold-Solidus hinzu. Beide Münzen hielten sich bis in die Zeit der Völkerwanderung hinein.

Die Kraft des Geldes sorgte für ein rauschendes Leben in der ewigen Stadt. Aber in der Notlage mancher seiner Kriege ging es in Rom auch dem Geld an den Kragen. Bereits während der punischen Kriege gegen Hannibal wurde das Gewicht des Silberdenars herabgesetzt, um mehr Denare prägen zu können. Die Söldnertruppen forderten Geld für ihre Kriegshilfe.

Um 91 v. Chr. setzte der Volkstribun Livius Drusus einen Senatsbeschluß durch, demzufolge jeweils eine von acht Münzen minderwertig „gefüttert" sein sollte, innen Kupfer, aussen Silber.

Die Gier nach Ruhm, Macht und Geld leitete, wie einst in Athen, auch im Römischen Reich langsam aber sicher das Ende des prunkvollen Lebens ein.

Das maßlose Luxus-Bedürfnis der vermögenden Schichten bewirkte einen ständigen Abfluß von Gold und Silber in die Länder, von denen die begehrten Erzeugnisse auf Schiffen und Handelsstraßen herkamen. Auch der riesige Aufwand, das Volk bei Laune zu halten, machte sich negativ bemerkbar. Beispielsweise ließ Caesar 65 v. Chr. über 600 Gladiatoren in silbernen Rüstungen zum Schaukampf antreten und im folgenden Jahr das römische Volk an 22.000 Tischen prächtig bewirten und mit Geld und Getreide beschenken.

Rom war zwar imstande, die Edelmetallbestände seiner Provinzen zu mobilisieren-in den Silberbergwerken Spaniens waren zeitweise bis zu 40.000 Menschen beschäftigt und in ähnlichem Umfang wurde in Siebenbürgen Gold geschürft - aber der Abfluß war dennoch größer.

Als schließlich mit dem Schwinden des Geldes auch noch die Erschöpfung der spanischen Silberminen eintrat, war der Niedergang Roms so gut wie besiegelt. Der Glanz des Römischen Reiches war auf der Basis einer weit ausgedehnten Geldwirtschaft und Arbeitsteilung entstanden und nun mit dem Verfall dieser Fundamente wieder erloschen. Und was sagt uns diese Geschichte: Das Silber war immer dabei - in guten wie in schlechten Zeiten.

Doch nicht nur bei den Römern spielte das Silber eine wichtige Rolle - am anderen Ende der Erde auch. Hier in der indianischen Astrologie, im „Medizinrad". Jeder Mensch, der während des zweiten Mondes des Jahres, dem Mond der Rast und Reinigung (20. Januar bis 18. Februar) geboren worden ist, hat den Otter als Totem im Tierreich, die Zitterpappel als Totem im Pflanzenreich und das Silber als Totem im Reich der Mineralien.

Silber gediegen

Der Glaube der Indianer: Menschen dieses Totems werden wie, das Silber, von allen, die sie kennen, hoch geschätzt. Dem Silber werden viele magische Eigenschaften zugeschrieben. Es heißt beispielsweise, dass die Seele und der Körper von einer Silberkordel zusammengehalten werden. Andere Stämme glauben, dass sich über einem Firmament aus Gold eines aus Silber erstreckt und dass dieses die höchsten Schwingungen der Liebe symbolisiert.

Silber ist die Farbe, die mit Großmutter Mond in Verbindung gebracht wird, da der Mond vom nächtlichen Himmel selber herunter strahlt. Aus diesem Grund glaubten die Indianer, das Silber in der Lage sei, die Kräfte des Mondes, die Kräfte der Wahrnehmung, der Intuition und des richtigen Gefühlsflusses zu stärken.

Silber ist allerdings nicht nur ein faszinierendes Metall, es ist auch ein Element mit dem Symbol Ag, das sich vom lateinischen Namen für Silber, „argentum" ableitet. Es ist ein sehr weiches Metall, das sich in starkem Masse dehnen, leicht schmieden und zu Drähten ziehen läßt. Silber und Gold sind unbeschränkt miteinander mischbar, wodurch das Metall Elektron entsteht.

Da reines Silber für die Verarbeitung zu Gebrauchsgegenständen zu weich ist, wird es vorwiegend mit Kupfer legiert. Die heute gebräuchlichen Silberlegierungen erhalten je nach ihrem Gehalt an reinem Silber die Prägung (Punzierung) 800, 835, 900 und 925. Silber mit einem Feingehalt von 925 wird als „Sterlingsilber" bezeichnet. Die Zahlenangabe 925 bedeutet, dass von 1000 Volumeneinheiten der Legierung, 925 aus Feinsilber und die restlichen 75 aus Kupfer bestehen.

Silber, gediegen „Drahtsilber"; Grube Himmelsfürst, Brand bei Freiberg, Sachsen

Ausser als Legierungsmetall zur Fabrikation von Schmuck-, Gebrauchs- oder Ziergegenständen, wird Silber hauptsächlich noch in der Elektroindustrie als Kontaktmetall, zur elektrischen Oberflächenveredlung, als chemischer Katalysator und vor allem in großen Mengen in der Film- und Fotoindustrie zur Herstellung der lichtempfindlichen Oberflächen verarbeitet. Als Lebensmittelfarbstoff E 174 wird es - ebenso wie Gold (E 175) - auch im Speisebereich verwendet.

Silber

Mineralklasse: Elemente

Chemie: Ag

Mohshärte: 2,5 ibs 3

Dichte: 9,6 bis 12

Kristallsystem: kubisch

Astrologie: Krebs

Wichtige Vorkommen: Norwegen, Deutschland, Australien, Bolivien, Chile, Italien, Kanada, Mexiko, Peru, Tschechien, USA

Wirkung auf die Psyche: Soll gut gegen cholerische Anfälle, Hemmungen, Nervosität und Schüchternheit sein.

Wirkung auf den Körper: Soll Glieder- und Kopfschmerzen lindern, den Kreislauf stärken und gut sein gegen Probleme mit dem Magen und der Schilddrüse.

Pflege: Kein ent- und aufladen notwendig.

Smaragd

Bartholomäus Anglicus lebte im 13. Jahrhundert und befasste sich intensiv mit dem Wissen seiner Zeit. Er war höchst angesehen und sein Rat wurde gerne befolgt. Bei seinen Forschungen fiel ihm ein Stein sofort ins Auge, dem er höchste Anerkennung zukommen ließ: „Unter allen Steinen ist er der würdigste, eine königliche Hand zu zieren!"

Konnte doch eigentlich nur ein Diamant gewesen sein, den er da ergriffen meinte. Weit gefehlt, es war ein grünes Prachtkristall: ein Smaragd. Schön, legendär, begehrt, mystisch - einfach faszinierend!

Es gibt in der Tat nicht viele Steine, die sich mit dem Diamanten messen können. Der römische Naturforscher Plinius schrieb: „Mit Wohlgefallen laben wir uns am angenehmen Grün der Gräser und Blätter, doch unvergleichlich größer ist unser Vergnügen beim Betrachten eines Smaragdes, denn sein Grün ist das wohltuendste."

Goethe huldigte ihm, ganze Königshäuser verfielen seiner Pracht und Schönheit und wer keinen Smaragd in seinen Kronjuwelen aufzuweisen hatte, gehörte einfach nicht dazu.

Selbst der Heilige Gral soll aus ihm kreiert worden sein: Dabei soll Luzifer, beim Sturz der Engel aus dem Himmel in die Hölle, ein Smaragd aus der Krone gerutscht und im Paradies liegengeblieben sein. Set, der dritte Sohn von Adam und Eva, nahm sich seiner an und sorgte dafür, dass er zu einem Becher geschliffen wurde. Wie auch immer, kam das Trinkgefäß nun in die Hände von Joseph von Arimathia, der darin das Blut Jesu auffing, das aus dessen Wunden floss, die ihm mit der Lanze am Kreuz beigebracht worden waren.

Nun machte sich Joseph mit dem Gral auf nach England und hier verloren sich die Spuren, sehr zum Leidwesen aller Gralsjäger. Ein Mythos, der immer wieder gerne aufgegriffen wird.

Sicher weiß man, dass die ersten bekannten Smaragde wohl aus den „Minen der Kleopatra" stammten. Man schätzt, dass hier, in der Nähe des Roten Meeres, bereits 1700 v. Chr. die grünen Steine gefördert und mit ihnen die Wünsche der Herrscher befriedigt wurden.

Auch von Nero ist bekannt, dass er einen Smaragd benutzte, als Sehhilfe allerdings, um das wilde Treiben in der Arena besser verfolgen zu können.

Die Römer waren allerdings nicht unbedingt auf die ägyptischen Vorkommen angewiesen. Sie hatten ihre eigenen Minen und zwar im österreichischen Habachtal, in den Hohen Tauern. Schon zur Bronzezeit sollen hier Unermüdliche gebuddelt haben, die Römer ließen die Sache wieder neu aufleben.

Auch Sissi, Kaiserin von Österreich und Gemahlin Kaiser Franz Josephs, trug zu feierlichen Anlässen österreichische Sma-

Smaragd; Habachtal / Österreich

ragde. Heute noch machen sich viele Sammler auf, und werden rund um Bramberg fündig.

Ein 42 karätiger Habachtaler landete im britischen Kronschatz und 1957 fand ein Sammler ein Stück, das auf gut 250.000 Euro Wert geschätzt wurde. Freudestrahlend brachte er es einem Wiener Edelsteinschleifer, der das gute Stück ebenso freudestrahlend entgegennahm. Doch statt eines geschliffenen Smaragds bekam der „Edelsteinexperte" wunderbar bearbeitetes grünes Glas zurück. Als er das Malheur bemerkte, war alles zu spät, der Smaragd war verschwunden und die Prozesse wurden somit verloren.

Überhaupt gibt es viele wunderliche Dinge rund um diesen magischen Stein, der einst so rar war und erst durch das einnehmende Wesen der Konquistadoren in Südamerika in großen Mengen nach Europa kam.

Bei Studien in Brasilien und Kolumbien haben Geologen festgestellt, dass das Sauerstoff-Isotopen-Verhältnisse für alle Smaragde eines Fundgebietes spezifisch sind. Eine Möglichkeit hatte sich plötzlich aufgetan, die Herkunft berühmter Smaragde zurückverfolgen zu können. So beschossen französische Wissenschaftler mit einer Sonde Smaragde mit Cäsiumionen und konnten in einem komplizierten Verfahren bestimmen, welche Steine aus welcher Mine stammten.

So ging es mancher Legende an den Kragen. Ein Beispiel: Es befinden sich im legendären Familieschatz eines alten indischen Adelsgeschlechts, des Nizam von Hyderabad, vier berühmte Smaragde, die aus der Zeit Alexander des Großen stammen sollten und damit gut 2.300 Jahre alt wären. Über die Richtigkeit dieser Behauptung waren sich die Experten einig. Die französischen Forscher wiesen jedoch eindeutig nach, dass die vier Berühmtheiten aus drei kolumbianischen Minen stammen und dort erst im 17. Jahrhundert gefunden wurden.

Einen Smaragd aus einem gallo-römischen Ohrring verfolgten die Franzosen nicht ins österreichische Habachtal zurück sondern nach Pakistan, was bewies, dass die Römer sogar über ein sehr großes wirtschaftliches Netz verfügten.

Smaragd facettiert; Kolumbien

Dafür stammt ein Smaragd aus der Krone des französischen Königs und Kreuzfahrers Ludwig IX., eingesetzt im 13. Jahrhundert, eindeutig aus den Hohen Tauern, wurde dort also 500 Jahre vor der Zeit gefunden, als die Bergbautätigkeiten dort wieder aufgenommen wurden. Man darf also gespannt sein, was weitere Forschungen bringen werden.

Großartige Funde werden nicht nur in den Minen gemacht, sondern auch unter Wasser ruhen riesige Schätze an Smaragden, in gesunkenen Galonen der spanischen Südamerika Eroberer.

Legendär war natürlich die Bergung der „Nuestra Senora de Atocha", eines Prunkschiffes aus der Flotte des spanischen Thronfolgers Philipp IV., die 1622 vor Key West in einem Sturm unterging. 1985, nach 16-jähriger Suche, fand der ehemalige Hühnerfarmer und Hummerzüchter Mel Fisher das Schiff und förderte Gold, Silber und Edelsteine im Wert von sage und schreibe 333 Millionen Euro zu Tage, darunter auch beeindruckende Smaragde.

Nicht weniger spektakulär war ein Fund aus dem Jahre 1993, als in einer 1756 gesunkenen Galeere Smaragde mit einem Gewicht von 25.000 Karat entdeckt wurden. Alles Stücke aus kolumbianischen Minen rund um Muzo, die schon von den Inkas ausgebeutet und von den Spaniern wiederentdeckt worden waren.

Den Inkas wird nachgesagt, einen großen Smaragd als Verkörperung der Fruchtbarkeitsgöttin verehrt zu haben.

Aus Muzo stammt ein faustgroßer Smaragd, der auf Anweisung von Öster-reichs Kaiser Ferdinand III. (1637-1656) vom Prager Steinschneider Dionysio Miseroni zu einem Krug von unschätzbarem Wert geformt worden ist. Er kann im Kunsthistorischen Museum in Wien bewundert werden.

Weltberühmt ist natürlich die „Andenkrone", die 1593 von den Bürgern der kolumbianischen Stadt Popayan der „Heiligen Jungfrau Maria, Königin der Anden" gestiftet wurde, als Dank von der Pest verschont geblieben zu sein. 24 Goldschmiede arbeiteten sechs Jahre lang, um aus einem massiven Goldklumpen die fein ziselierte, mit vielen Ornamenten versehene Krone zu fertigen, deren Aussehen dazu noch mit 453 Smaragden gekrönt wurde.

Smaragde von unglaublichem Wert befinden sich heute auch im Topkapi-Museum in Istanbul, wo die Schätze der türkischen Sultane ihre Bleibe gefunden haben. Einer der größten Smaragde, die jemals gefunden wurden, ist der „Mogul Emerald".

Er stammt aus dem Jahre 1695, ist zehn Zentimeter hoch und wiegt knapp 218 Karat. Er wurde 2001 für 2,2 Millionen

Dollar bei Christie´s an einen unbekannten Bieter versteigert.

Legendär war 1835 ein Auftritt der Marquise von Londonderry auf einem Kostümball. Sie hatte sich entschlossen, als Kleopatra verkleidet aufzutreten. Und da die sagenumwobene ägyptische Herrscherin schon mal gerne Smaragde an Günstlinge verschenkt haben soll, auch Cäsar soll einen bekommen haben, verschönerte die gutsituierte Marquise ihr Gewand von oben bis unten mit Smaragden und Diamanten. Ein Beobachter der Szene, der spätere britische Premierminister Benjamin Disraeli (1804-1881) sah die glitzernde Aktion äußerst nüchtern. „Es sah aus wie ein Panzer und sie wie ein Rhinozeros."

Und noch einmal sorgten Smaragde im britischen Hochadel für Aufregung. Als König Edward VIII. 1936 auf den Thron verzichtete, und sich entschloss, die bürgerliche Wallis Simpson zu heiraten, soll er seiner Angebeteten einige der schönsten Smaragde aus den Kronjuwelen vermacht haben. Ein unglaublicher Vorgang für die monarchietreuen Briten. Auch wenn die Herzogin immer beteuerte, dies sei ein Gerücht, so sind die Steine im Kronschatz nicht mehr aufgetaucht.

Der Name Smaragd stammt übrigens vom Griechischen „smaragdos" ab, was übersetzt „grüner Stein" bedeutet. Er ist der kostbarste und seltenste Vertreter der Beryll-Familie, der seine intensiv grüne Farbe einem Tupfer Chrom in seinem Innenleben verdankt. Kleine Einschlüsse, Risse oder Sprünge sind für ihn typisch, schmälern seinen Wert nicht unbedingt und werden liebevoll „Jardin" genannt, Garten.

Die kostbarsten Steine kommen nach wie vor aus den kolumbianischen Minen in Muzo, Chivor und Coscuez. Steine von dort weisen einen leichten Stich ins Blaue auf, was auch bei Funden aus Afghanistan auftreten kann und für Höchstpreise sorgt.

Smaragd in Matrix

Smaragd

Mineralklasse: Silikate

Chemie: $Al_2Be_3(Si_6O_{18})$ mit Cr

Mohshärte: 7,5 bis 8

Dichte: 2,68 bis 2,76

Kristallsystem: hexagonal

Astrologie: Stier, Krebs

Wichtigste Vorkommen: Kolumbien, Afghanistan, Brasilien, Sambia, Pakistan, Russland, Zimbabwe, Südafrika

Wirkung auf die Psyche: Soll Frieden und Harmonie vermitteln, verborgene Ängste lösen und für mehr Halt und bei der Bewältigung von Konflikten zwischen Vater und Kind sorgen.

Wirkung auf den Körper: Soll die Selbstheilungskräfte aktivieren und gegen Multiple Sklerose, Parkinsonsche Krankheit, Herzkrankheiten, Nierenstörungen, Diabetes, Magen-Darm-Krankheiten, Infektionen und Augenleiden helfen.

Pflege: Regelmäßig nach jedem Gebrauch entladen, einmal im Monat an der Sonne aufladen.

Sodalith

Wenn in der Antike Künstler und Sänger vor ein großes Publikum traten, glitten ihre Finger meist nochmals schnell zur Beruhigung über einen blauen Stein, den sie ständig bei sich trugen. Es war ein Sodalith, der schon seit alters her als der Stein gilt, der die musischen Neigungen zur Entfaltung bringt. Aufgrund seines hohen Salzgehaltes nannten ihn die Griechen Soda (Salz) Lith (Stein).

Bis ins Mittelalter hielt sich die Tradition, den blauen Salzstein in Künstlerkreisen zu verehren, dann wurde es etwas ruhiger um ihn. Zu Unrecht, denn er ist wesentlicher Bestandteil eines weitaus begehrteren Edelsteins, des Lapislazulis. Seine blaue Farbe hat der Lieblingsstein der ägyptischen Pharaonen nämlich zum einen dem Lasurit zum anderen aber dem Sodalith zu verdanken. Dazu gesellen sich noch Pyrit und schneeweißer Calcit. Das heißt, wer einen kostbaren Lapislazuli in irgendeinem Museum bestaunt, oder sich für teueres Geld selbst kauft, der hat sich auch für den Sodalith erwärmt.

Ansonsten wird er als billiger Ersatz des Lapis gehandelt, kommt aber immer mehr in Mode, da er vor allem von Jugendlichen geschätzt wird.

Der Sodalith ist ein Silicat, gehört zur Familie der Feldspatoide und kommt in der Natur recht häufig vor. Riesige Lagerstätten finden sich auf Grönland und in Kanada. Sehr bekannt ist auch das Abbaugebiet im Ural, in der Nähe von Ditro, aber auch direkt vor unserer Haustür kann der Sodalith gefunden werden, in der Eifel beispielsweise.

Sodalith Tumble-Stücke; Karrasburg, Südafrika

Viele Träger von Sodalith-Schmuck sind überzeugt davon, dass er wegen seiner vielen mineralogischen Einschlüsse wie Salz, Mangan, Kalzium und Zink sehr harmonisch auf die Drüsen wirkt, die solche Spurenelemente dringend benötigen. Zudem soll Sodalith-Wasser, auf nüchternen Magen getrunken, wegen seiner insulinproduzierenden Eigenschaften auch für Menschen von Vorteil sein, die an Diabetes leiden.

Sodalith (klar) auf Hornblende; Sar-e-Sang, Koktcha-Tal, Badakhshan, Afghanistan

Sodalith

Mineralklasse: Silikate

Chemie: $Na_8(Cl_2/(AlSiO_4)_6)$

Mohshärte: 5 bis 6

Dichte: 2,27 bis 2,33

Kristallsystem: kubisch

Astrologie: Schütze

Wichtige Vorkommen: Russland, Namibia, Indien, Brasilien, USA, Kanada, Grönland, Rumänien, Ecuador

Wirkung auf die Psyche: Soll dabei helfen, das emotionale Gleichgewicht zu halten und für mehr Selbstvertrauen sorgen. Er soll Schuldgefühle und Ängste vertreiben und das logische Denkvermögen verbessern.

Wirkung auf den Körper: Soll Schilddrüse bei der Produktion der Hormone unterstützen, blutdrucksenkende Eigenschaften haben, Herz und Blutgefäße schützen.

Pflege: Einmal pro Woche unter fließendem, lauwarmen Wasser reinigen und im Wasser zusammen mit Bergkristall wieder aufladen.

Tigerauge

Tigerauge Trumble-Stück, Südafrika

Wer einem Tiger schon einmal - hoffentlich im Zoo - tief in die Augen geschaut hat, der wird das Funkeln nicht mehr vergessen. Ähnlich ergeht es einem beim Anblick des Edelsteins Tigerauge. Dabei handelt es sich um einen gelbbraunen, seidenglänzenden, feinkörnigen Quarz, die hellere Varietät des Falkenauges, das durch verwitterungsbedingte Oxidation zum Tigerauge wird. Fachleute nennen es auch Brauneisen.

Obwohl das Tigerauge ein uralter Heilstein ist, wurde es in Europa erst ganz allmählich, Mitte des 20. Jahrhundert, bekannter, setzte dann allerdings zu einem wahren Siegeszug durch die Schmuckschatullen an.

Dabei war es schon bei den alten Griechen und vor allem bei den Arabern sehr beliebt. Sie vermuteten, dass der Stein seinen Besitzer lustig mache und dessen Sinne schärfe. Dem Stein kam es zu, vor dem „bösen Blick" zu schützen und Verwünschungen außer Kraft zu setzen. Doch nicht genug, dem Tigerauge wurde noch mehr zugetraut, denn er sollte seinen Träger vor schlechten Energien, Verbrechen und falschen Freunden bewahren.

Für den faszinierenden Farbschiller, das Chatoyieren, sind besondere Einschlüsse verantwortlich. Durch die feinen Kristallfasern des Minerals entsteht ein wogender Lichtreflex, der im Cabochonschliff an das Auge einer Katze erinnert und deshalb auch Katzenaugeneffekt genannt wird (französisch chat = Auge, ril = Auge). Besonders eindrucksvoll kommt er zum Vorschein, wenn die Fasern parallel zur Grundfläche des Cabochon liegen.

Vielleicht sollten wir in diesem Zusammenhang uns einmal vor Augen halten, daß eben nicht nur Form, Gestalt und Glanz für die Bewertung eines Edelsteines wichtig sind, sondern auch Farbe und Transparenz.

Die Transparenz zeigt die Lichtdurchlässigkeit eines Minerals, Farben dagegen sind Teile des Lichtes. Bestens beschrieben wird dies in einem Artikel der Edelsteindatenbank. „Das weiße Licht, wie wir es sehen, beispielsweise das Sonnenlicht, ist eine Mischung aller Farben, bestens zu erkennen beim Regenbogen, der entsteht, wenn Sonnenlicht an feinen Wassertröpfchen in der Luft gebrochen und in seine sogenannten Spektralfarben zerlegt wird.

Tigerauge „Falkenauge"; Namibia

Es kommt zu einem Farbverlauf von oben nach unten mit Violett, Blau, Grün, Gelb, Orange und Rot. Diese sechs Farben ergeben den elementaren Farbkreis, dem viele

typischer „Katzenaugeneffekt“ des Tigerauges

Mischungen und Nuancen zugrunde liegen. Ergänzt mit Schwarz (keine Farbe, völlige Absorption des Lichts) und Weiß (keine Farbe, totale Reflexion des Lichts), ergeben sich acht Grundqualitäten zur Beschreibung der Mineralien.“

Damit ein Stein farbig erscheint, muß er in der Lage sein, Teile des Lichtes zu absorbieren oder zu reflektieren. Was wir dabei als Mineralfarbe sehen, ist der reflektierte Teil. Unterschieden wird in drei Kategorien, in die farblosen Mineralien (z. B. Bergkristall, Diamant, farbloser Beryll), die eigenfarbigen (Azurit, Hämatit, Malachit und Rhodonit) und die fremdfarbigen Mineralien, die Einschlüsse anderer Spurenelemente in sich tragen.

Aventurin (Fuchsit), Jaspis (Eisenoxide), Amethyst (Eisen), Rosenquarz (Mangan), Rubin und Smaragd (beide Chrom).

Unter den fremdfarbigen Mineralien wiederum gibt es die pseudochromatischen, die ihre Farbe durch Brechung, Reflektion, Beugung, Streuung oder Überlagerung (Interferenz) der Lichtstrahlen erhalten.

Es entstehen Phänomene zu denen neben dem Adulisieren (Lichtschimmer), Asterismus (sternförmige Lichterscheinung), Opalisieren und Irisieren auch das Chatoyieren gehört und damit sind wir wieder beim Tigerauge angelangt, das, wie bekannt, aus dem Falkenauge entstanden ist. Liegt das Tigerauge nun lange Zeit der Sonne, kann es vorkommen, dass es eine kupferrote Farbe annimmt. Solche Stücke werden dann auch Ochsenauge genannt.

Als Tigereisen wird ein aus Hämatit und Quarz bestehender Schiefer bezeichnet, der auch als Brasilianisches Erz bekannt wurde. Tigerstein heißt er, weil er dem Tigerauge ähnlich sieht.

Tigerauge

Mineralklasse: siliciumdioxidhaltiges Gestein

Chemie: SiO_2

Mohshärte: 7

Dichte: 2,65

Kristallsystem: trigonal

Astrologie: Zwilinge, Jungfrau, Löwe

Wichtige Vorkommen: Südafrika, Australien, Myanmar, Indien, Kalifornien, Brasilien

Wirkung auf die Psyche: Soll den Menschen mit Geborgenheit und Wärme erfüllen, die Gedanken schärfen und die Konzentrationsfähigkeit erhöhen.

Wirkung auf den Körper: Soll Knochen und Gelenke stärken, Atemnot und Asthma lindern, die Leber kräftigen und bei Erkältungen helfen.

Pflege: Zwei- bis dreimal im Monat unter fließendem Wasser reinigen und danach bis zu drei Stunden an der Sonne wieder aufladen.

Topas

Der Topas gehört zu den geheimnisvollsten Edelsteinen überhaupt. Zum einen kann über die Herkunft seines Namens nur spekuliert werden, zum anderen geben sich viele Steine als Topase aus, die gar keine sind. Allerdings machte es der Topas seinen Findern von Anfang an sehr schwer. Seine Farbpalette reicht nun einmal von farblos über gelb, gelbbraun, honiggelb, braun, grün, blau bis hin zu rosa und rot.

Verwechslungen mit anderen Steinen waren also vorprogrammiert. So brüstete sich beispielsweise das portugiesische Königshaus jahrelang, den 1680 Karat schweren „Braganza-Diamanten" im Staatsschatz funkeln zu haben, bis entdeckt wurde, dass es sich bei diesem „lediglich" um einen Topas von außergewöhnlicher Schönheit handelt. Anders herum entpuppten sich auch schon Topase in alten Schmuckstücken als Diamanten.

Jedenfalls gehört der Topas zu den Steinen, die schon im Alten Testament häufig erwähnt wurden. Moses spricht von ihm als Schmuckstein für das Brustschild des Hohen Priesters, das dieser tragen musste, wenn er Salomons Tempel betrat: „...und sollst es füllen mit vier Reihen voll Steinen. Die erste Reihe sei ein Sarder, Topas, Smaragd, die andere ein Rubin, Saphir, Diamant..." Der Topas stand dabei symbolisch für die neun Engelchöre.

Im Buch Hiob, das die Prüfung Hiobs durch den Satan unter Einverständnis Gottes beschreibt, steht: „Die Weisheit ist höher zu wägen denn Perlen. Topas aus Mohrenland wird ihr nicht gleich geschätzt ..." und im Buch des Propheten Hesekiel, das den Untergang und den Wiederaufbau des sündigen Jerusalems beschreibt, spricht der Herr: „Du bist ein reinliches Siegel, voller Weisheit und aus der Maßen schön. Du bist im Lustgarten Gottes und mit allerlei Edelsteinen geschmückt: mit Sarder, Topas, Diamant, Türkis, Onyx..."

Visionen hat Johannes in seinen Offenbarungen, in denen er das himmlische Jerusalem näher bringt: „... und die Grundsteine der Mauern um die Stadt waren geschmückt mit allerlei Edelsteinen. Der erste Grundstein war ein Jaspis, der zweite ein Saphir... der neunte ein Topas..."

Unter den Steinen der Bibel nimmt der Topas also eine wichtige Stellung ein! Stellt sich nun die Frage, woher hat er seinen Namen? Alt muss er ja zwangsläufig sein, da das Wort Gottes nicht gerade zu den neuesten Erscheinungen auf dem Büchermarkt gehört.

Schön ist natürlich die Version, über schiffbrüchige Piraten, die den Stein auf einer sagenhaften Insel im Roten Meer entdeckt haben wollen, die „topazos" hieß. Übersetzt: gesucht und gefunden. Man darf allerdings davon ausgehen, dass diese Art der Namensherkunft eher fragwürdig ist, zumal Piraten durchaus Edelsteine suchten, sie aber eher auf anderen Schiffen denn mysteriösen Inseln fanden.

Eher glauben kann man da schon dem römischen Gelehrten Lucius Cornelius Alexander Polyhistor (105-35 v. Chr.), der von einer Insel im Roten Meer berichtet, die „Topazios" hieß und auf der es Steine in der Farbe von frischem Öl gab. Gemeint ist die Insel Seberget. Epiphanius, gegen 350 n. Chr. Bischof auf Zypern, berichtet von einem leuchtend roten Topas, der aus der indischen Stadt Topas stammen soll, die dem Stein ihren Namen gab.

Im Mittelalter wird der Topas dann langsam gelb. Sowohl bei Hildegard von Bingen, als auch bei Albert Magnus.

Robert Boyle (1627-1691), Mitbegründer der modernen Chemie, dem es als Ersten gelungen war, Gas zu isolieren und zu sammeln, war auch der Erste, der unseren heutigen Topas beschrieb - als Aluminium-Fluor-Silikat.

Man kann davon ausgehen, dass es sich bei den in der Antike beschriebenen Topasen in der Regel um andere Steine gehandelt hat, in erster Linie um Olivine.

Aber auch heute noch wird mit dem Namen Topas Schindluder betrieben, um andere Minerale kostbarer erscheinen zu lassen, wie gebrannten Amethyst und Citrin, die gerne als Madeira-Topas verkauft werden oder der Rauchtopas, bei dem es sich eigentlich um Rauchquarz handelt.

Topas auf Muskovit; Hanouchel/ Dassu, Indus-Tal, Pakistan

Die berühmteste Topasfundstelle in Deutschland ist der Schneckenstein im Vogtland. 1728 entdeckte dort ein Tuchhändler die ersten Steine, verkaufte sie an Apotheker, die sie wiederum an ausländische Schleifereien weiterleiteten und von dort als orientalische Topase auf den deutschen Markt zurückkamen. Viel teurer natürlich.

1732 machte Sachsens Kurfürst August der Starke die Schneckensteiner Topase erstmals richtig bekannt, als er eine Garnitur für das Grüne Gewölbe in Dresden anfertigen ließ. Wenig später kam eine Großbestellung aus England. König Georg III. wünschte, dass 485 Schneckensteiner Topase in die Staatskrone seiner Ehefrau Charlotte eingearbeitet werden sollten.

Heute ist die Krone leider verschwunden. (Der Topas ist mit einer Härte von acht noch härter als Smaragd und dadurch bestens als Schmuckstein geeignet). Ende des 18. Jahrhunderts war ´s dann zu Ende mit der Schneckensteiner Herrlichkeit.

Heute stammen die meisten Topase aus Brasilien. Begehrt ist vor allem der „Imperial" aus dem Gebiet bei Ouro Preto im Minas Gerais. Rosa Topase kommen vorwiegend aus Pakistan und auch die russischen Vorkommen können sich sehen lassen. Glasklare Exemplare, die sogenannten „Silbertopase" werden in Namibia in der „Kleinen Spitzkopje" gefunden. Für solche Steine greifen Kenner schon mal gerne etwas tiefer in die Tasche.

Topas facettiert

Aufpassen heißt es allerdings bei blauen Steinen, die zwar auch natürlich vorkommen können, aber oftmals ihre Farbe durch Brennen oder gar durch Bestrahlung erhalten. Dabei werden farblose oder nur mäßig gefärbte Exemplare mit Gammastrahlen beschossen und zusätzlich erhitzt. Das Resultat: Tiefblaue Farben, die auch von Neutronenbeschuss in Atomkraftwerken herrühren können. Danach braucht der Stein rund sechs Monate, bis er wieder entstrahlt ist!

Einfach sah das Ganze noch Hildegard von Bingen, die folgendes über die Entstehung des Topas zu berichten wusste: „Der Topas wächst um die neunte Tagesstunde in der Sommerhitze und zwar kurz vor der neunten Stunde, weil die Sonne infolge der Hitze des Tages und der Luftbewegung ganz rein und heiß ist. Er hat nur wenig Luft und Wasser in sich. Seine Farbe gleicht mehr dem Gold als dem Gelb. Er widersteht der Hitze und dem Gift, das heißt einer Vergiftung und Feindschaft...."

In der Mystik wird dem Topas kühlende, blutstillende und appetitanregende Wirkung zugeschrieben. Er soll vor Giften warnen und vor plötzlichem Tod bewahren. Und ein Tipp an alle Schauspieler oder die es einmal werden wollen. Der blaue Topas soll viel Erfolg auf der Bühne vermitteln.

Der Topas gehört also zu den variantenreichsten und interessantesten Edelsteinen, welche die Natur hervorgezaubert hat. Um ihn noch mehr herauszuheben, wird er oft auch als Edeltopas bezeichnet, wobei der Zusatz „edel" völlig unnötig ist. Edel ist er auch ohne unterstreichende Zusatzhülsen.

Topas

Mineralklasse: Silicate

Chemie: $Al_2SiO_4(F,OH)_2$

Mohshärte: 8

Dichte: 3,49 bis 3,60

Kristallsystem: rhombisch

Astrologie: Wassermann

Wichtige Vorkommen: Brasilien, UdSSR, Pakistan, Mexiko, Sri Lanka, Nigeria, Madagaskar, Afghanistan, China, Japan, Schottland, England

Wirkung auf die Psyche: Soll Konzentration, Kreativität und Bewusstsein stärken, Freude und Frieden spenden.

Wirkung auf den Körper: Soll Herz und Kreislauf stärken und die Nerven beruhigen. Gut gegen Schlaflosigkeit und Depressionen, Kopfschmerzen, Atemnot, Husten und Erkältung.

Pflege: Nach jedem Gebrauch unter fließendem Wasser reinigen und an der Sonne aufladen.

Doppelköpfige, aztekische Schlange, Einlegearbeit in Türkis, rote und weisse Muscheln

Türkis

Seit der Mensch sich für farbige Steine interessiert, egal ob für Schmuckverarbeitung, Ausschmücken von Grabkammern oder Verzieren von Waffen aller Art, einer war immer dabei - ein kupferhaltiges Aluminiumphosphat, das im Altertum noch Kallait genannt wurde.

Als der Stein schließlich im Dunstkreis der Kreuzzüge in Europa aufkreuzte, bekam er einfach, schlicht und ergreifend den Namen Turkoys, Türkenstein oder Türkis verpasst, da er auf seiner Reise von den Fundstätten Persiens durch die Türkei transportiert werden musste.

8000 Jahre alte Grabbeilagen bezeugen, wie begehrt der Türkis seit eh und je war.

Vor allem die Ägypter liebten und verehrten ihn, zumal er Männern Zeugungskraft und Frauen Fruchtbarkeit verleihen sollte.

Eine der ältesten Türkis-Minen liegt auf der Halbinsel Sinai, aus der sich schon die ägyptischen Herrscher des alten Reiches (2686-2181 v. Chr.), die Pyramiden-Bauer Djoser, Sneferu, Cheops, Chefren und Mykerions bedienten. Hier, am Berg „Gebel Sarabit El Khadim“, ließen die Pharaonen zudem eine Tempelanlage zu Gunsten der „Göttin des Türkis“ Hathor errichten, die ihre schützende Hand über die Arbeiter halten, vor allem aber für reichliche Funde sorgen sollte.

Hathor, eine Tochter des Sonnengottes Re, wurde bis weit in die römische Zeit hinein als gütige Göttin verehrt. Welch anderer Edelstein kann schon auf eine eigene Göttin verweisen?

Sie war gleichzeitig auch Schutzgöttin der nicht weit entfernten Minen im Wadi Maghara. Allerdings wurden die Arbeiten vor rund 2000 Jahren in diesem Gebiet eingestellt, da die Funde der Mühen nicht mehr lohnten.

Nichtsdestotrotz, besucht man heute die ägyptischen Museen, lassen sich die herrlichen Stücke aus dem Sinai dort bewundern, nicht zuletzt natürlich die Türkise aus dem legendären Grab des Tutanchamun.

Auch die persischen Herrscher der Antike legten ihr Schicksal in die Ausstrahlungskraft dieses Steines. So sollte er zum einen vor unnatürlichem Tod bewahren, nichts außergewöhnliches in Zeiten, in denen Gift-Phiolen schon mal gerne mit einem Gläschen Wein verwechselt wurden, zum anderen aber auch für Reichtum sorgen. So meinte der Gelehrte Al Kazwini: „Die Hand, die einen Türkis trägt und damit siegelt, wird niemals arm."

Dennoch machte den Persern zu schaffen, dass es durchaus vorkommen konnte, dass ein Türkis seine Farbe wechselte, was als Fluch der Götter galt. Durch chemische Reaktionen mit der Haut des Trägers kann es vorkommen, dass blaue Steine plötzlich grün werden. Aus diesem Grund werden heute auch Türkise guter Qualität mit Wachs behandelt und gehärtet, damit sie widerstandsfähiger werden.

Ein weiteres Verfahren ist die Versiegelung mit Kunstharz, wobei oftmals ein weniger schöner Stein zuvor noch in Farbe getaucht wird, um ihn aufregender werden zu lassen. Solches sollte gekennzeichnet werden, wird aber leider nicht immer gemacht. Dies trifft auch auf die Herstellung vieler Exemplare aus pulverisiertem Türkis zu, die sogenannten „rekonstruierten Türkise".

Das Beste ist also immer, sich bei einem renommierten Juwelier Rat zu holen, um davor gefeit zu sein, viel Geld für mangelhafte Ware auszugeben.

Die blaue Farbe erhält der Türkis durch Kupfer, die grünliche durch zweiwertiges Eisen in Verbindung mit Spuren von Chrom. Viele Steine sind - je nach Herkunftsgebiet mehr oder weniger - mit Adern, Flecken und dunklen Mustern durchsetzt, der „Türkismatrix", die der Wertigkeit allerdings keinen Abbruch tut. Am höchsten gehandelt wird ein reines Himmelblau, das durchaus auch mit einer feinen Matrix versehen sein kann. Je mehr der Stein ins Grüne abrutscht, desto minderwertiger wird er.

Türkise galten aber nicht nur von frühester Zeit an in der alten Welt als die Glücksbringer schlechthin, auch die amerikanischen Indianerkulturen beugten ehrfurchtsvoll ihr Knie vor dem „blauen Wunder."

Bernhard Graf schreibt in seinem Buch „Zauber edler Steine, Kunst, Macht und Magie" (erschienen bei Prestel): „Als am Karfreitag, dem 22. April 1519, Hernando Cortés mit zehn Schiffen und über 500 Soldaten bei Vera Cruz landete, um die Azteken zu christianisieren, meinten die Azteken, die Götter würden zurückkehren. Sofort beauftrage der aztekische König Montezuma (reg. 1502-1520) seine Goldschmiede, zwei goldene Doppelbänder mit feinen Smaragden zu verzieren und befahl, Smaragde und andere kostbare Steine herbeizuschaffen. Nach Vollendung des Schmuckes schickte der Aztekenkönig den vermeintlichen Göttern Gesandte entgegen. Sie übergaben ihnen den Schatz des Priesterkönigs Quetzalcóatl mit wertvollen Trachten, außerdem die Schlangenmaske mit Türkisen besetzt, auch einen Kreuzspiegel, wie er den Tänzern an heiligen Festen auf dem Rücken hüpft, auf der einen Seite mit einem Türkismosaik aus kunstvoll gelegten Steinen, das Speerwurfbrett ganz aus Türkisen... Die Boten überreichten diesen Schatz Hernando Cortéz und legten ihm die Türkis-Maske mit den Kreuzbändern aus Quetzalfedern und den Brustschmuck aus grünen Edelsteinen um.

Cortés aber interessierten weder Türkis noch Jade oder Quetzalfedern, er wollte nur eines: Gold. Vergessen war auch sein eigentlicher Auftrag, den Eingeborenen, wie sie genannt wurden, den christlichen Glauben zu bringen. Die Friedensmission endete in einem Blutbad sondergleichen, an dessen Ende der Untergang des aztekischen Reiches stand.

Maske des Quetzalcoatl, der gefiederten Schlange, aztekisch

Für die Azteken jedenfalls war ein schöner Türkis mehr wert, als eine Ladung Gold, wie Legenden berichten. Montezuma soll übrigens die Steine seiner Türkisketten und Anhänger von den Abbaugebieten rund um den „Mount Chalchihuitl" erhalten haben, einem Berg, der in der Nähe von Santa Fe in New Mexiko liegt.

In vielen Mythen der Nachfahren der Azteken spielt der Türkis eine große Rolle, wie im Buch „extraLapis No. 16, Türkis, nachzulesen ist: „Der Mount Taylor, ein 3.390 m hoher Berg, etwa 85 Kilometer westlich von Albuquerque gelegen, wird von den Navajo-Indianern „Turquoise Mountain" genannt. Er ist ein heiliger Berg, der von Wesen der Unterwelt erschaffen wurde. Zwei legendäre Gestalten lebten dort, nämlich „Türkis -Junge" und „Türkis-Mädchen". Sie zeugten den ersten Navajo, der am Fuße des Berges in einer Türkis-Hütte wohnen mußte."

Der Regengott wird durch Türkis ebenfalls wohlwollend gestimmt. Bei Ritualen und Gesängen für ihn wirft man zugleich Türkis-Stückchen in den Fluss oder gegen den Wind. Zudem hilft der blaugrüne Stein gegen Krankheiten, aber nur bei sachgemäßer Anwendung durch den Medizinmann.

Er ist es auch, der mit Hilfe von Türkis eheliche Bande zu knüpfen vermag: dafür fertigt er dem Freier ein Zaubermittel aus Türkis und Muschelschale, wickelt es dann gemeinsam mit einem Kristall (wohl Quarz) und einem Pferdehaar in ein Bündel Kleider der Angebeteten. Der Freier braucht dann nur seinen Namen mit dem seiner Auserwählten zu vereinen, damit seine liebevollen Träume erfüllt werden (berichtet Edna M. Bennet in „The Many Meanings of Turquoise"; Denver, Sage Books, 1966).

Neben den Zuni- und Hopi-Indianern, waren es vor allem die Navajo, die sich durch die Produktion von Silber- und Türkis-Schmuck hervortaten und mittlerweile berühmt für ihr Können geworden sind.

Vielleicht noch ein Blick auf die Edelstein-Heilkunde. Hier wird der Türkis verwendet, um in erster Linie Leiden im Hals- und Lungenbereich zu dämpfen. Zudem soll seine fröhliche Farbe gegen eine depressive Lebenseinstellung helfen und das Selbstvertrauen fördern, ganz zu schweigen von seiner positiven Wirkung auf Freundschaften aller Art.

Ein Stein also, der mit Göttin Harthor nicht nur eine gute Seele als Beschützerin aufweist, sondern auch sonst in allen Lebenslagen seinem Träger Freude bereitet. Es verwundert also nicht, dass Türkise heute als Schutzsteine der Piloten, des Flugpersonals und anderer Berufsgruppen, die besonderen Gefahren ausgesetzt sind, gelten.

Türkis mit kristallisierter Oberfläche; St. Austell, Cornwall, England

Türkis

Mineralklasse: Phosphate

Chemie: $CuAl_6 (OH)_2/ PO_4)_4H_20$

Mohshärte: 5 bis 6

Dichte: 2,6 bis 2,8

Kristallsystem: triklin

Astrologie: Wassermann, Fische, Schütze

Wichtige Vorkommen: Afrika, Burma (Myamar), China, Israel, Mexiko, Polen, Tibet, USA

Wirkung auf die Psyche: Soll gegen Depressionen helfen, vor Angst- und Albträumen bewahren und Selbstsicherheit verleihen.

Wirkung auf den Körper: Soll gegen Beschwerden des Halses, der Atemwege, Stress und Sauerstoffmangel helfen und Depressionen und Magersucht bekämpfen.

Pflege: Bei Verfärbungen mit trockenem Meersalz entladen und auf keinen Fall an der Sonne wieder aufladen.

Turmalin

Es war einfach dumm gelaufen für Heitor Dimas Barbosa. Er hatte schon lange die Vision gehabt, einen Edelstein zu finden, der die Welt in Entzücken versetzen würde. Die meisten hielten ihn für verrückt, als er jahrelang einen Erdhügel im brasilianischen Bundesstaat Paraiba regelrecht durchlöcherte und nichts Nennenswertes finden konnte. Nach über fünf Jahren Plackerei wurde Barbosa krank und musste für kurze Zeit seine Mine verlassen.

Da passierte es. Einige Arbeiter fanden knapp 20 Kilogramm eigenartiger Rohkristalle und verscherbelten diese flugs weiter. Heitor Dimas Barbosa bekam die wegen ihrer unglaublich intensiven blauen Farbe heiß begehrten Paraiba-Turmaline nie zu Gesicht.

Als der Fund bekannt wurde, setzte ein wahrer Sturmlauf wie entfesselt die Erdmassen bewegender Bergarbeiter ein, doch die kleine Mine hatte sich völlig verausgabt.

Der kurzfristig berühmt gewordene Turmalinberg geriet wieder in Vergessenheit. Glücklich der, dem es gelungen war, eines der Exemplare zu ergattern.

Überhaupt gehören die Turmaline zu den faszinierendsten Edelsteinen, was die Farben angeht. Einer alten ägyptischen Sage nach habe sich der Turmalin irgendwann in grauer Vorzeit entschlossen, sein Versteck im Erdinnern zu verlassen und zur Sonne zu wandern. Dabei sei er über einen Regenbogen geklettert und so begeistert von den vielen Farben gewesen, dass er kurzerhand beschloss, alle Farben mitzunehmen.

So präsentiert sich der Turmalin in einer sagenhaften Farbvielfalt. Es gibt diesen Edelstein in grün, rot, blau , gelb, in farblos ebenso wie in schwarz. Was die Sache noch komplizierter, aber für das Auge attraktiver macht, ist, dass in einem Stein gleich mehrere Farben vorkommen können.

Turmalin blaßblau; Paprok, Afhanistan

Entsprechend vielfältig ist die Namensgebung für die verschiedenfarbigen Turmaline. Hier eine Auswahl:

Achroit: (gr. „der Farblose“) farblos bis zartgrün

Apyrit: (gr. „ohne Feuer“) violetter Turmalin

Buergerit: Brauner Natrium-Aluminium-Eisen-Turmalin, benannt nach dem Amerikanischen Professor für Mineralogie Martin J. Buerger (1903-1986), wurde 1966 in Mexiko entdeckt.

Chromdravit: grüner Turmalin

Dravit: Braun, benannt nach seiner ersten Fundstelle im Drau- beziehungsweise Dravetal, im heutigen Slowenien.

Elbait: Vielfarbiger, 1913 auf der Insel Elba gefundener Turmalin, der sich durch das Vorkommen von Lithium auszeichnet. Spektakulär waren die Fundorte „Grotta d´oggi“ und „Fonte del Prete“ am Ostrand des Monte Capanne.

Feruvit: Schwarzer Calcium-Eisen-Aluminium-Turmalin.

Foitit: Dunkel-indigoblauer Turmalin, benannt nach Franklin F. Foit (geb. 1942), er war Mineraloge an der Washington State University.

Liddicoatit: Vielfarbiger Turmalin aus Madagaskar, benannt nach dem amerikanischen Gemmologen Richard T. Liddocoat.

Indigolith: blau, einer der begehrtesten und kostbarsten Turmaline, da sehr selten

Olenit: rosafarben, Fundort Olenek-Fluss, Nordsibirien.

Rubellith: (lat. rötlich) roter Turmalin (Daourit werden Rubellithe genannt, die aus Sibirien stammen). Rubellithe leuchten im Tageslicht genauso intensiv wie im Kunstlicht, was bei anderen roten Turmalinen nicht der Fall ist, im Kunstlicht bekommen sie oft einen Stich ins Bräunliche.

Schörl: schwarzer Turmalin. Der Name stammt aus der Bergarbeitersprache des Mittelalters und bedeutet soviel wie unreines, unnutzes Erz.

Siberit: rote bis violette Turmaline aus Mursinka/Sibirien

Skoryl: gelb-grün-schwarzer Turmalin

Tsilaisit: dunkelgelber Turmalin aus Tsilaisina / Madagaskar

Verdelith: grüner Turmalin, der vor allem in Brasilien vorkommt. Im Smithsonian Institution in Washington sind ungewöhnlich schöne Exemplare aus Mosambik (122 Karat) und Brasilien (117 Karat) zu bewundern.

Watermelon: außen hellgrün, innen rot. Von Sammlern und Schleifern heiß begehrt.

Uvit: brauner Turmalin, der 1977 in der Provinz Uva auf Sri Lanka gefunden wurde

Aber nicht nur diese Vielfältigkeit macht den Stein außergewöhnlich, auch seine bemerkenswerten physikalischen Eigenschaften. So fanden holländische Ostindienseefahrer, die 1703 die bunten Turmaline als erste von Ceylon (heute Sri Lanka) nach Europa brachten, heraus, dass sich der Turmalin durch Reibung elektrisch auflädt.

Gleiches gilt für Erhitzen und anschließendem Abkühlen eines Turmalins (Pyroelektrizität). Er zeigt nach dieser Prozedur an einem Ende eine positive, am anderen eine negative Ladung und zieht dadurch Staubteilchen an. Die Holländischen Seefahrer machten sich dies zu Nutzen und reinigten ihre Meerschaumpfeifen mit Turmalinen, die bei ihnen auch „Asch-

Turmalin-Kristall auf Rauchquarz; Pabrock, Afghanistan

trekker"(Aschenzieher) hießen, indem sie den Stein in ihre Pfeife hielten und dieser die Asche auch noch aus dem letzten Winkel herauszog.

Viele Wissenschaftler zerbrachen sich nun den Kopf darüber, ob es neben der temperaturbedingten Elektrizität auch eine druckabhängige geben würde. Es waren schließlich 1880 die Brüder Curie, die diesen Effekt entdeckten (Piezoelektrizität). Das heißt, unter mechanischer Beanspruchung lädt sich der Kristall auf.

Eine weitere Besonderheit des Turmalins ist der Pleochroismus. Beim Betrachten aus verschiedenen Blickwinkeln, zeigen manche Turmaline verschiedene Farben und Farbtiefen. Grund: Der Kristall reflektiert Licht in verschiedener Färbung in ver-schiedene Richtungen.

Besonders begehrt sind Bicolor- oder Multicolor-Turmaline, Steine die zwei oder mehrere verschiedene Farben aufweisen. Ist der Kristall farblos und nur an den Enden schwarz, spricht man von einem „Mohrenkopf". Ist die Spitze rot, so hieß er früher „Türkenkopf". Zweifarbige mit rotem Kern und grünem Rand heißen „Wassermelonen", liegen verschiedene Farben übereinander, spricht man von „Regenbogenturmalinen" oder „Papageios".

Vor wenigen Jahren tauchten in Malawi (zwischen Tansania, Mosambik und Sambia gelegen, Hauptstadt Lilongwe) leuchtend gelbe Turmaline auf, die Canaries. Eine weitere Überraschung der Natur, die diesmal mit Magnesiumspuren experimentiert hatte. Die Frage stellt sich, was die Erde noch so alles freigeben wird.

Eine Scheibe Turmalin aus der Anjoma-Serie; benannt nach ihrem Fundort in Madagaskar, gefunden um 1975

Turmalin

Mineralklasse: Silicate

Chemie: Na Fe_3Al_6 $((OH)_4/(Bo_3)_3/Si_6\ O_{18}))$

Mohshärte: 7 bis 7,5

Dichte: 3,0 bis 3,25

Kristallsystem: trigonal

Astrologie: Steinbock

Wichtige Vorkommen: hauptsächlich Brasilien, Madagaskar, Russland, Sri Lanka

Wirkung auf die Psyche: Grün: Harmonie und Familiensinn; Schwarz: Schutz gegen Erdstrahlen und Negativität; Blau: hilft, Ziele zu verwirklichen; Rot: gibt Willenskraft und befreit vor Angst.

Wirkung auf den Körper: Grün: soll gegen Blutvergiftungen, Infektionskrankheiten, Parkinson und Depressionen helfen; Schwarz: soll Arthritis, Legasthenie und Herzkrankheiten lindern; Blau: soll Immunsystem, Kehlkopf, Schilddrüsen und Hormone stärken; Rot: soll bei Nervenerkrankungen Arthritis und Erkrankungen der Nägel helfen sowie vor Röntgenstrahlen schützen.

Pflege: Unter fließendem Wasser ent-, an der Sonne aufladen (außer den rosa und roten Stein).

Wüstenrose

Steine müssen nicht immer glänzen und schillern, horrende Preise kosten und sehr selten vorkommen, um edel zu sein. Bester Beweis dafür, dass es auch anders geht, ist die Wüsten- oder Sandrose. Ein herrlich bizarres Gebilde aus Gipskristallen, das in den kargsten Wüstenregionen durch Verdunstung von Wasser oder durch Kiesverwitterung wächst. Eine Steinrose mit Blättern von unglaublicher Ausstrahlungskraft und Verwegenheit.

Wer, wie und wann die Eigenschaften des Gipses erkannt hat? Niemand hat je darüber etwas in den Büchern der Alten gefunden. Irgendwann hatten Menschen entdeckt, dass gewisse Gesteinsbrocken durch große Hitze mürbe wurden und zerfielen. Es blieb ein Häuflein weißes Pulver übrig und als man darauf Wasser goss, verwandelten sich die bescheidenen Überreste des ursprünglichen Brockens in eine mörtelähnliche Masse, die formbar war und sich an der Luft wieder erhärtete.

So wurde Gips bereits für den Bau des Turms in Jericho benutzt. Er ist mit 11.000 Jahren Teil der ältesten je ausgegrabenen Stadt der Welt. Gips wurde auch verwendet, als in Ägypten riesige Steinquader aufeinander getürmt und zu Pyramiden vollendet wurden.

In assyrischen Keilschrifttäfelchen wurden Gipsarbeiten ebenso erwähnt, wie in den Hieroglyphen. Der griechische Bildhauer Lysistratos soll der Erste gewesen sein, der Gipsabdrücke machte, aus denen Totenmasken hergestellt wurden. Die Griechen sind - wie bei vielen Steinen - auch hier für die Namensgebung zuständig gewesen, sie nannten das meist weiße Material „gypsos".

Im Lexikon für Gipsgeschichte kann man nachlesen, dass die Griechen auch für das Wort für die durchsichtige, glimmerähnliche Form des Gipses verantwortlich waren, die sie in ihren Tempelfenstern verwandten. Weil das Sonnenlicht, das durch die Fenster schien, wie ein mildes Mondlicht wirkte, nannten sie es nach Selene, ihrer Mondgöttin.

Noch heute wird es „Selenite" genannt. Bei uns kennt man die durchsichtige Form der Gipskristalle allerdings besser unter dem Namen „Marienglas".

faszinierende Wüstenrose mit der typisch rosenartiger Form

Von den Griechen übernahmen die Römer das Wissen um den Gips, das dann allerdings in Vergessenheit geriet, als die Zeit des römischen Reiches zu Ende ging.

Erst im 13. Jahrhundert blitzte es wieder auf und Gips setzte zu einem wahren Siegeszug quer durch Europa an.

Normalerweise taucht Gips in Form von farblosen Kristallen auf, aber was heißt in der Welt der Steine schon normalerweise. Je nachdem, welche Einschlüsse darin enthalten sind, kann Gips braun, grau oder gelb sein. Es hat eine sehr geringe Härte (2 auf der Mohs´schen Skala) und kann mit dem Fingernagel geritzt werden.

Eine mikrokristalline Varietät ist Alabaster. Berühmt sind die Fundstätten rund um Volterra in der Toskana, die schon von den Etruskern genutzt wurden, die daraus ihr Geschirr und vieles mehr herstellten. Auch im Grab von Tutanchamun fanden Archäologen Alabaster-Vasen. Alabaster wird nach wie vor in erster Linie für die Herstellung von Skulpturen und Schmuckgegenständen verwendet, während der normale Gips aus der Bauindustrie nicht mehr wegzudenken ist.

In der heutigen Bautechnik kennen wir ihn in Form von REA-Gipsplatten genauso wie als Grundierung und Füllmittel. Berühmt ist natürlich auch der Gipsarm oder Gipsfuß in der Medizin.

Gipsstatue

Wüstenrose

Mineralklasse: Sulfate

Chemie: $Ca(SO_4).2H_2O$

Mohshärte: 2

Dichte: 2,3 bis 2,4

Kristallsystem: monoklin

Astrologie: Krebs

Wichtige Vorkommen: Mexiko, Chile, USA, Marokko, Algerien, Frankreich, Italien, Kanada, Russland

Wirkung auf die Psyche: Soll klärende Wirkung auf das vegetative Nervensystem haben, also auf Gehirn und Verstand. Besonders Marienglas und Wüstenrosen sollen die Gedanken inspirieren.

Wirkung auf den Körper: Soll heilende Wirkung besonders für die Geschlechtsorgane haben und Schwangere schützen. Außerdem sollen Wüstenrosen gut sein gegen mangelnden Knochenaufbau, Fettsucht, Thrombosen.

Pflege: Einmal im Monat unter fließendem, lauwarmen Wasser entladen, in einer Schale mit kaltem Wasser oder über Bergkristall-Trommelsteinen wieder aufladen.

Zeolith, hier: Laumontit

Zeolith

Es war die Zeit, als der preußische König Friedrich der Große die Kartoffel höchst persönlich als Nahrungsmittel für seine Bevölkerung einführte, auch wenn er dabei anfangs auf wenig Gegenliebe stieß, Lissabon, die portugiesische Hauptstadt, von einem Erdbeben fast vollständig zerstört wurde und britische Kriegsschiffe unter Admiral Edward Hawke 300 französische Handelsschiffe gekapert hatten. Die Zeit, in der sich die ehemaligen Feinde Österreich und Frankreich in Versailles die Hände zu einem Verteidigungsbündnis reichten, da machte - fernab solch geschichtlicher Großereignisse - der schwedische Baron Axel F. Cronstedt in seinen chemischen Apparaturen äußerst sonderbare Beobachtungen.

Er stellte fest: Es gibt bestimmte Mineralien, die beginnen zu brodeln, ja zu sieden, wenn sie nur stark genug erhitzt werden. Kurz entschlossen stöberte er in seinem Repertoire antiker Sprachen und nannte sie Zeolithe, nach den griechischen Ausdrücken für Sieden („zeo") und Stein („lithos"). Eine Gesteinsfamilie, die im Laufe der Jahre immer größer werden sollte und inzwischen rund 40 Mitglieder aufweist.

Was Forscher Cronstedt 1756 herausfand war, dass Zeolithe vor allem aus Silicium, Sauerstoff und Aluminium bestehen, sich dazu allerdings noch verschiedene andere Metalle und Mineralien gesellen können wie Natrium, Kalium, Calcium, Strontium oder Barium.

Zudem haben die Kristalle der „Siedesteine" die Eigenschaft, hoch porös und von unzähligen winzigkleinen Kanälen durchzogen zu sein. In diesen Äderchen befindet sich Wasser, das bei erhöhten Temperaturen zu verdampfen beginnt und das von Cronstedt beobachtete „Sieden" hervorruft.

Doch die Zeit war noch nicht reif, sich weiter mit diesem Phänomen zu beschäftigen. Die Menschheit interessierte sich mehr für die Entdeckungen James Cooks großer Teile Neuseelands, den amerikanische Unabhängigkeitskrieg, an dem auch viele Europäer beteiligt waren oder die erste Dampfmaschine, die James Watt 1776 konstruiert hatte. Die Zeolithe gerieten wieder in Vergessenheit und das ziemlich lange.

Erst im 20. Jahrhundert gruben Wissenschaftler die alten Forschungsarbeiten des schwedischen Adligen wieder aus, führten sie fort und kamen zu erstaunlichen Kenntnissen. Sie fanden heraus, dass Zeolithe als „Molekularsiebe" effiziente Arbeit abliefern konnten. Anders als übliche Siebe, waren Zeolithe in der Lage, kleinste Partikel, Moleküle, zurückzuhalten und große passieren zu lassen. Zudem fanden Wissenschaftler heraus, dass Zeolith das für Tiere und Pflanzen giftige Ammonium absorbieren kann, was auf andere Schadstoffe genauso zutrifft. Steine also, die als hochwirksame Biokatalysatoren eingesetzt werden und eine Filterleistung aufbiologischer Basis erbringen können.

Und so verblüfft der Zeolith als wahrer „Alleskönner" täglich mehr. Er hilft in der Landwirtschaft, die Produktivität zu steigern und die Umwelt vor Belastungen zu schützen. Zahlreiche Untersuchungen weltweit haben ergeben, dass der Einsatz der Zeolithe als Futterzusatz zu einer allgemeinen Gesundung der Tierbestände beigetragen, die Eigenschaft, Ammonium zu binden, zu einer Reduzierung der Geruchsbelastung im Stall und in der Gülle geführt und als Dünger für besseren Boden gesorgt hat.

Gleiches gilt für Hausabfälle und Kompost. In Gewässern werden Zeolithe als Filter genutzt, um Schadstoffe abzubauen. (Tipp: Legen Sie einen Zeolith in einen Topf, in dem Sie beispielsweise Kaffeewasser kochen. Er dient in diesem Fall als Kalkenthärter, eine Tatsache, die sich auch die Waschmittelindustrie zu Nutzen gemacht hat).

Weiter können diese „Siedesteine" bei der Altlastensanierung zur Bindung giftiger Schwermetalle sowie radioaktiver Elemente eingesetzt werden. Und die erstaunlichen Entdeckungen gehen weiter. So hat der ORF im Rahmen der Reihe „Neues aus der Welt der Wissenschaft" sich mit dem Thema „Kühlen ohne Strom" beschäftigt.

Zeolith Stilbit-Garbe; Arvigo, Val Calanca, Tessin/CH

Wer kann dies neben Eis, das irgendwann schmilzt, noch bewältigen? Die Antwort überrascht nach Lektüre der obigen Zeilen nicht mehr: der Zeolith. Dort heißt es, bei Zeolith handelt es sich um ein gleichermaßen unbekanntes wie aus dem Alltag nicht mehr wegzudenkendes Mineral, das, wie Salzburger Mineralogen demonstrieren sogar den Biergenuss erhöht: „Ein Druck auf den Ventilöffner und schon ist das Bier im Blechfass kühl. Kleine, von Natur aus sehr poröse Zeolith-Kugeln machen dies möglich. Wenn ihnen zuvor Wasser entzogen wurde, nehmen sie Wasserdampf - nach dem Öffnen des Ventils - so rasend schnell auf, dass das Restwasser am Bierfass gefriert und für das kühle Blonde sorgt. Damit das Prinzip funktioniert, muss das Wasser allerdings zum Kochen gebracht werden. Das geht jedoch auch ohne Hitze, indem man es in einen Behälter mit Unterdruck einschließt.

Die Salzburger Wissenschaftler weiter: „ Mit diesem Mineral ließe sich also ein einfacher, stromloser Kühlschrank bauen, der auch in der Dritten Welt eingesetzt werden könnte, um dort beispielsweise Medikamente kühl zu halten.

Inzwischen haben Zeolithe auch Einzug in den Weltraum gehalten. Auf der Internationalen Raumstation MIR dienten sie als Nährboden für Versuche, „galaktischen" Weizen zu züchten.

Professor Dr. Wilhelm Schwieger vom Institut für Chemie- und Bioingenieurwesen der Universität Erlangen-Nürnberg berichtet, dass man in Zusammenarbeit mit der ESA, der European Space Agency, Verfahren entwickelt habe, erstmals mittels Ultraschall die Züchtung von Zeolithkristallen überwachen und steuern zu können, was in diesem Falle einer gesünderen Umwelt zu Gute kommen könnte, bedenkt man, dass allein die Wasch-

Zeolithe können in verschiedenen Farbvariationen auftreten

mittelindustrie jährlich 700.000 Tonnen verbraucht, als Phosphat-Ersatz, was wiederum wesentlich zur Reduzierung der Überdüngung unserer Gewässer dient.

Mittlerweile gibt es allerdings auch einige Mediziner, die auf die Wirkung der Zelolithe für die Gesundheit der Menschen vertrauen. Pionier auf diesem Gebiet war der Kroatische Forscher Tihomir Lelas. Er zerkleinerte Zeolithe in einem Spezialverfahren zu winzigen kleinen Körnchen und verabreichte diese als Nahrungsergänzung dem menschlichen Körper. Diese - so der Zagreber Internist Dr. Slavko Ivkovic - können wir kleine U-Boote in die Zellen eindringen, schädliche Stoffwechselprodukte binden und die Zellen dadurch auch entschlacken.

In einem Bericht des Zeolith-Zentrums Deutschland („Ein Vulkanmineral sorgt für Entgiftung", Bernd Bieder) heißt es: „Inzwischen gibt es schon viele Wissenschaftler, denen gilt der sanfte Radikalfänger als „biologisches Rostschutzmittel" schlechthin. Die Mineralien haben ein tetraederförmiges Kristallgitter mit einer Silizium-Aluminium-Oxid-Struktur, das in seinen Kanälen austauschbare Erdalkali-Kationen von Kalzium, Magnesium, Natrium und Kalium enthält, was den Elektrolythaushalt der Körperflüssigkeiten stabilisiert.

Durch die starke Ad- und Absorbtionskraft von Körpergiften und die außergewöhnlichen antioxidativen Eigenschaften, bringt das Lava-Mineral das körpereigene Abwehrsystem und die Entgiftung wieder richtig in Schwung. Das Zeolith-Zentrum weist allerdings entschieden darauf hin, dass es sich bei Zeolithen um keine Arzneimittel handelt. Sie stellen lediglich eine Nahrungsergänzung dar, die selbst in großen Mengen eingenommen, nicht giftig wirkt. Natürlich stoßen solche Forschungen und Erkenntnisse nicht gerade auf die große Gegenliebe aller, aber man darf dennoch gespannt sein, welche Überraschungen die Zeolith-Forschung künftig noch aus den Reagenzgläsern zaubern wird.

Wir haben eben vom Lava-Mineral gesprochen. In der Tat entstehen Zeolith-Mineralien vorwiegend in Hohlräumen von basaltischen Vulkaniten.

Hier nun einige wichtige Vertreter der Zeolith-Familie:

Natrolith

Der Natrolith gehört in der Tat zu den Wundern der Natur. Spektakulär sind seine spitzen, langgezogenen Kristalle, die den Stein wie ein kostbares Nadelkissen aussehen lassen. Der Natrolith gehört zu den

Mitgliedern der sogenannten „Faser-zeolithe". Seinen Namen erhielt das Silicat von einem der berühmtesten Chemiker Deutschlands, von Martin Heinrich Klaproth (1743-1817). Dabei bezog sich das Mitglied der Akademie der Wissenschaften in Berlin auf das Element Natrium, das einer der Hauptbestandteile des Minerals ist.

Klaproth, obwohl ohne Studium, Promotion und Habilitation, stieg - unter Fürsprache von Wilhelm von Humboldt - zu höchsten Ehren auf und wurde erster ordentlicher Professor für Chemie an der neugegründeten Friedrich-Wilhelm-Universität in Berlin. Weltberühmt machte ihn die Entdeckung von Elementen wie Uran, Zirkonium, Strontium, Chrom und Cer.

Dass Klaproth mit seinem Natrolith überhaupt in Berührung kam, liegt sicherlich daran, dass viele imposante Stücke auch in Deutschland gefunden worden sind, wie am Fuße des Hohentwiels, einem Vulkankegel bei Singen oder im Erzgebirge. Legendär sind allerdings die Funde aus Kanada und Frankreich.

Chabasit

Zu den etwas unbekannteren Zeolithen gehört der Chabasit, auch Akadialit genannt. Man findet ihn häufig bei heißen Quellen, wo er als Niederschlag auftritt, ohne den Betrachter allerdings groß ins Erstaunen versetzen zu können. Das passiert eher, wenn er versteinerte Blasen in vulkanischem Gestein ausbildet, die einen leichten Metamorphismus zeigen. Wunderschöne Exemplare kommen aus Indien, aus Poona, in denen der Chabasit zusammen mit Natrolith, Stilbit - ebenfalls ein Vertreter der Neolithe - und anderen Mineralien für ein unglaubliches Seherlebnis sorgt.

Neben Indien kommt der Chabasit auch in Deutschland (Hessen, Westerwald, Rheinland), Irland, Island, Neuseeland, in den USA - dort vor allem im Yellowstone Nationalpark - und in der Schweiz vor.

Heulandit

Der Heulandit gehört zu den meistgeschätzten Exemplaren unter den Zeolithen, zumindest was die Gunst der Sammler angeht. Er bildet große Kristalle in versteinerten Blasen innerhalb vulkanischen Gesteins, die ganz selten nur durchsichtig sind, allerdings einen schönen Perlenglanz aufweisen. Ansonsten ist die Struktur des Heulandit denen anderer Zeolithe ähnlich. Er gehört zu den Silikaten, ist vom Kristallsystem her monoklin, verfügt über eine Mohshärte von 3,5 bis 4 und eine Dichte von 2,2. Die schönsten Stücke stammen auch von ihm wieder aus dem indischen Poona, aus Island, den USA, der Schweiz und aus Nova Scotia.

Laumontit

Der Laumontit wird im Mineralien-Lexikon als „hübsches" Mineral beschrieben. Er weist säulenartige Kristalle auf, die wiederum viele andere, kleine Kristalle an ihrem Fuß aufweisen und daher wie ein Monument in einer ebenen Wüste aussehen. Kleinere Kristalle wirken dagegen eher wie nadelförmige Prismen in einer steinigen Landschaft. Obwohl die Mineralproben in der Regel undurchsichtig sind, haben sie doch einen gewissen Glanz, der dem des Alabasters ähnelt. Laumontit, für jeden Sammler von Zeolithen eigentlich ein Muss, hat allerdings ein großes Problem. Licht verursacht hierbei im Laufe der Jahre den Verlust von Wasser, die Kristalle werden somit destabilisiert und dehydrieren dadurch zu einem neuen Mineral, dem Leonhardit.

Zeolith- hier: Stilbit

Zirkon

Beim ersten Blick meint der nicht so Kundige, einen Diamanten vor sich zu haben: toller Glanz, hohe Lichtbrechung, große Dichte und ein sprühendes Feuer, das sich dem Auge offenbart. Der Zirkon ähnelt dem Herrscher aller Steine eben in vielen Dingen, was Synonyme wie Matara- oder Ceylon-Diamant noch unterstreichen.

Wichtiges Unterscheidungsmerkmal des Zirkons gegenüber dem Diamanten - so Walter Schumann in seinem Buch „Edle Steine" - ist die starke Doppelbrechung. Mit einem gewöhnlichen Vergrößerungsglas kann man die gegenüberliegenden Facettenkanten doppelt sehen. Weil der Zirkon aber sehr spröde, daher schwer zu schleifen und kantengefährdet ist, fehlt ihm eine weite Verbreitung als Schmuckstein.

Der Name Zirkon stammt entweder vom arabischen „zarqun", Zinnober, oder vom persischen „zargun", was so viel wie „goldfarben" heißt. Auch hier streiten sich die Experten, wenn auch nicht allzu heftig. Helle Zirkone werden auch als „Jargon" bezeichnet, ein Wort, das von „zargun" nicht allzuweit weg ist. Gelblicher Zirkon ist unter der Bezeichnung Hyazinth bekannt.

Doch die Farbpalette reicht bei diesem Stein weiter. Besonders begehrt sind die grünen Zirkone, welche ihre Farbe durch winzige Einschlüsse von Uran und Thorium erhalten haben.

Findige Verkäufer haben herausgefunden, dass braune Zirkone durch Brennen, bei Temperaturen um 1000 Grad Celsius blau werden und somit durchaus hübsche Schmucksteine abgeben. Diese gebrannten Steine wurden früher auch unter dem Namen Siam-Aquamarin angeboten.

Verwechseln sollte man den Zirkon allerdings nicht mit dem Zirkonia, ein Ende der 80-iger Jahre auf synthetische Weise hergestelltes Zirkoniumoxid, das häufig auch Calcium und Yttrium enthält. Da es billig ist und durch hohen Glanz besticht, wird es bevorzugt als Diamantenersatz eingesetzt.

Das heißt, nicht jedes Diamantgeschmeide, das die Film-Diven gelegentlich bei Galaabenden zur Schau tragen, ist millionenschwer. Die kostbaren Stücke bleiben oft im Privatsafe gebunkert, während die Zirkonias von der staunenden Umwelt bewundert werden.

1789 ließ sich der berühmte deutsche Chemiker Martin Heinrich Klaproth (1743-1817) einen aus Ceylon, dem heutigen Sri Lanka, stammenden Zirkon schicken, um diesen genauer unter die Lupe zu nehmen. Er stellte daraus stark verunreinigtes Zirkondioxid her und entdeckte das Element Zirconium. (Immer darauf achten, dass das Element mit einem „c" statt mit einem „k" geschrieben wird).

35 Jahre später war es der Schwede Jöns Jakob Freiherr von Berzelius (1779-1848), dem die Herstellung des Elementes in reiner Form gelang. Berzelius entwickelte unter anderem die chemische Zeichensprache, die heute noch im Wesentlichen üblich ist. Er entdeckte auch die Elemente Cer, Selen und Thorium.

Da Zirconium sehr korrosionsbeständig ist, wird es vor allem beim Bau von Ventilen, Pumpen oder Röntgengeräten eingesetzt.

Doch zurück zum Zirkon, einem äußerst bemerkenswerten Mineral, das in der Erdkruste sehr häufig zu finden ist. Es entsteht als frühes Kristallisationsprodukt in magmatischen Gesteinen wie Granit. Die meisten Zirkonkristalle sind äusserst klein. Die wenigen großen, die gefunden wurden, stammen alle aus Pegmatitgesteinen oder Schwermineralseifen.

Pegmatit ist ein grobkörniges, weisses bis helles Gestein, das in erster Linie aus Quarz, Feldspat, Glimmer und einigen Mineralien in kleineren Mengen besteht.

Zirkon in FS-Pegmatit; Peech, Nuristan, Afghanistan

Zirkon, facettiert div. Farben; Süd-Madagaskar

Zirkone sind schwere, dauerhafte Mineralien und entstehen durch die Verfestigung von flüssigem Magma, nicht wie andere Mineralien durch vulkanische Einflüsse. Sie sind gegenüber geologischen Einflüssen, wie z. B. Verwitterung äusserst resistent. Deshalb werden Zirkone häufig zur Altersbestimmung von Gesteinsproben, in denen er enthalten ist, herangezogen.

Das älteste Mineral, das bislang auf der Erde gefunden wurde, ist ein kleines Stück Zirkon, welches nur 2 mal größer ist als ein Menschenhaar. Es stammt aus dem Narryer Gneiss Terrane in Westaustralien, mit einem Alter von sage und schreibe 4,40 Milliarden Jahren. Gefunden wurde dieser Kristall von Simon A. Wild (Geologe der Curtin University of Technologie in Perth) im sog. Jack Hill Abschnitt.

Aus den Ergebnissen der Untersuchung des Zirkons, schließen die Forscher, dass es schon rund 100 Millionen Jahre nach der Entstehung der Erde eine ältere Erdkruste, als die heutige, gegeben haben muss.

Zirkon

Mineralklasse: Silicate

Chemie: $ZrSiO_4$

Mohshärte: 6,5 bis 7,5

Dichte: 4,55 bis 4,67

Kristallsystem: tetragonal

Astrologie: Stier, Löwe, Schütze

Wichtige Vorkommen: Indien, USA, Australien, Sri Lanka, Südafrika, Myanmar, Norwegen

Wirkung auf die Psyche: Soll Vorurteile abschütteln und festgefahrene Lebensstrukturen aufbrechen, Minderwertigkeitsgefühle vertreiben und für neues Selbstvertrauen sorgen.

Wirkung auf den Körper: Soll gut sein gegen Lungen und Bronchialkrankheiten, krampfartige Verengungen der Atemwege lösen und den Stoffwechsel aktivieren.

Pflege: Einmal im Monat in trockenes Meersalz legen. Dabei wird er gleichzeitig ent- und wieder geladen.

Wissen von A-Z

Ader: Kleiner Gang

Aggregat: Verwachsung vieler Mineralien

Asterismus: Ein sternförmiges Lichtphänomen bei verschiedenen Edelsteinen, wie dem Sternrubin.

Basalt: vulkanisches Gestein

Brillant: Schliffform mit 32 Facetten, einer Tafel im Oberteil und 24 Facetten im Unterteil. Auch Kurzbezeichnung für den als Brillant geschliffenen Diamant.

Bruch: durch Schlageinwirkung herbeigeführte Trennung eines Kristalls mit charakteristischen Bruchflächen. Sie können glatt, uneben, splittrig, muschelig oder erdig sein.

Cabochon: gewölbt (mugelig) geschliffener Edelstein

Chatoyieren: Katzenaugeneffekt, heller Lichtstreifen bei mugelig geschliffenen Steinen.

ct: Abkürzung für Karat (siehe Karat)

Dichte: Verhältnis zwischen der Masse und dem Volumen eines Stoffes, das in Gramm pro Kubikzentimeter ausgedrückt wird.

Dichroismus: Eigenschaft von Mineralien, bei einfallendem Licht in verschiedenen Richtungen zwei verschiedene Farben oder Farbtiefen zu zeigen.

Dichte: Spezifische Gewicht von Steinen.

Dispersion: Farbenspiel, das durch Zerlegen des weißen Lichts in die Spektralfarben zustande kommt.

Doppelbrechung: Das Licht wird beim Eintritt in einen Kristall gebrochen und gleichzeitig noch in zwei Strahlen zerlegt. Beispiel: Legt man einen Calcit auf eine Zeitung, kann man die Schrift doppelt lesen.

Druse: Gesteinshohlraum mit Wänden aus kristallisiertem Quarz, Kalkspat, Aragonit oder Zeolith. Bekannt sind vor allem die Amethystdrusen.

Ebauchieren: Erste rohe Formgebung eines Edelsteins (Vorschleifen).

Einfachbrechung: Die Ablenkung eines Lichtstrahls beim Eintritt in einen Kristall.

Einschlüsse: Im Mineral eingelagerte kleinste Fremdkörper (fest, flüssig, gasförmig).

Elfenbein: Bezeichnung für das Material der Elefantenstoßzähne sowie der Zähne der Flusspferde, Pottwale, Walrosse, Wildschweine und Mammuts.

Emaille: In der Regel farbiger Glasfluss, der auf Metall zum Schutz oder als Schmuck aufgetragen wird.

Facettenschliff: Schliff mit mehreren kleinen glatten Flächen, den Facetten.

Fassung: Befestigung von Edelsteinen in einem Schmuckstück.

Fayance: Mit farbiger Glasur überzogene Ton- und Steingutware.

Fluoreszenz: Aufleuchten mancher Stoffe bei Bestrahlung mit elektromagnetischen Strahlen von kurzer Wellenlänge.

Gang: Ausfüllung einer Felsspalte mit anderem Gestein, Mineralien oder Erzen.

Geode: Gesteinshohlraum, dessen Wände gänzlich mit Kristallen besetzt sind.

Gemme: Oberbegriff für alle Kleingravuren

Gestein: Gemenge von Mineralien

Gemmologie: Edelsteinkunde und die Wissenschaft von den Edelsteinen.

Glanz: Phänomen, welches durch die Reflexion des Lichtes an der Oberfläche eines Minerals entsteht.

Glas: Schmelzprodukt aus Sand-, Metall-, Alkali- beziehungsweise Erdalkalioxiden sowie Flussmitteln.

Glasfluss: Bezeichnung für die Glasur von Emaille.

Glattschliff: Schliff mit glatter Oberfläche, eben oder gewölbt, niemals facettiert.

Glyptik: Die Kunst des Steinschneidens.

Grain: Altes Edelsteingewicht für Perlen. Es entspricht 0,05 Gramm. Wird aber immer häufiger durch das Karat ersetzt.

Habitus: Gestalt der Kristallausbildung eines Steines.

Härte: Die Messung erfolgt nach der Skala des Wiener Mineralogen Friedrich Mohs, die in zehn Härtegrade unterteilt ist. Jedes Mineral dieser Skala ritzt das mit geringerer Härte. Am weichsten mit dem Härtegrad eins ist Talk, am härtesten mit 10 Diamant. 1. Talk, 2. Gips, 3. Calcit, 4. Fluorit, 5. Apatit, 6. Orthoklas, 7. Quarz, 8. Topas, 9. Korund, 10. Diamant.

Imitation: Nachahmung von Edelsteinen von Menschenhand, die aber nicht die chemischen und physikalischen Eigenschaften ihrer Vorbilder besitzen.

Kamee: In Edelstein erhaben geschnittenes Bild.

Karat: Das Einheitsgewicht für Edelsteine. Ein Karat entspricht 200 Milligramm oder 0,2 Gramm. Der Name geht auf den Fruchtkern des Johannisbrotbaumes (gr. „keration") zurück. Das Edelsteingewicht Karat hat nichts mit dem Goldkarat zu tun, das eine Qualitätsbezeichnung ist. Je höher dort die Karatzahl desto mehr Feingold wurde verwendet.

Kristallgitter: Innere Struktur der Kristalle, die für die äußere Erscheinung verantwortlich ist.

Kristallographie: Wissenschaft von den Kristallen.

Labradorisieren: Farbenspiel in metallisch glänzenden Tönen.

Lapidarien: Alte literarische Werke, die sich bis ins Mittelalter hinein mit Mineralien, Pflanzen und Tieren befasst haben.

Lumineszenz: Leuchterscheinung bei Stoffen in kaltem Zustand, im Gegenteil zur Temperaturstrahlung.

Lüster: Glanz der Perle, die eine Kombination aus der schimmernden Oberfläche und dem inneren Leuchten der Perle darstellt.

Magma: Glutheiße, gashaltige Gesteinsschmelze in den tiefen Bereichen der Erdkruste. Das aus Vulkanen austretende Magma heißt Lava. Die bekanntesten magmatischen Steine sind Granit, Diosit, Dolerit, Kimberlit, Obisidian, Basalt, Tuff und Bims.

Mineral: Natürlich existierender anorganischer Stoff, der bestimmte chemische Zusammensetzung und konstante physikalische Eigenschaften aufweist. Eine Klassifizierung erfolgt nach chemischen Prinzipien: 1. Elemente, 2. Sulfide und Sulfosalze, 3. Oxide, 4. Halogenide, 5. Carbonate, Nitrate, Borate, Sulfate, Wolframate, Phosphate, 6. Silicate, 7. Harze.

Momme: Alte japanische Gewichtseinheit, die auch heute noch für Zuchtperlen Gültigkeit hat. Eine Momme sind 3,75 Gramm. 1000 Momme bilden ein Kann.

Mugelig: Edelstein mit gewölbter Oberfläche.

Opaleszieren: perlglanzartiges Aussehen normaler Opale.

Opalisieren: buntes Farbenspiel des Opals, das sich je nach Blickwinkel verändert.

Petrologie: Wissenschaft von den Gesteinen, oft auch Petrographie genannt.

Phosphoreszenz: Von Phosphoreszenz sprechen wir, wenn eine Substanz unter Einwirkung von Strahlen aufleuchtet, aber über das Ende der Bestrahlung hinaus noch nachleuchtet.

Pleochroismus: Farbänderung eines Kristalls, je nach der Richtung aus der man ihn betrachtet.

Ritzhärte: Widerstand, den ein Mineral beim Ritzen mit einem spitzen Gegenstand entgegensetzt.

Rutil: Meist gelblich, nadelförmiges Mineral, chemisch Titandioxid.

Schmirgel: Wichtiges Schleifmittel, bestehend aus Korund, Magnetit, Hämatit, Ilmenit und Quarz.

Seide: Seidenartiger Glanz bei Edelsteinen auf Grund von Einlagerungen.

Sediment: Durch Verfestigung, durch Ablagerungen entstandene Gesteine.

Spaltbarkeit: Die Eigenschaft der Edelsteine, sich nach ebenen Flächen in einer oder gar in mehreren Richtungen spalten zu lassen.

Spezifisches Gewicht: Nach der neuen physikalischen Nomenklatur soll die Maßeinheit Spezifisches Gewicht durch „Dichte“ ersetzt werden. Daraus lässt sich ablesen, um wieviel ein Stoff schwerer ist als das gleiche Volumen Wasser.

Synthese: Kurzbezeichnung für einen synthetischen Edelstein. Von Menschen geschaffene Produkte, deren physikalische und chemische Eigenschaften mit denen ihrer Edelsteinvorbilder weitgehend übereinstimmen.

Strich: Farbe fein zerteilter oder pulverisierter Mineralien, die oft von der im kompakten Zustand abweicht. Ein wichtiges Erkennungsmerkmal eines Minerals. Den Strich erhält man durch kräftiges Streichen gegen eine raue, hart gebrannte Porzellanplatte.

Stufe: Freistehende Minerale in einem Mineralaggregat.

Transparenz: Lichtdurchlässigkeit von Edelsteinen.

Treppenschliff: Facettenschliff, bei dem mehrere Facetten kantenparallel liegen.

Varietät: Die Abart eines Minerals, die sich durch Aussehen und Farbe von der eigentlichen Edelsteinart unterscheidet z. B. Beryll und Smaragd.

Zwillingsbildung: Verwachsung von zwei oder mehreren Kristallen gleicher Art.

Achat wunderschön gemustert

Bibliographie

Agricola, Georg: De Re Metallica Libri XII. - Fourier Verlag

Aquamarin & Co - extraLapis Nr. 23 - Christian Weise Verlag, München

Barten, Sigrid: René Lalique, Schmuck und Objets d´art 1890-1910 - Prestel

Buttlar, Johannes von: Der flüsternde Stein-Bastei Lübbe

Calcit, das formenreichste Mineral der Erde - extraLapis Nr. 14, Christian Weise Verlag, München

Das große Buch der Mineralien und Edelsteine - Verlegt bei KAISER

Das große Lexikon der Heilsteine, Düfte und Kräuter- Methusalem

Diamant, der extreme Edelstein, das geniale Werkzeug - extraLapis Nr. 18, Christian Weise Verlag, München

Die Erde: Wunder der Natur-Time-Life International, Nederland

Die größten Schätze der Welt - Gondrom- Verlag

Die visuelle Geschichte der Erde und des Lebens - Gerstenberg Verlag

Dr. Sofia Sienko: Die neuen Heilsteine - Windpferd

Faszination des Unfassbaren, Geheimnisse und Rätsel des Übernatürlichen und Ausserirdischen - Das Beste

Förster, Otto, Gerhard Nägele, Gernot Spielvogel: Das Gold der Kelten- Deutsche Verlagsanstalt Stuttgart

Funkelnde Diamanten - Katalog der Mineralientage München 2000

Gediegen Silber, das Erz der Münzen, das Metall des Schmuckes, das Element mit dem Glanz- extraLapis Nr. 8 - Christian Weise Verlag, München

Graf, Bernhard: Zauber Edler Steine, Kunst, Macht und Magie - Prestel, München, London, New York

Granat - extraLapis Nr. 9 - Christian Weise Verlag, München

Gold, Mineral, Macht und Illusion - extraLapis Nr. 2 - Christian Weise Verlag, München

Gübelin, Eduard, Erni Franz-Xaver: Edelsteine, Symbole der Schönheit und der Macht - Hans Schöner GmbH, Königsbach-Stein

Guhr, Andreas: Mythos der Steine, Macht und Magie - Edition Ellert & Richter
Haggeney, Ursel: Faszinierende Welt der Edelsteine - BVA Bielefelder Verlagsanstalt

Hl. Hildegard: Heilkraft der Edelsteine - Weltbild Verlag

Kaiser, König, Kieselstein - Katalog der Mineralientage München 1996

Kosmos Steinführer - Franckh Kosmos

Krafft, Fritz: Vorstoß ins Unbekannte, Lexikon großer Naturwissenschaftler- Wiley -VCH

Kupfer, das rote Metall - extraLapis Nr. 25 - Christian Weise Verlag, München

Lexikon bedeutender Chemiker - VEB Bibliographisches Institut Leipzig

Lieber, Werner: Amethyst, Geschichte, Eigenschaften, Fundorte - Christian Weise Verlag, München

Lieber, Werner: Der Mineraliensammler - Ott Verlag Thun, München

Opal, das edelste Feuer des Mineralreichs - extraLapis Nr. 10 - Christian Weise Verlag, München

Pelant, Chris - Edelsteine & Mineralien, Sammeln, kennen lernen, bestimmen - Bechter-münz

Pleticha, Heinrich: Des Reiches Glanz, die Reichskleinodien und ihre Geschichte -Flechsig Buchvertrieb

Prior, Katherine, John Adamson: Maharajas´Jewels - Assouline

Pyrit, das eiserne Überall - Mineral - extraLapis Nr. 11 - Christian Weise Verlag , München

Raabe, Dirk : Morde, Macht, Moneten, Metalle zwischen Mythos und High-Tech - Wiley-VCH

Reiches Erz - Katalog der Mineralientage München 1992

Rinaldi, Graziano: Mineralien, Gesteine und Erzlagerstätten der Insel Elba

Rubin, Saphir, Korund, schön, hart, selten, kostbar - extraLapis Nr. 15 - Christian Weise Verlag, München

Rudoe, Judy: Cartier 1900 - 1939 - Abrams

Rykart, Rudolf - Quarz-Monographie

Schmuck, Edelsteine, Uhren - Vereinigung Schweizerischer Juwelen- und Edelmetallbranchen

Schumann, Walter: Edelsteine und Schmucksteine - BLV Verlagsgesellschaft, München

Schumann Walter: Edle Steine - BLV Verlagsgesellschaft, München

Schumann, Walter: Mineralien, Gesteine - BLV Verlagsgesellschaft, München

Sehen, Staunen, Wissen- Gesteine & Mineralien - Gerstenberg Verlag

Sehen, Staunen, Wissen- Edelsteine & Kristalle - Gerstenberg Verlag

Strack, Elisabeth: Antiker Schmuck, vom Klassizismus bis zur Moderne - Rühle-Diebener-Verlag

Topas, das prachtvolle Mineral, der lebhafte Edelstein - extraLapis Nr. 13 - Christian Weise Verlag, München

Türkis, der Edelstein mit der Farbe des Himmels - extraLapis Nr. 16- Christian Weise Verlag, München

Turmalin, der Edelstein des Regenbogens - extraLapis Nr.6 - Christian Weise Verlag, München

Turmalin & Trilobit - Katalog der Mineralientage München 2003

Untracht, Oppi - Traditional Jewelry of India - Thames and Hudson

Zwickel, Hermann - Edelsteine in der Bibel - Verlag Philipp von Zabern, Mainz

http://alserver01.human.uni-potsdam.de - Geschichte des Stahls

http://archiv.radio.cz - Ulrike von Lewetzow

http://home.arcor.de - Aquamarin, Amazonit

http://home.eplus-online.de - Interessengemeinschaft für Kristallschädel und alte Hochkulturen

http://home.t-online.de - Calcium, Die Geschichte der Materie, Spessartin oder Spessartit, Schwert und Zauberei

http://homepages.compuserve.de - Gold, Gold, Gold

http://z62.sr-systems.de - Geschichte des Amateurfunks

http://kunst-kreativb.de - Glückssteine, ihre Besonderheiten und ihre Wirkung

http://dc2.uni-bielefeld.de - Hintergrundwissen zum Magnetit, Eigenschaften und Entstehung von Pyrit und von Markasit

http://guenter.muskall.bei.t-online.de - Smaragd

http://inatura.at - Glitzernde Kostbarkeiten: Silikate

http://members.chello.at - Turmaline, Türkis, Tansanit, Tsavorit, Mondstein, Opal

http://mineral.galleries.com - Fluorite, the most colorful mineral in the world

http://online.wdr.de - Geschichte des Geldes

http://science.orf.at - Ohne Strom kühlen

http://2.rz.hu-berlin.de - Geschichtliches über Glas und Glastechnik

http://userpage.fu-berlin.de - Zur Geldwirtschaft der Römer

http://de.wikipedia.org - Magnetit, Granat, Quarz, Quarzuhr, Suevit, Coesit, Fluorit, Salz,

Pyrit, Kupfer, Malachit, Silber

www.aeiou.at - Paracelsus

www.altmuehltal.de - Die größte Bergkristallgruppe der Welt

www.apo.de - Die Zähne

www.archaeologie-bayern.de - Wir reisen von der Steinzeit in die Eisenzeit

www.astronomie.de - Die Himmelsscheibe von Nebra- ein früher Blick des Menschen ins Universum

www.art-events.de - Blau, Lebensgeschichte einer Farbe

www.bayer-goldschmiede.de - Amethyst, Aquamarin, Saphir, Smaragd, Granat

www.bauforum.at - Die Geschichte des Glases

www.bautz.de - Marbod

www.bohnenzeitung.com - Wüstenrose

www.beepworld.de - Opal

www.belladonna.de - Gold-Obsidian

www.berthold-weber.de - Fluorit

www.beyars.com - Pleochroismus, Die Edelopale, Platin, Baryt, Strass, Gold, Carl Fabergé,

www.br-online.de - Die Heilkraft der Steine, Isidor von Sevilla, Paolo Veronese

www.brasilien.de - Geschichte des Bundesstaates Minas Gerais

www.celtice.de - Rosenquarz, Tigerauge

www.deutsches-museum.de - Goethe als Geologe: Die Müllersche Steinsammlung

www.diemer.de - Saphir

www.dionysweb.de - Die verschiedenen Turmaline

www.discovery.de - Jade - Heiliger Stein der Maya

www.diversionoz.com - Yap

www.educeth.ch - Chemie und Kunst

www.edelsteindatenbank.de - Achat, Amazonit, Magnesit, Labradorit, Optik

www.egerlandmuseum.de - „Carlsbader Suiten“ und Sprudelsteinwaren

www.epigem.de - Türkis

www.esoterik-heilsteine.de - Silber, Tigerauge

www.farbenundleben.de - Farben in Religion und Kultur

www.forschungskoop.de - Zeolith- das kleinste Klärwerk der Welt

www.fosar-bludorf.com - Gottes Landkarte

www.fossilien.de - Bernstein

www.froufrou.de - Karneol

www.games-flow.de - Kristallschädel

www.gemstone.org - Amethyst, Aquamarin, Tsavorit, Demantoid, Mondstein, Citrin, Türkis, Berylle, Smaragd, Turmalin, Türkis, Granat, Demantoid, Mandarin Granat, Mondstein, Opal, Peridot, Rubin

www.geo.de - Christi Blut kam aus Fernost, die Heimat der Smaragde

www.geoscience-online.de - Auf der Suche nach einer „Theorie der Erde“

www.gesundheit.com - Edelsteintherapie

www.glaubenheute.de - Grabtuch von Turin

www.glasmalereistettler.che - Tiefätzen/Geschichte

www.goldschmiede-aurum.de - Saphir, Edelstein des Himmels, Turmalin

www.goodmorning.de - Amethyst

www.ghost-land.de - Das Sternzeichen des Wassermanns in der indianischen Astrologie

www.grenzenlos.net - Heilmagnetismus, Fürst aller Lebensgeheimnisse

www.gruttmann.de - Aquamarin, Opal

www.gwinkler.de - Was sind Edelsteine

www.hagzissa.de - Der Fluorit

www.int-pub-irasn.com - Kupfer und Lapislazuli in Text und Archäologie

www.jadu.de - Albert Magnus

www.johannes-lais.de - Gold

www.kokopelli-gmbh.de - Die indianische Astrologie der Erde

www.kremer-pigmente.de - Armenier Stein, Hämatit, Malachit, 3000 Jahre Ultramarin

www.kuehnle-online.de - Rosenquarz

www.kupfer.de - Begehrter Bodenschatz

www.kzu.ch - Die minoische Katastrophe- ein Vulkan verändert die Welt

www.lebensmittel.org - Nanobakterien in Nierensteinen

www.living-soul.de - Azurit, Bergkristall

www.medicine-worldwide.de - Hildegard von Bingen

www.mdr.de - Martin Heinrich Klaproth

www.morgenwelt.de - Entstanden aus Staub und Eis

www.muenchen.de - Der Löwe, das Salz und die Stadt

www.munzinger.de - Sir Ernest Oppenheimer

www.net-lexikon.de - Obsidian, Quarz

www.nhm-wien.ac.at - Friedrich Mohs

www.npm.gov.tw - Chinesische Jade

www.oeaz.at - Wie kam das Glas in unsere Welt?

www.optiker.at - Die Geschichte der Brille

www.oztrailia.de - Opal - Opale - Opals

www.physiologus.de - Herz

www.planetenreich.at - Achat

www.pinselpark.de - Gilgamesch, Epos und Erläuterungen

www.portugal-post.de - Mister Five Percent und der Goldschmied René Lalique

www.rasscass.com - Alexander von Humboldt

www.rolls-royce-sammlung.de - „The Star of India“

www.romanticroad.com - Die Geschichte des Fingerhuts

www.schweizerbart.de - Lagerstättenkundliche Studie über Magnesit in den Ostalpen

www.seemotive.de - Geschichte der Kompasse

www.seven-arrows.de - Geschichtlicher Überblick über die Entwicklung der Schmuckherstellung in Nordamerika

www.skielka-designeschmuck.de - Opal, Granat, Türkis

www.sodbrennen-welt.de - Dioskurides

www.seilnacht.com - Blau

www.seilnacht.tuttlingen.com - Azurit, Calcit, Die Geschichte der Kalknutzung, Malachit, Die Geschichte der Farbe Grün, Pigmente, Gold

www.stuck-kalk.de - Kalk

www.sungaya.de - Gaius Plinius Secundus der Ältere

www.tiere-online.de - Das Erdzeitalter im Überblick

www.uni-leipzig.de - Die Felsengräber der Mancheng und das höfische Leben zur Zeit der Westlichen Han- Dynastie

www.uni-muenster.de - Azurit, Geschichte der Magnetbänder

www.uniterra.de - Erdalkalimetalle- Beryllium

www.udiljak.de - Rhodochrosit

www.unifr.ch - Faszination Diamant

www.uniterra.de - Platin

www.w-budde.org - Zeolith, Einsatz als Nahrungsergänzungsmittel

www.wmayer.com - Zauber des Goldes

www.wundersamessammelsurium.de - Natürliche Dauermagneten, Turmalin

www.zahn-art.at - Mythos Gold

www.zeolith.de - Das kleinste Klärwerk der Welt

www.zwickau2000.de - Gregorius Agricola

Register

Bildnachweise

dpa picture-alliance: 19, 20, 21, 40, 44, 45, 51, 76,78, 89, 132, 133

Fotogruppe der Münchner Mineralienfreunde: 8, 29, 31, 32, 37, 46, 49, 69, 71, 80, 86, 90, 108, 113, 116, 122, 126, 147

Hutta, Christina: 17, 18

Klein, David: 11, 32, 36, 42, 43, 53, 54, 55, 56, 57, 58, 59, 60, 79, 81, 95, 96, 104, 105, 112, 115, 120, 125, 131, 139

Kristallmuseum Riedenburg: 20, 41, 61, 62, 63, 64, 65, 137

Miller, Jutta: 10, 14, 15, 138, 139, 142

Mineralienmagazin „lapis": 6, 7, 20, 24, 25, 26, 31, 33, 35, 38, 39, 46, 47, 48, 49,50, 52, 53, 66, 67, 68, 72, 73, 74, 77, 82, 83, 84, 85, 87, 88, 91, 92, 93, 94, 95, 98, 99, 100, 103, 106, 109,110, 111, 114, 116, 117, 118, 119, 121, 123, 124, 127, 128, 129, 130, 134, 135, 136, 140, 141, 143, 144, 145

pacific-pictures: 34

photoactive: 27

Scholbeck, Klaus: Titel, 4, 5, 10, 22, 23, 28, 75, 101, 102

Nachbildung der Krone von König Ludwig